W0306132

Pieds nus dans le sable

ROXANNE

ST. CLAIRE

BAREFOOT BAY – 1

Pieds nus dans le sable

Traduit de l'anglais (États-Unis)
par Elisabeth Luc

J'AI LU

POUR elle

Vous souhaitez être informé en avant-première
de nos programmes, nos coups de cœur ou encore
de l'actualité de notre site *J'ai lu pour elle* ?

Abonnez-vous à notre *Newsletter* en vous connectant
sur **www.jailu.com**

Retrouvez-nous également sur Facebook pour avoir
des informations exclusives :
www.facebook/jailu.pourelle

Titre original
BAREFOOT IN THE SAND

Éditeur original
Forever
Hachette Book Group
Published by arrangement with Grand Central Publishing, New York

© Roxanne St. Claire, 2012

Pour la traduction française
© Éditions J'ai lu, 2014

Pour Deborah Brooks, ma sœur, mon amie,
ma bénédiction.

Remerciements

Ce roman n'aurait pu voir le jour sans le travail et les efforts d'un groupe de personnes aussi talentueuses que généreuses. Je tiens à les remercier tous, notamment :

Robin Rue, agent littéraire, qui m'apporte son soutien et ses idées, ainsi que sa bonne humeur. Beth Miller, son assistante, qui a trouvé le titre.

Amy Pierpont, une éditrice compétente et patiente, dont on retrouve l'influence dans chaque page, sans oublier son assistante, Lauren Plude, qui ne dort jamais, semblerait-il. Un grand merci à tous les services commerciaux, techniques et artistiques de la maison d'édition, une équipe dont le professionnalisme ne cesse de m'impressionner.

Kristen Painter, Lara Santiago et Leigh Duncan, du Writer's Camp, qui m'ont encouragée et inspirée. Je tiens également à remercier Louisa Edwards, une véritable déesse du roman sentimental contemporain, dont les intrigues sont sans égales.

Je remercie mes relecteurs, notamment Barbie Furtado, qui a pris la peine de relire plusieurs fois mon manuscrit avec des annotations qui m'ont fait rire et pleurer à la fois. Merci à toutes les personnes qui ont contribué à l'élaboration de l'ouvrage.

J'adresse ma gratitude aux personnes qui m'ont aidée dans mes recherches : Terry Galloway, architecte de renom et ancien camarade d'université, sans oublier l'agence immobilière de John R. Wood à Naples, en Floride.

Enfin, merci à Rich, mon mari si patient qui a fait tout ce qu'il pouvait pour que je puisse travailler dans les meilleures conditions ; Dante, mon fils, qui a eu la bonne idée de partir au loin faire ses études, de sorte que j'ai pu écrire tranquillement ; et Mia, ma fille, qui ne m'a pas inspiré Ashley… sauf pour la licorne.

1

Les unes après les autres, les fenêtres de la cuisine explosèrent dans un bris de glace, puis le vaisselier ancien bascula sur le sol carrelé. Le service en porcelaine orné de roses n'allait pas y survivre.

Affolée, Lacey se plaqua contre la porte. C'était fichu. À cause de l'ouragan Damien, tout ce qu'elle possédait, une petite entreprise de pâtisserie, une vieille maison héritée de ses grands-parents, et quelques antiquités collectionnées au fil des années, allait être réduit à néant et dériver au large de Barefoot Bay.

En regardant par-dessus son épaule, elle comprit qu'elle n'avait pas tout perdu. Quoi qu'il arrive, il fallait qu'elle sauve sa fille.

— Réfugions-nous dans la baignoire, sous un matelas ! cria Lacey malgré le grondement infernal des éléments déchaînés.

Ashley se recroquevilla dans un coin du placard, serrant sa licorne en peluche dans une main, son téléphone portable dans l'autre.

— Je t'avais bien dit qu'il fallait évacuer.

Seule une adolescente de quatorze ans était capable de discuter dans un moment pareil.

— Je n'arriverai jamais à faire rentrer le matelas dans la salle de bains.

La tempête s'était engouffrée à l'intérieur de la maison, arrachant le lustre du plafond de la salle à manger qui s'écroula dans un bruit de verre cassé. Les cadres furent arrachés des murs et les meubles entamèrent une valse endiablée sur le parquet en chêne. Au-dessus de leurs têtes, les poutres grincèrent dans un ultime effort de résistance.

Elles ne tiendraient plus très longtemps.

— Dépêchons-nous, Ashley. On a…

— Je ne partirai pas d'ici ! s'écria Ashley. J'ai trop peur. Je ne veux pas me retrouver dehors.

Lacey puisa au plus profond d'elle-même le peu de courage qu'il lui restait.

— Au moins, nous sommes ensemble.

— On va mourir, maman !

— Nous courons le même danger en restant à l'intérieur.

À la vue de sa fille en larmes, Lacey s'agenouilla devant elle, sacrifiant quelques précieuses secondes.

— Chérie, je vis sur cette île depuis toujours. Ce n'est pas mon premier ouragan.

C'était le pire de tous.

— Nous allons nous réfugier dans la baignoire, sous un matelas. Maintenant ! hurla-t-elle à sa fille terrorisée.

Elle obligea Ashley à se lever, le visage ruisselant de larmes. Soudain, elle eut envie de s'effondrer avec elle parmi les quelques trésors qu'elles avaient réunis.

Ce serait signer leur arrêt de mort.

— Comment la météo a-t-elle pu se tromper à ce point ? gémit Ashley en serrant sa licorne contre elle.

C'était une bonne question. Toute la journée et une partie de la nuit, l'ouragan s'était dirigé vers le nord de la Floride. On annonçait des pluies diluviennes et un vent violent sur la côte ouest. Quelques heures plus tôt, l'ouragan Damien était passé du niveau trois au niveau quatre, avant de se détourner vers l'est et la barrière que constituait l'île de Mimosa Key.

En l'espace de quelques heures, dix mille sinistrés, dont Lacey et sa fille, s'étaient trouvés face à un dilemme, se cacher ou s'enfuir. Quelques touristes avaient réussi à se précipiter au-delà du pont, vers le continent, mais la plupart des insulaires, habitués aux ouragans, se réfugiaient sous leur matelas en priant le ciel pour que les éléments se calment.

Lacey prit le visage de sa fille entre ses mains.

— Il ne faut pas céder à la panique, d'accord ?

La jeune fille hocha la tête.

— D'accord, maman, d'accord.

— Je compte jusqu'à trois. 1,2…

La suite fut noyée par le fracas d'une toiture qui s'envolait, celle du garage.

La jeune femme ouvrit la porte du placard. Dans la chambre, il faisait nuit noire, mais l'ouragan n'avait pas encore abattu les murs.

— Passe de l'autre côté du lit, ordonna-t-elle en soulevant la couette, on retire le matelas, je tire et tu pousses.

Ashley se ressaisit et obéit à sa mère.

— C'est bien, encore un petit effort.

Une bourrasque s'engouffra dans le couloir, précipitant le miroir contre la porte de la chambre.

— Il arrive ! s'écria Ashley, pétrifiée de peur.

Tel un monstre, l'ouragan allait détruire les murs, puis la maison entière, dont il ne resterait ensuite que les fondations. Le grand-père de Lacey l'avait construite de ses propres mains dans les années quarante.

— Pousse, Ashley ! Allez !

L'adolescente redoubla d'efforts. Lacey parvint enfin à soulever le matelas du lit pour le traîner vers la salle de bains. Elles franchirent le seuil au moment précis où le vent pulvérisait l'une des fenêtres de la chambre, projetant des débris de verre et de bois dans toute la pièce.

— Ça y est, maman, ça y est !

— Non, pas encore, souffla Lacey en poussant de plus belle. Rentre.

Elle poussa sa fille vers le fond de la salle de bains.

Dans la pénombre, Lacey vit Ashley grimper dans la baignoire. Hélas, le matelas resta coincé dans l'encadrement de la porte. Elle se tourna pour le manœuvrer quand une autre fenêtre explosa.

Lacey se pencha pour échapper à la projection de bris de verre et découvrit ce qui empêchait le matelas d'avancer. La licorne d'Ashley.

Les volets s'envolèrent. Elle n'avait plus le temps de la récupérer.

— Dépêche-toi, maman !

Au prix d'un effort surhumain, elle dégagea le matelas et le poussa vers la baignoire, mais elle ne voyait plus que cette maudite licorne abandonnée sur le sol.

Son amie Zoé l'avait offerte à Ashley le jour de sa naissance. Elle avait dormi avec sa peluche jusqu'à l'âge de dix ans. Dans quelques minutes, la précieuse licorne ne serait plus qu'un souvenir, comme tout le reste.

Dans la baignoire, Ashley saisit la main de sa mère.

— Viens !

Mais Lacey s'arrêta pétrifiée, ployant sous le poids de ce matelas et de ce qu'elles étaient sur le point de perdre. Demain, il ne resterait rien, pas un tableau, pas un bibelot, pas un livre…

— Maman !

La porte de la salle de bains claqua violemment derrière elle. L'espace d'un instant, un silence inquiétant s'installa. Lacey en profita pour saisir la licorne d'une main, en retenant le matelas de l'autre.

— Qu'est-ce que tu fais ? lui cria Ashley.

— J'aurai au moins sauvé quelque chose.

Elle bondit dans la baignoire et se plaqua contre sa fille qui hurlait de terreur. Le lourd matelas s'écroula sur elles, les plongeant dans le noir.

Tandis que la porte battait au vent, la petite fenêtre située au-dessus des toilettes céda à son tour. Des bourrasques d'une violence extrême dévastèrent la pièce. Lacey entendit sa fille sangloter, tremblant de tous ses membres, désespérément accrochée à la vie, une vie difficile, pleine d'angoisse, parfois désastreuse, décevante aussi, mais si précieuse. Lacey Armstrong n'allait pas céder face à un caprice de la nature.

— Glisse un bras dans mon dos et retiens ce maudit matelas, lui ordonna-t-elle en resserrant son emprise.

Elle s'accrocha, les yeux fermés, tandis que tout s'écroulait autour d'elles. Cette vieille maison construite avec amour n'était pas grand-chose, mais c'était tout ce qu'elle avait.

Non, se rappela-t-elle. Son bien le plus précieux sanglotait auprès d'elle. Le reste n'était que matériel. Des objets anéantis, trempés, détruits… Mais elles étaient vivantes. Elles auraient d'autres rêves, d'autres espoirs.

— C'est un cauchemar, maman.

— Il faut tenir bon. Nous allons nous en sortir. J'ai connu pire.

Cela n'avait-il pas été pire de revenir à Mimosa Key, enceinte, après avoir quitté l'université, pour affronter la réprobation de sa mère ? Ou de plonger dans le regard lointain de David Fox en lui annonçant qu'elle garderait l'enfant envers et contre tous alors qu'il partait élever des moutons en Patagonie ?

En Patagonie. Quatorze ans plus tard, ce nom avait encore le don de la mettre en rage. En regardant furtivement par-dessus son épaule, elle croisa le regard affolé de sa fille.

— Écoute-moi, bien : on va s'en sortir.

L'adolescente hocha la tête. Surtout, ne pas perdre espoir. Même si ses projets se soldaient souvent...

Lorsqu'une violente bourrasque souleva le matelas comme un fétu de paille, Lacey ne put réprimer un hurlement de terreur. La pluie, le vent et les débris volèrent au-dessus de leurs têtes. Puis une partie du plafond s'écroula sur le matelas. Grâce au poids des matériaux, Lacey put enfin le lâcher. Elle le déplaça légèrement pour leur permettre de respirer et se nicha à côté d'Ashley.

Elle pouvait désormais penser à autre chose qu'à survivre.

Qu'y aurait-il ensuite ? La dure vérité, le néant. Qu'allaient-elles devenir sans maison, sans vêtements, sans sa petite entreprise de pâtisserie et peut-être même sans clients pour acheter ses cookies et ses cupcakes ?

Pour toute réponse, elle entendit un grondement de tonnerre, puis l'étage de la maison fut emporté comme si un géant venait de s'en emparer. Aussitôt, la pluie s'abattit sur elles. En l'absence de toiture, l'effet de souffle disparut, elles n'entendirent plus que le bruit de la pluie sur le matelas.

— C'est l'œil du cyclone ? demanda Ashley.

Lacey adopta une position plus confortable.

— Je ne sais pas, ma chérie. Tiens, regarde ce que je t'ai apporté.

Elle posa la licorne sur le torse de sa fille. Même dans la pénombre, elle vit l'adolescente sourire, les yeux embués de larmes.

— La licorne de tante Zoé. Merci, maman.

Lacey sentit son cœur se serrer.

— Chut, dit-elle en lui caressant les cheveux.

Pour une fois qu'elle parvenait à dire quelques mots à l'adolescente sans qu'elle sorte son téléphone pour envoyer un texto à une copine.

— On va s'en sortir, je te le promets.

Pourrait-elle tenir cette promesse ? Quand l'ouragan serait passé, la maison de son grand-père ne serait plus qu'un souvenir au bord d'une plage de sable blanc appelée Barefoot Bay.

Mais Mimosa Key serait toujours là. Rien ne pourrait effacer cette île ni ses habitants. Comme elle, ils étaient pour la plupart des descendants du groupe de pionniers qui avait construit un chemin de planches vers ce paradis du Golfe du Mexique.

Et rien ne pourrait priver Mimosa Key de ses ressources naturelles, comme la plage féerique de Barefoot Bay, avec ses couchers de soleil flamboyants et ses fleurs rouges qui explosaient comme des feux d'artifice au printemps. Rien ne pourrait empêcher la lune de luire sur le velours noir du ciel.

Si Mimosa Key survivait, Lacey survivrait aussi. Elle y croyait dur comme fer. Les assurances lui rembourseraient la valeur de la maison, et elle possédait le terrain, de sorte qu'elle pourrait reconstruire un foyer. Peut-être était-ce sa chance d'ouvrir la maison d'hôtes de ses rêves, un projet qu'elle nourrissait depuis des années ? Elle en avait fait la promesse à ses grands-parents lorsqu'ils lui avaient laissé la maison.

Hélas, les aléas de la vie l'avaient empêchée de tenir cette promesse. À présent, elle n'avait plus rien. Au lieu de s'attarder sur le drame, elle songea à sa future maison d'hôtes, tandis qu'Ashley sombrait dans un sommeil nerveux.

Le vent se calma enfin. Sous un léger crachin, les premières lueurs de l'aube apparurent à l'horizon. Le moment était venu de constater les dégâts. Rassemblant ses forces, Lacey parvint à repousser le matelas imbibé d'eau et recouvert de gravats.

— Oh, non, gémit Ashley, incrédule. Il n'y a plus rien.

Face au néant, Lacey se sentit le cœur étrangement léger. En réalité, elle entrevoyait même des perspectives d'avenir.

— Ne t'inquiète pas, dit-elle en déambulant parmi les débris, dans les lueurs du soleil levant. Ce n'est pas la fin du monde.

C'était le commencement d'autre chose, au contraire.

— Comment peux-tu dire une chose pareille, maman ? On a tout perdu.

Quelques gouttes de pluie tropicale s'écrasèrent sur son visage. Lacey les essuya du revers de la main.

— Nous sommes assurées, Ashley.

— Maman. Notre maison a disparu.

— La bâtisse s'est envolée, mais la plage est toujours là. Le soleil brille et les palmiers repousseront.

Son imagination repartit de plus belle. La réalité de ce qu'elle voyait autour d'elle ne fit que l'encourager. Elle y arriverait. Son terrain et l'argent de l'assurance lui permettraient de réaliser son rêve.

À son côté, l'adolescente ne put retenir ses larmes.

— Tu parles de palmiers ? Nous n'avons même pas de... Oh !

Elle ramassa sa console de jeux maculée de boue.

— Allons, fit Lacey en la prenant dans ses bras. Nous sommes en vie, ce qui relève du miracle.

La jeune fille ferma les yeux et hocha la tête, cherchant à faire preuve de courage.

— Je sais que c'est dur, reprit Lacey, mais ce ne sont que des objets. Nous en achèterons d'autres, plus beaux encore. Ce qui compte, c'est que nous soyons ensemble. Tu sais, je commence à croire que cet ouragan est la meilleure chose qui me soit arrivée.

L'adolescente la regarda d'un air incrédule.

— Tu as perdu la raison ?

Peut-être était-ce le cas, mais cet optimisme insensé était tout ce qu'il lui restait.

— Réfléchis, Ashley. Nous pourrons réaliser ce que bon nous semble sur ce terrain, sans avoir à réparer une vieille maison délabrée. Nous sommes libres de repartir de zéro. Tu sais, j'ai toujours rêvé d'ouvrir une maison d'hôtes, quelque chose qui serait à moi, une oasis, un refuge.

Ashley se contenta de fermer les yeux, comme si elle ne parvenait pas à remettre de l'ordre dans ses idées.

— Mais si tu n'as jamais réussi à le faire jusqu'à présent, comment penses-tu y arriver maintenant ?

La vérité était cruelle, mais Lacey refusait de se décourager. Cette fois, elle ne se trouverait plus d'excuses.

— La nature vient de m'offrir la clé de ma prison, ditelle et j'ai bien l'intention de m'en servir.

2

Six semaines plus tard

Il était sûrement sorti déjeuner. Accepterait-il un chantier aussi modeste ? Et s'il refusait de venir en Floride au mois d'août ?

Lacey ne manquait pas d'arguments pour éviter d'appuyer sur la touche « appel » de son téléphone pour contacter Clayton Walker, le célèbre architecte qui dirigeait un cabinet à son nom. Une goutte de sueur coula le long de son dos jusqu'à la ceinture de son short en jean qu'Ashley jugeait trop court pour une femme de son âge.

Trop court ? Elle avait le droit de s'habiller comme bon lui semblait, non ? Elle pouvait même se promener toute nue sur la plage de Barefoot Bay si cela lui chantait. Depuis que l'ouragan avait ravagé la partie nord de l'île, Ashley et elle y étaient entièrement seules. Après le passage des experts, la jeune femme pouvait espérer une indemnité suffisante pour reconstruire une maison. Les bulldozers avaient déjà déblayé le site. Ses deux voisins immédiats, l'un au nord et l'autre au sud, étaient partis une fois leur dossier constitué en promettant à Lacey de lui vendre leurs parcelles pour une bouchée de pain.

L'étape suivante de son ambitieux projet n'exigeait nullement une tenue vestimentaire adaptée à son âge aux yeux d'une adolescente. Lacey posa son téléphone portable sur la table de pique-nique, l'un des rares objets sauvé des décombres.

Qu'est-ce qui la retenait donc d'appeler cet architecte ?

La peur d'un refus ? Clayton Walker avait construit de sublimes hôtels et résidences. Il n'aurait que faire d'une modeste maison d'hôtes en bord de mer. Néanmoins, il avait répondu personnellement à son mail : « Contactez-moi quand vous aurez été indemnisée et je jetterai un coup d'œil à votre terrain. »

Lacey s'épongea le front et s'installa à l'ombre d'un poinciana survivant, comme elles, de l'ouragan. Elle observa un instant sa fille, au bord de l'eau. À une centaine de mètres, au-delà du sable brûlant, indifférente aux mouettes qui s'agitaient autour d'elle, elle envoyait des textos, occupation de plus en plus frénétique ces derniers temps.

Après la catastrophe, Ashley avait su rebondir et avait emménagé avec sa mère dans la maison de ses grands-parents dans un état d'esprit positif. Dans cette partie sud de l'île, elle avait retrouvé avec joie ses futurs camarades de lycée, alors que la rentrée approchait.

Longue de vingt kilomètres, l'île de Mimosa Key avait surtout souffert à l'extrémité nord où se situait Barefoot Bay. Au sud, quelques baies vitrées avaient explosé et des tuiles s'étaient envolées, mais tous les magasins étaient ouverts et la vie avait repris normalement. Pourtant, les parents de la jeune femme avaient décidé de s'attarder sur le continent avec leur fils, afin que Lacey et Ashley profitent de leur maison en toute liberté.

C'était une bonne chose car Marie Armstrong n'aurait eu de cesse de rabâcher que les projets de sa fille étaient insensés et elle ne passerait jamais ce coup de fil.

Elle observa le nom de l'architecte sur l'écran du téléphone. Que dire à un homme que l'on considère comme une légende ? Elle avait étudié sa photo sur le site Internet du cabinet. Avec ses cheveux blancs et sa cravate lacet, il avait des airs d'officier de la guerre de Sécession. Il était intimidant.

Prenant son courage à deux mains, elle se détourna d'Ashley qui risquait de la distraire. Au moment d'appuyer sur l'écran, elle hésita encore. Devait-elle l'appeler M. Walker ? Le ton de son mail semblait très informel. Peut-être ne voudrait-il pas…

Une voix lui parvint alors de la plage. Une voix masculine.

En regardant par-dessus son épaule, elle aperçut un homme à quelques mètres de sa fille et retint son souffle. Un homme vêtu uniquement d'un short et d'une paire de baskets, les cheveux en bataille et… pourvu d'une musculature impressionnante. Pire encore, il arborait un tatouage sur le bras.

S'agissait-il d'un touriste ? D'un surfeur ? Sans doute était-ce l'un de ces charognards qui fouillaient les débris depuis que le pont reliant l'île au continent était à nouveau ouvert. Pour grappiller quelques dollars, ils étaient prêts à profiter du malheur des autres.

Ashley éclata de rire à quelque plaisanterie. Lorsqu'il se tourna de côté, Lacey put admirer son torse ferme. Ashley rejeta ses cheveux en arrière, puis l'homme s'approcha encore d'un pas.

Bon, ça suffit, mon vieux, songea Lacey en se précipitant à sa rencontre. Mue par son instinct maternel, elle oublia tout de son coup de fil et ignora même la brûlure du sable sur ses pieds nus.

— Excusez-moi.

Ils se retournèrent tous les deux. Contrariée, Ashley leva les yeux au ciel, mais sa mère la vit à peine. Prête à contre-attaquer telle une lionne défendant son petit, elle riva les yeux sur le prédateur pour évaluer le danger.

Ce prédateur était si torride que la situation en était presque ridicule.

Il lui adressa un sourire éblouissant qui la désarma, et lui tendit une main :

— Je me présente, Clay Walker. Seriez-vous Lacey Armstrong par hasard ?

— Non. Enfin, je veux dire, oui, mais…

Elle en demeura bouche bée. Ce jeune homme n'avait rien du colonel Sanders de la photo : pas de cheveux blancs, pas de cravate, pas de chemise non plus. Il ne pouvait être Clayton Walker, car il était sublime.

— Que faites-vous ici ? demanda-t-elle, sans se soucier de son apparence d'adolescente attardée.

N'était-elle pas une mère de famille de presque trente-sept ans en train d'admirer ses abdominaux ? Il ne pouvait être l'homme qu'elle était sur le point d'appeler.

— Je vous avais prévenue que je viendrais voir le terrain.

— Ah oui. Je m'attendais à quelqu'un…

De plus vieux, plus habillé, moins séduisant.

— À quoi bon perdre du temps ? ajouta-t-il.

La jeune femme n'osa refuser la main qu'il lui tendait.

— Votre projet m'intéresse. J'aime beaucoup ce site.

— Moi aussi, avoua-t-elle, tiraillée entre stupeur et méfiance.

— J'espère que ma tenue ne vous offusque pas, reprit-il en baissant les yeux vers son torse nu. Il fait tellement chaud ici.

— Pas du tout, mentit-elle en dégageant sa main.

Elle avait du mal à le regarder dans les yeux.

— Je crois qu'il y a méprise, reprit-elle.

Il arqua les sourcils, révélant des yeux aussi bleus que l'eau qui s'étendait à perte de vue derrière lui.

— Méprise ?

— Vous n'êtes pas Clayton Walker.

— On m'appelle Clay, répondit-il avec un sourire éclatant. J'ai mes papiers dans ma voiture, si vous voulez.

Sa voix traînante était aussi séduisante que le short qui tombait sur ses hanches.

— Ce ne sera pas nécessaire. J'ai consulté le site du cabinet d'architecture, j'y ai vu la photo de Clayton Walker. Et ce n'est pas vous.

— Attendez, dit-il avec un sourire moqueur. Vous vous attendiez à Clayton Walker senior, sans doute.

— Clayton Walker, l'architecte.

L'homme qui avait conçu certains des plus beaux hôtels du monde et qui n'avait certainement pas les cheveux longs, une boucle d'oreille et un tatouage en forme d'étoile sur le biceps.

— C'est à son cabinet que j'ai envoyé un mail, ajouta-t-elle.

— En fait, c'est à moi que vous l'avez envoyé, répondit-il.

— J'ai trouvé ce contact sur le site du cabinet.

— Mon adresse y figure toujours. Ce n'est pas la première fois que cela se produit.

— Vous travaillez pour lui ?

— Non. Je n'ai plus rien à voir avec les affaires de mon père.

— Ah bon ? C'est dommage.

Elle ressentit une pointe de déception, ainsi qu'un trouble familier, au plus profond d'elle-même.

— Mais je construis aussi des maisons, reprit-il d'une voix charmeuse.

— Vous n'êtes pas *le* Clayton Walker.

Il eut un rire sensuel qui la fit frissonner de la tête aux pieds.

— Écoutez, j'ai un peu étudié le terrain et, si j'en crois votre mail, je suis parfaitement capable de réaliser ce projet.

Non, il en était incapable, car il était trop jeune, inexpérimenté, et trop dénudé.

— Êtes-vous architecte ?

— En théorie, oui. Disons que je le suis, mais que mon diplôme n'est pas officiellement reconnu.

Il lui sourit de plus belle, s'approcha d'un pas, et elle put admirer à loisir ses magnifiques yeux bleus.

Mais ce n'était pas ce qu'elle cherchait chez un architecte ! Qui ne l'était pas, apparemment.

— Et si vous me faisiez visiter le site ? proposa-t-il. Je pourrais vous faire quelques suggestions.

— Quelles suggestions ? Vous ne savez pas ce que je souhaite faire construire.

Sans vouloir se montrer cassante, elle ne pouvait lui faire confiance. Il s'agissait du rêve de toute une vie. Mieux valait se débarrasser de lui et contacter le vrai Clayton Walker.

— Peut-être souhaitons-nous la même chose, insista-t-il en la toisant sans vergogne.

Elle réalisa soudain qu'elle était un peu court-vêtue. Il faisait si chaud. Surtout, ne pas s'aventurer sur ce terrain glissant. Il avait six ou sept ans de moins qu'elle et était le fils de l'architecte qu'elle cherchait à rencontrer. Non, elle ne voulait pas de lui.

— Quand êtes-vous passé ? demanda-t-elle. Je viens souvent et je n'ai pas remarqué votre présence.

— Il y a quelques jours, répondit-il en arrachant enfin son regard bleu de son corps pour s'intéresser au terrain. L'endroit est génial pour une résidence balnéaire.

Génial ? Elle avait l'impression d'entendre un camarade de sa fille. Peut-être était-il encore plus jeune qu'elle ne le pensait.

— Ce n'est pas une résidence que j'ai en tête, corrigea-t-elle, mais une maison d'hôtes.

— Vraiment ? Vous devriez voir plus grand, mademoiselle.

Il s'approcha imperceptiblement, un sourire au coin des lèvres.

— C'est bien mademoiselle ?

Lacey n'en croyait pas ses oreilles. Il était en train de la draguer ouvertement.

— Peu importe, balbutia-t-elle. Il s'agit d'un projet concret pour mon avenir et celui de ma fille. J'ai une idée précise de ce que je veux et j'espérais rencontrer…

— Mon père, oui j'ai compris. Mais je suis l'homme qu'il vous faut.

Lui faire confiance ? Certainement pas.

— Votre père est un architecte de renom.

— Mais il se trouve en Caroline du Nord et, moi, je suis là, répliqua-t-il avec un sourire irrésistible. Et j'ai déjà quelques idées de réalisations pour ce site.

— Eh bien, moi aussi. J'en ai même une vision très précise.

Elle n'allait pas laisser un jeunot, qui n'était même pas officiellement architecte, décider à sa place.

— Allez, maman, accorde-lui une chance.

Lacey avait presque oublié la présence de sa fille, qui avait assisté à la conversation. Comme toujours, elle avait une opinion bien tranchée.

— Cela ne te regarde pas, chérie. Monsieur Walker…

— Clay Junior.

— Je vais être honnête avec vous, reprit Lacey avec un soupir de résignation. Ce projet est un énorme défi pour moi, et j'avais décidé de confier cette tâche à l'architecte qui a construit Crystal Springs et French

Hills, autrement dit le grand Clayton Walker. Vous êtes certainement très compétent dans votre domaine, mais je recherche quelqu'un qui ait davantage d'expérience.

— L'expérience ne fait pas tout, répliqua-t-il, la mine grave, et, ce qu'il vous faut, c'est un œil neuf, au contraire.

Il passa les doigts dans sa chevelure dorée. Derrière lui, Ashley observait à loisir le spectacle de son dos.

Décidément, il fallait que ce type s'en aille.

— Je regrette, mais je ne vois pas l'intérêt de poursuivre cette conversation. Au revoir.

— Au revoir ? répéta-t-il avec un rire incrédule.

— Et merci.

— Je dirais bien je vous en prie, mais j'ai l'impression que vous ne pensez pas ce que vous dites.

— Je voulais simplement dire au revoir.

— Vous allez le regretter, assura-t-il.

Sur ces mots, il adressa un signe de tête à Ashley et partit en courant dans la direction opposée.

— Maman ! s'exclama l'adolescente, exaspérée. Tu as vraiment été dure avec lui.

— Je ne voulais pas me montrer grossière, mais il n'est pas l'homme qu'il me faut.

— Tu lui as envoyé un mail, pourtant.

Lacey foudroyait sa fille du regard.

— C'était une erreur. À moins qu'il ait piraté les mails de son père, en quête de femmes seules à embobiner.

À ce détail près qu'elle n'était pas seule.

— Je te parie qu'il n'a aucun mal à trouver des femmes.

— Bon sang, il a le double de ton âge, Ashley.

— C'est pour cela que tu l'as chassé ?

— Non. C'est parce qu'il est trop jeune.

— Tu viens de dire qu'il était trop vieux.

— Trop vieux pour toi, et trop jeune pour construire la maison de mes rêves.

Et ni l'une ni l'autre ne pouvait se permettre de le dévorer des yeux.

Ashley sortit son téléphone et se mit à tapoter son écran.

— Ton excuse est pourrie, maman.

3

Elle avait décidé de confier cette tâche à l'architecte qui avait construit Crystal Springs et French Hills, Clayton Walker.

Eh bien, il était là. À condition, bien sûr, qu'elle ne contacte pas le cabinet de son père.

Clay courut sur le sable, plus déterminé que jamais. Il fallait absolument qu'il décroche ce contrat. Et rapidement, avant qu'elle ne mette le grappin sur le grand Clayton Walker senior, qui était bien décidé à éliminer toute concurrence, y compris celle de son propre fils.

Surtout celle de son propre fils.

Il n'était pas question qu'il se fasse doubler sur ce projet. C'était une question d'orgueil mais aussi une question de survie.

Entre lui et le lancement d'une carrière prometteuse ne se dressait qu'une jolie blonde voluptueuse aussi rigide que têtue. Comment lui faire changer d'avis ?

Dès qu'il avait entendu parler de l'ouragan qui avait ravagé Mimosa Key, il avait compris que c'était la chance qu'il attendait. Une île isolée, sauvage, à l'écart de la concurrence. Il y trouverait le projet dont il avait besoin pour se remettre en selle professionnellement. La reconstruction après une catastrophe naturelle n'était pas son domaine préféré, mais les clients potentiels avaient tendance à se décider rapidement dans ce type de situation et se dispensaient parfois de demander plusieurs devis.

Il devait bien y avoir une façon de remporter le contrat de Barefoot Bay.

Son premier atout sautait aux yeux. Cette femme avait manifestement apprécié son physique avantageux. Si la perspective d'une longue nuit torride à la convaincre qu'il était l'homme de la situation était assez attrayante, décrocher un contrat en usant de ses charmes n'était pas très glorieux. Elle le soupçonnait déjà de voler le travail de son père. Elle ne manquerait pas de lui téléphoner sur-le-champ. Il accéléra le pas et courut vers la clairière où il avait garé sa voiture.

Appelle-le, ma belle. Rien ne me stimule davantage qu'un défi.

Il monta en voiture et vérifia la présence des esquisses qu'il avait posées sur le siège. Si Lacey Armstrong les voyait, elle changerait certainement d'avis.

Ou pas. Peut-être manquait-elle cruellement d'imagination si elle voulait construire une simple maison d'hôtes sur ce site unique. Elle avait sans doute des goûts classiques, d'une tristesse à mourir. À la réflexion, son père était peut-être l'architecte qu'il lui fallait.

Après sa première visite sur cette plage, il avait vite regagné son appartement de location pour tracer quelques plans et esquisses. Rien de très détaillé : un premier jet inspiré par sa découverte de Barefoot Bay, un petit paradis tropical. Ce projet semblait être exactement ce dont il avait besoin pour prouver à son père qu'il était capable de se faire un nom.

Hélas, Lacey Armstrong avait jeté son dévolu sur le maître, qui se contentait de bâtir des hôtels impersonnels et sans charme. Cette femme aux jambes de rêve avait vraiment des idées préconçues.

Comment la persuader de jeter un coup d'œil à ses dessins ? Et s'il y parvenait, cela suffirait-il à l'empêcher de contacter son père ?

Soudain, il entendit un vrombissement de moteur dans le virage. Un 4 × 4 avançait vers lui, une femme au volant, une autre à son côté, une troisième à l'arrière. Elles écoutaient un air de rock à plein tube.

Il observa les cheveux longs de la conductrice et sa peau hâlée quand sa passagère s'exclama :

— Arrête, Zoé. Demande à ce type.

Des touristes, sans doute. La voiture s'arrêta quelques mètres derrière lui dans un crissement de pneus.

— Excusez-moi ! s'écria-t-elle en baissant le son de son autoradio.

Elle regarda par-dessus son épaule pour s'adresser à ses deux compagnes tandis que Clay s'approchait d'un pas lent.

La jeune femme assise à l'arrière n'avait pas l'air d'une touriste, mais plutôt d'une femme d'affaires avec ses cheveux bruns noués en queue de cheval et un chemisier blanc impeccable. Elle ne répondit pas à la conductrice, mais l'autre passagère se mit à rire. Ses boucles dorées encadraient un visage anguleux.

La blonde releva ses lunettes de soleil dans ses cheveux.

— Nous cherchons Barefoot Bay, mais rien n'est indiqué ici. Il n'y a aucune pancarte. Savez-vous si nous pouvons passer par là ?

Drôle de moment pour venir en vacances, songea Clay.

— La plage se trouve juste là-bas, répondit-il. Vous feriez mieux de vous garer et d'y aller à pied, ou bien de rouler encore un peu dans cette direction. Vous pourrez passer, mais il y a beaucoup de débris et la route n'est pas très praticable.

— On va traverser, déclara la femme d'affaires assise à l'arrière, sans doute un agent immobilier désireuse de faire profiter ses amies de bons plans.

— Quand nous serons plus proches, ajouta-t-elle, je reconnaîtrai la maison de Lacey.

Tiens, tiens. Une amie de sa cliente potentielle.

— Merci, dit la blonde avec un sourire étincelant. C'est très gentil. On dirait que vous revenez de la plage.

— Zoé ! s'exclama la passagère en donnant un coup de coude à la conductrice. Pourquoi faut-il toujours que tu cherches à séduire tous les hommes ?

— Non, seulement les meilleurs, plaisanta-t-elle.

— Ce n'est rien, assura Clay. Oui, je reviens de la plage.

— Elle est vraiment dévastée ?

— Complètement, répondit-il avec un sourire désabusé.

— Quel dommage, fit-elle en passant une main dans ses cheveux.

Elle se tourna vers ses amies, puis sourit de nouveau à Clay :

— Eh bien, merci encore. Vous avez besoin de quelque chose ?

Oh oui, il avait besoin de quelque chose. Il ne put réprimer un sourire. Parfois, face à un obstacle qu'il croyait insurmontable, le destin lui tendait la main.

— Vous alliez voir Mme Armstrong ?

— Oui, en effet, rétorqua sèchement la femme assise à l'arrière. Pourquoi ?

— Eh bien, si cela ne pose pas trop de problème, pourriez-vous lui remettre ceci ?

— Bien sûr, répondit la conductrice en prenant les plans pour les poser sur le siège arrière. Avez-vous indiqué vos coordonnées ?

— Dites-lui que c'est de la part de Clay Walker. Le seul et l'unique.

Lacey avait perdu beaucoup d'énergie à tenter de joindre Clayton Walker senior. Il n'était pas disponible, avait déclaré laconiquement son assistante après que la jeune femme lui eut expliqué la raison de son appel et combien il était important pour elle de louer les services d'un architecte de renom. Elle obtint néanmoins la promesse que M. Walker l'appellerait dès qu'il aurait un instant.

Autant dire jamais. Mais elle se promit de tenter de nouveau sa chance.

Lacey et Ashley montèrent à bord de leur voiture maculée de boue.

— Quelqu'un arrive sur la route, déclara l'adolescente en entendant un bruit de moteur.

Oh non, songea Lacey. Et s'il revenait à la charge ?

À cette perspective, le cœur de Lacey s'emballa, ce qui ne lui arrivait pas souvent. Au moment où elle tournait la clé pour démarrer surgit un énorme 4 × 4 blanc dont la conductrice se mit à klaxonner furieusement.

— Qu'est-ce que... ?

— C'est tante Zoé ! s'exclama Ashley en détachant sa ceinture de sécurité.

— Et elle n'est pas seule, commenta Lacey, très étonnée. Elles sont toutes là.

Tessa et Jocelyn poussèrent un cri de joie. Les trois jeunes femmes descendirent de voiture et se précipitèrent, les bras tendus, vers Ashley et Lacey. Après des retrouvailles chaleureuses, elles échangèrent les dernières nouvelles.

— On voulait te faire la surprise.

— Nous sommes venues te remonter le moral.

— Notre décision était prise depuis l'ouragan, mais on se doutait que tu nous dirais de ne pas venir.

Lacey serra chacune d'entre elles dans ses bras. Ses meilleures amies étaient venues l'aider à reconstruire sa vie après ce désastre.

Elles avaient traversé le pays entier. Tessa avait même fait le tour du monde.

— Tessa Fontaine ! s'exclama-t-elle en prenant son visage entre ses mains. J'ignorais que tu étais de retour aux États-Unis.

— Je suis rentrée avant la catastrophe, répondit Tessa avec un soupçon de tristesse dans ses yeux bruns. Au fait, je m'appelle Galloway de nouveau. J'ai officiellement renoncé au nom de Fontaine.

— Bien sûr, le divorce est prononcé maintenant. C'est triste.

— Tessa habite chez moi, désormais, annonça Zoé.

— Vraiment ?

— C'est provisoire, précisa Tessa qui avait été agricultrice dans de nombreux pays lointains. Je n'ai pas voulu t'inquiéter avec mes histoires. Tu avais déjà assez de problèmes.

— Nous avons décidé de venir ici pour te soutenir, dit Zoé prenant les mains de Lacey dans les siennes. Et prendre des nouvelles de notre filleule, qui a bien grandi et qui commence à être un peu trop jolie.

Ashley leur adressa un sourire révélant un appareil dentaire.

— Merci, tante Zoé.

Lacey porta son attention sur Jocelyn, la seule femme capable de rouler en décapotable sans se décoiffer.

— Il fallait vraiment un miracle pour que Jocelyn Bloom revienne à Mimosa Key ! s'exclama Lacey. Quand je pense à toutes ces stars de cinéma perdues à Los Angeles sans leur coach.

Jocelyn repoussa cette réflexion d'un geste.

— Il me suffit d'un téléphone et d'Internet pour travailler n'importe où. Tu as toujours été présente pour chacune d'entre nous. Il était normal de te rendre la pareille.

— Désolée d'avoir mis si longtemps, dit Zoé, dont les yeux verts pétillaient de joie. Les affaires ont décollé, pour ainsi dire.

Elle se mit à rire. Aussitôt, Lacey se sentit aussi légère que les montgolfières que Zoé pilotait pour gagner sa vie.

— Je me sens déjà mieux rien que de vous voir. Je ne me rappelle même pas la dernière fois que nous avons été réunies.

— C'était pour le mariage de Tessa, répondit Jocelyn, qui se rappelait sans doute la date exacte et la tenue de chacune.

— Oh là là ! J'espère que cette aventure finira mieux que mon mariage.

— Allons, Tessa, viens ici, dit Lacey en la prenant dans ses bras. Tu as vraiment souffert cette année.

— Le véritable enfer, c'est cet ouragan. Zoé m'a expliqué que tu étais restée en vie en te réfugiant dans la baignoire. C'est vrai ? demanda-t-elle à Ashley.

— Absolument, confirma l'adolescente. Maman a été formidable. Sans elle, je serais morte dans l'armoire de la chambre.

— Oh ! s'exclamèrent-elles à l'unisson.

Ce compliment inattendu toucha Lacey.

— On peut dire qu'elle m'a beaucoup soutenue, ajouta-t-elle.

— Lacey a toujours été la plus courageuse d'entre nous, reconnut Zoé. C'était toujours elle qui nous évitait les ennuis, lors de notre première année d'université.

— Comme si quelqu'un pouvait t'empêcher de te créer des ennuis, Zoé, lança Tessa.

Elles rirent de bon cœur, puis Jocelyn prit du recul pour observer d'un air incrédule les arbres dénudés, les monceaux de débris, les traces de l'ancienne maison.

— Mon Dieu, Lacey, murmura-t-elle. Il ne reste plus rien.

— On en a vraiment bavé, admit Lacey.

— Tout s'est envolé, expliqua Ashley d'une voix brisée. Maman a réussi à sauver quelques objets qui m'appartenaient, mais le reste a été emporté par le vent ou écrasé.

— Ce doit être difficile pour toi, ma chérie, déclara Tessa avec empathie.

— Tu sais quoi ? fit Zoé en se penchant à l'oreille d'Ashley. On va aller faire du shopping.

— Vous logez chez tes parents, Lacey ? demanda Tessa.

— Dans leur maison située à l'autre extrémité de l'île. Ils sont à New York avec Adam.

— Ils ne vont pas revenir te donner un coup de main ? fit Jocelyn, intriguée. Je sais que ta mère adore donner son avis.

Lacey réprima un rire amer.

— Mon père s'est proposé mais, franchement, la dernière chose dont j'ai besoin…

C'est de supporter le caractère de ma mère dans un moment pareil.

— Mais il y a de la place pour vous, pas de problème, ajouta-t-elle. On se serrera.

— En fait, je vais m'installer en face, dans un hôtel, déclara vivement Jocelyn.

— Pas question ! protesta Zoé.

— Il y a de la place à la maison, je t'assure. N'est-ce pas, Ashley ?

— Absolument, répondit l'adolescente en s'accrochant à sa marraine bien-aimée. Je veux que tu restes chez nous.

Jocelyn secoua la tête.

— Non, désolée. Je dois gérer au moins six clients et il faut qu'ils puissent me joindre. J'ai réservé une chambre au Ritz de Naples. Je passerai vous voir aussi souvent que possible.

— Eh bien, ma chère. Le Ritz ! railla Zoé. On va faire la fête et boire une bouteille de vin. Sauf Ashley, naturellement. Allez, montre-moi cette plage.

Zoé entraîna l'adolescente par la main. Lacey poussa un soupir et se tourna vers Tessa et Jocelyn.

— Vous êtes là. Je n'en reviens pas, lança-t-elle.

Tessa l'emmena vers le trou béant qui marquait l'emplacement de l'ancienne maison.

— C'est terrible. Tu as tout perdu.

— Tout, confirma Lacey. Les photos de bébé, les souvenirs. Chaque jour, je me rappelle quelque objet précieux qu'on ne reverra jamais.

Pleines de compassion, ses amies soupirèrent.

— En fait, voir tous ses biens disparaître en un clin d'œil permet de comprendre que le matériel n'a pas d'importance. Ce qui compte, c'est d'être saines et sauves et d'aller de l'avant.

— Quand je pense que je pourrais prendre trois cents dollars d'honoraires pour ce conseil avisé, commenta Jocelyn d'un ton désabusé.

— J'ai beaucoup réfléchi dans ma baignoire, pendant que mon univers s'écroulait autour de moi.

Elles se mirent en marche, bras dessus bras dessous.

— À quoi, par exemple ? demanda Tessa.

— Il serait temps que je mette à profit mon sens de la convivialité. Et je ne parle pas de ma petite entreprise de pâtisserie.

— Tu penses à cette maison d'hôtes pleine d'antiquités dont tu nous rebats les oreilles depuis la fac ?

Tessa se pencha pour ramasser une fleur orange ayant miraculeusement survécu à la catastrophe et la fit tournoyer entre ses doigts.

— Exactement.

— Où en es-tu ?

— Nulle part, admit Lacey d'un air triste. Je croyais avoir trouvé un architecte, mais je doute de pouvoir obtenir les services de celui que j'avais choisi.

— Tu baisses déjà les bras. Ce ne sont pas les architectes qui manquent, tu sais.

— Il m'en faut un qui soit à la fois un visionnaire et qui ait de l'expérience.

Les deux autres femmes échangèrent un regard.

— J'ai l'impression que la Lacey Armstrong terre à terre est en train de resurgir, railla Jocelyn.

— Pas du tout. Je tiens à réaliser ce projet avec l'argent de l'assurance. J'ai de quoi faire construire une belle maison d'hôtes. Et même un peu plus.

— Maintenant, tu sais pourquoi nous sommes venues, déclara Tessa.

— Pourquoi ?

— Pour t'empêcher de trouver des excuses pour ne pas construire cette maison comme il faut.

— Vous avez toujours été là pour moi, admit Lacey en les observant tour à tour. Qu'entendez-vous par comme il faut ?

— Une maison bien conçue, répondit Jocelyn. Qui en fera une entreprise rentable.

— Je ne sais pas si je pourrai…

Sa voix s'éteignit face à leur expression sévère, puis elle éclata de rire.

— D'accord, d'accord. Je vais avoir besoin de cet argent parce que mon entreprise est au point mort et que je vis sur mes économies.

Jocelyn se percha sur une table de pique-nique.

— Si tu veux gagner de l'argent, il faut bichonner tes clients.

— Mes clients ? Je n'arrive même pas à obtenir les services d'un architecte.

— Tu devras installer un spa, ajouta Jocelyn en ignorant son commentaire. Je suis en mesure de t'envoyer la moitié de la population de Los Angeles si tu proposes un massage à la lave de volcan.

— Et pourquoi pas des aliments bio ? demanda Tessa. Tu ferais pousser tes propres légumes.

— Ce serait formidable, Tessa, mais, comme tu le vois, le terrain n'est pas près de fournir des légumes.

Tessa agita la petite fleur qu'elle tenait encore à la main.

— Mais tu as encore un plant d'ixora, une variété comestible quand on la fait cuire. C'est très sain.

Elle sourit en voyant ses deux amies lever les yeux au ciel.

— Je me suis trouvée à Bornéo après un orage dévastateur et nous avons remonté une exploitation bio en une seule saison.

— D'autant plus que tu pourras pratiquer des tarifs exorbitants, renchérit Jocelyn.

— C'est bien joli, de faire des projets, mais je vous rappelle que je n'ai même pas un toit sur la tête.

— Lacey, fit Tessa en lui prenant la main. Cesse de te trouver des prétextes pour ne pas avancer.

Zoé et Ashley accoururent de la plage, faisant voler du sable dans leur sillage.

— Ashley n'a jamais autant ri depuis l'ouragan.

— Pourquoi crois-tu que nous supportions Zoé ? C'est le clown de la bande.

— Elle est à Flagstaff depuis combien de temps, déjà ? demanda Lacey. Trois ans ? Un record pour quelqu'un qui a la bougeotte.

— Sa grand-tante Pasha veut la garder près d'elle, paraît-il, dit Tessa.

— Vous bavassez derrière mon dos ? demanda Zoé. Vous vous demandez encore ce que vous allez faire de moi, c'est ça ?

— On se demande à présent ce qu'on va faire de Lacey, répondit Tessa.

Zoé s'éventa et se prit le visage dans les mains.

— Et si on en parlait à l'ombre, de préférence devant un bon cocktail ? Il fait plus chaud qu'en Arizona ici, mais la plage est superbe.

— C'est la Floride au mois d'août, déclara Jocelyn. C'est pour cela que l'on a inventé la climatisation.

— La clim a été en panne pendant presque trois semaines chez les grands-parents, déclara Ashley. Mais elle est réparée maintenant.

— Dieu merci, déclara Tessa, sinon je me serais retrouvée au Ritz avec Jocelyn. Mais je ne transpire pas…

Elle donna un coup de coude complice à Ashley tout en continuant :

— … je scintille, je rayonne.

Tandis qu'elles se dirigeaient vers les voitures en plaisantant gaiement, Lacey resta en retrait, tenant Tessa par le bras.

— Je ne me rendais pas compte à quel point j'avais besoin de vous, avoua-t-elle, la gorge nouée par l'émotion. Merci d'être venue, Tessa. Je sais que tu viens de passer une année éprouvante, avec ton divorce.

— Billy l'a mieux vécu, lui. Il a une nouvelle copine.

— Quel sale type.

— Elle est enceinte.

Lacey se figea.

— Non. Tu plaisantes ?

— Est-ce que je plaisanterais sur ce sujet ? Pendant cinq ans, j'ai sillonné le monde entier pour construire des fermes biologiques avec lui. Hélas, sans réussir à avoir un enfant avec lui.

— Ma pauvre chérie.

— Il est fier, en plus. Comme s'il était enfin devenu un homme.

Sa voix se brisa, comme toujours lorsqu'elle abordait ce sujet.

— Il m'a envoyé un texto l'autre jour pour m'annoncer cette grossesse.

— En tout cas, je suis très contente que tu sois là, assura Lacey.

— C'est une idée de Zoé, en réalité. Mais j'ai immédiatement accepté.

— Et miracle des miracles, vous avez réussi à faire revenir Jocelyn sur cette île.

— Si on veut. Il n'y a toujours pas moyen de la faire parler si elle n'en a pas envie. Mais une chose est sûre, elle refuse de s'aventurer au sud.

Là où vivait son père, songea Lacey.

— Enfin, elle est là, c'est déjà cela. Nous parviendrons à régler ses problèmes, dit-elle.

— C'est une obsessionnelle, on a du pain sur la planche. À propos de problèmes, tu as eu des nouvelles de David dernièrement ?

— Je t'en prie. La dernière fois que j'ai entendu parler de lui, il était en expédition dans l'Antarctique, ou alors en plein trekking au Tibet, je ne sais plus très bien.

Tessa leva les yeux au ciel.

— Il joue toujours les Peter Pan.

— Il envoie de l'argent et des cartes de vœux à Noël, répondit Lacey, qui avait étrangement besoin de défendre le père d'Ashley, son ancien compagnon.

— Cela ne suffit pas.

— Moi, cela me suffit.

— Aucune d'entre nous n'est donc amoureuse ? reprit Tessa.

— J'ai eu quelques rendez-vous, mais je n'ai aucune envie de courir les bars de Fort Myers en laissant ma fille adolescente à la maison.

— Et si on s'inscrivait sur un site de rencontre sur Internet ?

— Redescends sur terre, Tessa.

Lacey avait néanmoins évoqué cette possibilité. Elle allait avoir trente-sept ans et si elle souhaitait avoir un autre enfant… mais elle ne tenait pas à aborder ce sujet avec Tessa.

Dieu merci, Jocelyn mit fin à cette conversation en brandissant son téléphone.

— Il faut que je fasse un saut à l'hôtel, annonça-t-elle. Une urgence avec un client. Les filles, mettez vos bagages dans la voiture de Lacey et partez avec elle, d'accord ? Je prends la voiture de location.

Lacey sentit Tessa se crisper. Pour ne pas gâcher ces retrouvailles, elle monta rapidement en voiture.

— Fais ce que tu as à faire, Jocelyn. Je suis simplement heureuse que tu sois dans les parages.

— Au fait, j'étais censée te remettre ceci, fit Zoé lui tendant les cylindres en carton qu'elle avait posés sur le siège arrière. J'espère que le beau gosse de la plage y a inscrit son numéro de téléphone.

Lacey sentit son cœur s'emballer.

— Quel beau gosse ? demanda-t-elle innocemment.

— Un dénommé Clay Walker.

Elle faillit lâcher les deux rouleaux.

— Vous l'avez vu ?

— Zoé l'a carrément dévoré des yeux, railla Tessa.

— Parce que tu ne l'as pas trouvé à croquer, toi ? rétorqua l'intéressée.

— C'est le type que maman a envoyé promener sur la plage, déclara Ashley.

— Pas du tout, protesta Lacey, déstabilisée. Qu'est-ce qu'il vous a dit ?

— Rien, répondit Zoé. Il nous a simplement donné ces cylindres à ton intention en nous demandant de préciser qu'ils venaient de Clay Walker.

— Non, intervint Jocelyn, il a précisé : « le seul et l'unique », ce qui dénote un ego surdimensionné.

— Il a de quoi, il est torride, commenta Zoé en donnant un coup de coude complice à Ashley. Il a des épaules magnifiques.

Tessa fit mine de boucher les oreilles d'Ashley.

— Pas devant la petite.

— J'ai quatorze ans, tante Tessa.

— Je me moque totalement de ses épaules, rétorqua Lacey en crispant les doigts sur les tubes de carton. Il a menti sur les raisons de sa venue ici. Sans doute est-ce un imposteur qui pirate les mails pour trouver des clients.

— Oui, cela arrive souvent sur Internet, admit Zoé. Mais il pourrait facilement travailler en tant que mannequin.

Lacey déroula une feuille sur le capot de sa voiture.

— Après l'ouragan, un tas d'escrocs vont se présenter ici. Mieux vaut faire... Seigneur !

— Mieux vaut faire quoi, maman ?

La jeune femme fut soudain parcourue d'un frisson.

— ... attention, compléta-t-elle tout en regardant fixement les plans qu'elle avait sous les yeux.

Tout ce dont elle avait rêvé sans parvenir à se l'imaginer concrètement se trouvait noir sur blanc sur ce plan. Son cœur se mit à battre la chamade.

— Attention à quoi ? insista Ashley.

— À ne pas tirer de conclusions hâtives, répondit-elle en reculant d'un pas, abasourdie. Comme je viens de le faire.

— Oh ! s'exclama Jocelyn en se penchant à son tour sur le document. Que faut-il pour qu'il te construise ça ? Je suis sûre que Zoé se fera un plaisir de...

— Il me faut...

Un architecte visionnaire ?

— ... une seconde chance, déclara-t-elle.

4

— Coucou, fit Lacey en frappant à la porte ouverte de son ancienne chambre d'enfant.

Assise sur son lit, Ashley était concentrée sur l'écran de son ordinateur flambant neuf, un « objet de première nécessité » remplacé d'urgence après l'ouragan.

Aussitôt, l'adolescente referma l'ordinateur et leva les yeux vers sa mère d'un air gêné.

— Tout va bien ? s'enquit Lacey.

Dans un élan d'amour maternel, elle eut envie de tendre les bras vers sa fille. Que pouvait-elle vouloir lui cacher ? Neuf fois sur dix, c'était une histoire de cœur qui la faisait réagir de la sorte.

— Tu as toujours envie d'aller chez Meagan, ce soir ?

Lacey sentit qu'elle avait franchi la frontière fragile entre l'intimité de la jeune fille et son rôle de mère. En général, elle était attentive, car elle savait mieux que quiconque combien une mère abusive pouvait faire souffrir son enfant.

— Oui.

— Alors, que se passe-t-il ?

— Rien. J'étais sur Facebook.

Naturellement, songea Lacey.

— Avec quelqu'un en particulier ?

— Non, maugréa Ashley en se levant. Bon, Meagan m'attend. On peut y aller maintenant ?

— Bien sûr, répondit Lacey en brandissant sa clé. Zoé, Tessa et moi allons te déposer, puis nous irons dîner.

— Sans Jocelyn ?

— Elle préfère rester à l'hôtel.

La jeune fille prit son sac fourre-tout, encore un bien de première nécessité, ainsi qu'un oreiller, puis elle observa sa mère d'un air curieux.

— Pourquoi parcourir tout ce chemin pour venir te voir si elle se terre ensuite dans son hôtel ?

Excellente question.

— Tu as vu le Ritz ? Ce n'est pas n'importe quel hôtel.

— Quand même. Je ne la comprends pas, fit l'adolescente.

— Tu sais, elle a grandi ici et sa mère est morte il y a quelque temps. Elle a gardé de mauvais souvenirs de Mimosa Key.

Avant qu'elle ne lui demande de plus amples explications, le téléphone d'Ashley se mit à vibrer et capta son attention.

En lisant son message, elle poussa un cri de joie.

— Oh, je n'y crois pas ! s'exclama-t-elle avant de tapoter furieusement son écran.

— Ashley, que se passe-t-il ?

— Tiffany me dit que Matt a rompu avec Cami Stanford. C'est fini entre eux !

Elle poursuivit sa frappe sans en dire davantage.

— Tiffany Osborne ? Celle qui s'est fait prendre avec du cannabis au collège ? Elle sera chez Meagan, ce soir ? J'ignorais qu'elles étaient copines.

— J'ai peut-être ma chance avec Matt, maintenant.

— Je le connais, ce Matt ? demanda Lacey, méfiante.

Ashley rangea son téléphone et fusilla sa mère du regard. Contrairement à ce qu'aurait fait sa propre mère, Lacey n'insista pas. Elles montèrent en voiture avec Zoé et Tessa en direction de la maison de Meagan.

— Regardez ! déclara Zoé tandis qu'elles traversaient la bourgade.

— Quoi ? demanda Lacey.

— Très intéressant, reprit Zoé en adressant un regard complice à Tessa.

— Qu'est-ce qui est intéressant ? insista Lacey.

— Ce petit restaurant, avec cet étrange oiseau en devanture. Il est très pittoresque. Et si on y dînait ?

— Le Pélican ? fit Lacey en secouant la tête. Pas question d'y mettre les pieds. Ils servent des plats insipides. Allons plutôt manger mexicain.

— Allons au Pélican. Ça a l'air sympa.

— C'est sympa, à condition de vouloir s'enivrer au milieu de pêcheurs pur jus.

— Tu y rencontrerais peut-être un charmant garçon. J'aimerais vraiment y aller, insista Zoé.

— Maman ne sort pas avec des garçons, tante Zoé, déclara Ashley. Mais si vous allez au restaurant mexicain, vous voulez bien me rapporter des enchiladas ?

— Pourquoi ta mère ne sortirait-elle pas avec des garçons ? demanda Zoé en se tournant vers la jeune fille.

— Parce qu'elle n'est pas du tout intéressée par les hommes de cette île, intervint Lacey en attendant que le feu passe au vert. D'ailleurs, ma vie sentimentale inexistante ne regarde ma fille en rien.

— Maman ne sort avec personne parce qu'elle ne trouvera jamais un homme comme mon père.

Sous le choc, Lacey freina brutalement.

— Désolée, mais le feu...

Elle observa sa fille dans le rétroviseur avant de poursuivre :

— Qu'est-ce qui a bien pu te donner une idée pareille ?

— Il n'y a que la vérité qui fâche, maman.

Lacey plongea dans le regard vert d'Ashley, le même que celui de David.

— Ce n'est pas pour cette raison que je ne sors pas, reprit-elle après un silence pesant. Je n'ai simplement pas rencontré d'homme intéressant.

— C'est la raison pour laquelle nous allons dîner au Pélican, en profita pour reprendre Zoé.

— Zoé ! gronda Lacey. Je te dis que la cuisine et l'atmosphère ne sont pas agréables. Ce n'est pas notre genre d'endroit.

— Tu risques de changer d'avis, rétorqua cette dernière d'un air entendu.

Lacey était très contrariée par le commentaire d'Ashley à propos de son père. Ne se sentant pas de force à discuter du choix du restaurant, elle tourna à gauche en direction de chez Meagan. Trois adolescentes attendaient Ashley devant la maison.

— Qui sont les autres filles ? s'enquit Lacey.

— Des copines de Meagan.

Lacey contint son impatience.

— Je voulais dire comment s'appellent-elles ?

— Maman, je connais Meagan depuis la maternelle. Bonne soirée les filles. Amusez-vous bien.

Sans laisser le temps à sa mère de réagir, elle descendit de voiture. Lacey observa le petit groupe, mais Tessa lui tapota l'épaule.

— Elle ne risque rien. Elles me font penser à nous, à l'époque.

— C'est justement ça le problème, répondit Lacey.

— Ashley est en troisième. Ne t'en fais pas.

Les adolescentes entrèrent dans la maison en gloussant.

— La bande des quatre, commenta Tessa d'un ton nostalgique.

— Et si on allait sur le continent pour faire une surprise à Jocelyn ? suggéra Lacey. Ça me fait de la peine qu'elle reste seule ce soir.

— Tu sais bien que la solitude est une seconde nature chez elle, dit Tessa. Elle en a besoin pour survivre.

— De toute façon, on va au Pélican, persista Zoé avec humour mais détermination.

— Qu'est-ce qui te prend de vouloir aller dans cette gargote ? Leur vin est coupé d'eau, s'emporta Lacey.

— Mais on y croisera un architecte extrêmement sexy qui semble avoir un excellent coup de crayon. Il vient d'y entrer. Secoue-toi un peu.

Lacey en demeura sans voix. Elle avait parlé à ses amies de son entrevue avec Clay et de ses réticences à l'engager. Apparemment, elles ne se souciaient guère de son manque d'expérience.

— Allons, tu sais bien que c'est ce que tu veux, fit Tessa.

— Je n'ai pas envie de lui parler dans un bar sordide. Je l'appellerai après avoir eu des nouvelles de son père et vérifié ses références. Je ne sais rien de lui.

Sa voix s'éteignit. Ses amies la regardaient d'un air de dire : « Redescends sur terre ».

— Ne gâchons pas cette soirée. Faisons le point sur les dernières nouvelles, au lieu de nous occuper de lui.

— Lacey ! lancèrent-elles à l'unisson, affligées.

Elle rendit les armes.

— Vous savez, les filles, un verre de piquette, ça peut être délicieux, concéda-t-elle.

Zoé brandit le poing en signe de victoire.

— C'est bien ce que je disais.

Clay observa tour à tour chacune des jeunes femmes, dont il n'avait pas retenu les prénoms. Elles avaient foncé droit sur lui dès qu'il s'était installé au bar et s'étaient assises sans façon à ses côtés. Les deux quadragénaires plutôt séduisantes lui semblaient vaguement familières. Sans doute les avait-il déjà croisées sur l'île.

Brune aux cheveux bouclés, avec de grands yeux de braise, Gloria était un peu plus jeune et plus réservée que Grace, dont le bronzage artificiel était assez incongru. Elle portait une alliance à l'annulaire gauche, mais cela ne l'empêchait pas d'être provocante.

Grace lui demanda d'abord où il résidait.

— À Hibiscus Court, derrière le port, répondit Clay en sirotant sa bière, tout en scrutant la salle en quête d'un visage connu qui aurait pu le sortir de là.

Bien sûr, il n'espérait pas pouvoir rencontrer directement Lacey Armstrong dans ce type d'établissement. En réalité, il était venu interroger les gens du coin, afin de se renseigner sur elle.

— Alors, vous avez l'intention de rester longtemps ? demanda Grace. Chuck Mueller n'accepte que des baux de trois mois pour ses locations de meublés.

— J'hésite encore, éluda-t-il.

Éternel optimiste, il avait pourtant bien signé un bail de trois mois.

— De plus, il n'y a pas beaucoup de logements à louer par ici, à moins d'aller sur le continent.

Le sourire de Grace s'élargit. Elle échangea un regard complice avec Gloria.

— Il suffit de s'adresser aux bonnes personnes, mon grand. Je suis la patronne du Fourway Motel.

— Il n'y avait pas de chambre libre.

Intriguée, elle le toisa ouvertement.

— Mon mari était sans doute à la réception. Il se laisse facilement intimider par les hommes imposants et séduisants.

Clay accepta le compliment en riant.

— Le Fourway Motel, dites-vous ? Intéressant.

— Si vous comptez rester assez longtemps sur l'île, vous finirez sans doute par bien le connaître, répondit-elle avec un clin d'œil complice. Avec ma cousine, Gloria, on peut vous le faire visiter.

— Tu vas lui faire peur, Grace, lança Gloria. Le motel tient son nom du carrefour entre la rue principale et la route menant au port, là où fut construit le premier phare de l'île. L'histoire de Mimosa Key est passionnante. Nos mères respectives étaient les filles du premier pasteur de la ville.

— D'où nos prénoms.

— Et comment, renchérit Gloria. Ma mère s'appelle Charity et celle de Grace se nomme Patience. Elle dirige la station-service et l'épicerie qui se trouvent...

— Au carrefour, compléta Clay.

— Vous commencez à comprendre, dit Grace. Il existe un conseil municipal, un maire et quelques notables à la langue bien pendue sur cette île mais, dans les faits, c'est notre famille qui règne en maître ici.

Elle effleura la main de Clay d'une caresse et soutint son regard.

— Si vous cherchez à travailler ici, vous seriez avisé de nous avoir comme alliées.

Son index remonta lentement vers son biceps.

— Je suppose que vous êtes dans le bâtiment.

— Et, si Grace ne se trompe pas, continua Gloria, le Beachside Beauty, le salon où je travaille, n'a plus de vitrine. Le type qui devait la remplacer n'est jamais venu.

— Je suis effectivement architecte mais je construis des bâtiments entiers, expliqua-t-il.

— Vraiment ? fit Grace, impressionnée. Qui a donc engagé un architecte ?

Personne pour l'instant, songea Clay amèrement.

— Certaines maisons de Barefoot Bay ont été détruites et doivent être reconstruites entièrement, éluda-t-il.

— Lesquelles, par exemple ? insista Grace. Il n'y a que la nature sauvage là-bas, et quelques vieilles bâtisses.

C'était l'occasion idéale pour grappiller des informations sur Lacey Armstrong.

— Il y aura peut-être une maison d'hôtes bientôt, déclara-t-il, jetant un pavé dans la mare.

Grace en demeura bouche bée.

— J'en doute fortement, commenta-t-elle avec une véhémence qui intrigua Clay.

— Pourquoi ?

— À cause du cadastre, répondit-elle en adressant un regard entendu à sa cousine. Nul ne peut y construire un hôtel, un motel ou une résidence de tourisme. C'est juste impossible. Vous feriez mieux de chercher du travail ailleurs, monsieur l'architecte.

Totalement métamorphosée par cette révélation, Grace vida son verre de vin d'une traite, puis foudroya Clay du regard.

— Qui veut construire ce projet ?

Malgré son envie d'en savoir davantage sur Lacey, il n'en dévoila pas davantage.

— Quelqu'un qui habite là-haut.

— Everham ? Tomlinson ? Qui cela peut-il être ? demanda Grace, d'un air pensif. Ce n'est quand même pas Lacey Armstrong qui va essayer de me... de construire un genre de motel.

— Pourquoi pas ?

— Je viens de vous le dire, répondit Grace en s'approchant pour mieux souligner ses propos. À cause du cadastre. Il faudrait une autorisation du conseil municipal, qui est sous le contrôle du maire, lui-même sous le contrôle de ma mère, ajouta-t-elle avec un sourire satisfait.

— Vraiment ? fit Clay, fasciné par les subtilités de la vie politique sur cette île.

— Vraiment, assura Grace en faisant signe au barman. L'addition, Ronny !

— Permettez-moi de vous inviter.

— Vous essayez de m'acheter ? rétorqua-t-elle avec un regard glacial.

— J'essaie simplement de vous offrir un verre.

— On s'en va, Gloria ! décréta-t-elle en se levant.

— Je n'ai pas envie de partir, protesta sa cousine.

— J'ai dit on s'en va !

— Écoutez, si vous comptez rester dans le coin et si vous avez besoin d'une coupe de cheveux, passez donc au salon, fit Gloria avec un sourire contrit. On s'occupe aussi des hommes, ajouta-t-elle en riant de son sous-entendu. Enfin, vous voyez ce que je veux dire. Mais ce serait dommage de raccourcir une telle chevelure.

Elle tendit la main pour saisir une boucle dorée. Clay n'était plus allé chez le coiffeur depuis le jour où il avait quitté le cabinet de son père.

Gloria se pencha pour murmurer à son oreille :

— Un petit conseil, ne vous mettez pas Grace à dos.

Trois jeunes femmes entrèrent dans l'établissement. L'une d'elles avait des boucles cuivrées qui tombaient sur ses épaules nues et portait une robe jaune moulante à couper le souffle.

Tiens, tiens, quel bon vent vous amène ? songea Clay.

Dès qu'il croisa le regard de Lacey, il ne vit plus qu'elle. Le bar n'existait plus. La blonde qui conduisait le 4 × 4 un peu plus tôt donna un coup de coude à son amie, qui avança lentement vers lui, sublime, enjouée, pulpeuse, en un mot, magnifique. En arrivant près de lui, elle se mordit la lèvre avec une telle sensualité qu'il eut peine à arracher son regard de son décolleté.

— « De tous les bars de toutes les villes du monde… dit-il en se levant.

— …elle entre dans le mien », poursuivit Lacey avec un sourire complice.

Il se leva et elle serra la main qu'il lui tendait.

Seigneur. Il avait rencontré celle qu'il cherchait.

5

Lacey ne parvenait pas à lui lâcher la main. Pas seulement parce qu'il avait les doigts robustes et puissants, ou que sa présence la troublait, mais parce que…

De tous les bars de toutes les villes du monde.

Il venait de citer la réplique culte de l'un de ses films préférés.

— Vous avez vu *Casablanca* ?

— Au moins une dizaine de fois, répondit-il en lui indiquant le tabouret que Gloria Vail venait de libérer.

Elle regarda par-dessus son épaule. Zoé et Tessa s'étaient attablées à l'autre extrémité de la salle, comme prévu entre elles. Lacey était censée aller chercher les boissons et rencontrer Clay Walker par hasard. S'asseoir à côté de lui pour discuter cinéma n'était pas prévu au programme.

— À ce point ? demanda-t-elle.

— Pourquoi êtes-vous étonnée ? C'est un grand film.

Lorsqu'il s'installa à son tour, sa jambe effleura celle de la jeune femme. Il se tenait si près d'elle qu'elle fut parcourue d'un frisson.

— Quoique j'aurais préféré une autre fin, nuança-t-il.

— Une autre fin ? Pour *Casablanca* ? fit-elle. Pourquoi gâcher la perfection ?

— La perfection, répéta-t-il en plongeant son regard bleu dans le décolleté de sa robe.

Sa tenue semblait assez sage pour une soirée entre copines, mais elle devenait franchement sexy dans ce contexte.

— Celui qui finit avec la fille ne la mérite pas, expliqua-t-il.

— Vous trouvez ?

— Rick baisse les bras trop facilement.

Presque imperceptiblement, il s'approcha encore :

— Ce n'est pas mon cas, murmura-t-il.

L'espace d'un instant, elle oublia de quoi ils étaient en train de parler, pourquoi elle était entrée dans ce bar et ce qu'elle avait à lui dire. Elle savait à peine comment elle s'appelait.

— En tout cas, c'est une bonne surprise, déclara-t-il. Vous venez souvent ici ?

— Je suis juste venue boire un verre avec quelques amies.

J'ai adoré vos plans, songea-t-elle.

— Vous ne m'en voulez pas ? demanda-t-il.

— Pourquoi ?

— De ne pas apprécier la fin de *Casablanca*, répondit-il avec un sourire désarmant, à la fois irrésistible et rêveur. Et que je ne sois pas mon père.

Il fallait qu'elle le fasse. Il le fallait absolument. Aucune excuse au monde ne devait l'empêcher de s'engouffrer dans la brèche qui venait de s'ouvrir. Il lui suffisait de dire simplement : « J'apprécie vos idées ». Rien de plus facile.

Ils se dévisagèrent longuement, chacun attendant que l'autre fasse le premier pas, mais le barman brisa le charme en demandant :

— Je vous sers quelque chose, madame ?

— Trois vins blancs.

— Ronny, c'est pour moi, annonça Clay.

— Il n'en est pas question !

Il leva une main pour couper court à ses protestations.

— Madame boira le sien ici, et vous servirez les deux autres à ces ravissantes jeunes femmes, près de la fenêtre, ajouta-t-il avec une certaine assurance.

Ronny servit trois verres de vin blanc bon marché.

— Un seul alors, concéda Lacey.

Dès la première gorgée, elle fit la grimace.

— On dirait du dissolvant.

— Pourquoi venez-vous ici si vous n'appréciez pas ce qu'ils servent ? demanda Clay en riant.

Elle posa son verre sur le bar en cherchant une réponse plausible, en vain.

— En fait, nous vous avons vu entrer.

Intrigué, Clay arqua les sourcils.

— Je ne vous harcèle pas, s'empressa-t-elle d'ajouter. Je voulais simplement vous dire que j'avais adoré vos dessins. Où donc avez-vous trouvé l'idée de l'auvent sur la façade ? C'est très spectaculaire.

— Vous savez quoi ?

Il prit une boucle de ses cheveux blond vénitien entre ses doigts, puis la relâcha aussitôt.

— Vous l'êtes tout autant, poursuivit-il.

Décidément, il était très fort. Jeune, séduisant et beau parleur. De plus, ce breuvage infect était susceptible de venir à bout des inhibitions de n'importe quelle femme. Pour se donner du courage, elle en avala une autre gorgée.

— En fait, Clay, me pardonnerez-vous pour m'être comportée comme une mégère, à la plage.

— Je vais réfléchir, plaisanta-t-il. Dites-moi plutôt ce que vous avez apprécié dans mes dessins.

Il avait niché la bâtisse au cœur de la nature, dans l'esprit qu'elle voulait insuffler à son établissement.

— Pour être honnête, je les ai adorés.

— Dans ce cas, je vous pardonne votre conduite cavalière.

Lacey voulut s'écarter, mais elle en fut incapable, tant cet homme avait un charme magnétique.

— Toutefois, la maison que vous présentez est bien plus imposante que ce que j'envisageais.

— Pourquoi ne pas voir en grand ?

— Pourquoi ? Parce que je n'ai pas les moyens de m'offrir un complexe touristique. Je ne veux qu'une modeste maison d'hôtes.

— Trouvez des investisseurs.

— Je n'ai jamais géré de maison d'hôtes. Je risque d'être rapidement débordée.

— Engagez du personnel.

— Vous allez vite en besogne, répondit-elle en riant. Pour l'heure, je ne possède que d'anciennes fondations et le chèque d'une compagnie d'assurances.

— Vous avez désormais un architecte. Enfin, si vous me faites confiance.

Il aurait été si facile de dire oui à cet homme, à un tas de choses qui n'avaient rien à voir avec l'architecture ou ses rêves d'avenir.

— Alors, vous m'engagez ? insista-t-il.

Elle se mit à rire :

— Je croyais que les gens du Sud étaient nonchalants. On peut dire que vous êtes sacrément impatient.

— À quoi bon perdre du temps ? demanda-t-il en s'approchant d'elle.

Il émanait de lui un parfum un peu boisé qui mit aussitôt les sens de la jeune femme en émoi.

— Quand un projet est bon, il faut foncer.

— Ce projet est bon, selon vous ?

Ce parfum, ces cheveux, ces yeux. Il était irrésistible.

— Vous le savez aussi bien que moi.

— Il va falloir discuter, répliqua-t-elle.

Les honoraires, les plans, les idées d'aménagement. Et le moment de leur premier baiser. Non, le début des travaux.

— Je vous accorde un entretien d'embauche. Cela vous convient ?

— Il me semblait que nous étions déjà en plein entretien d'embauche.

Elle se mit à rire et but une gorgée de vin. En aussi charmante compagnie, il lui parut presque buvable.

— Vous n'avez pas apporté de curriculum vitae ou de catalogue ?

— Vous avez vu mes plans. Que vous faut-il de plus ?

— Des références, un diplôme, une expérience professionnelle.

— Je possède tout cela, madame.

— Oh là là ! épargnez-moi vos « madame ».

— Désolé. Mes plans ne vous suffisent pas en guise de référence ?

Clay était vraiment très fort. Très évasif aussi.

— Vous avez reconnu que vous n'étiez pas officiellement architecte, reprit-elle. Que vouliez-vous dire ?

— Que je n'ai pas de feuille de papier pour l'attester. Mais « nos petits problèmes n'ont pas grande importance dans ce monde de fous ».

— Attention, ne me faites plus le coup des dialogues de *Casablanca*. Cela ne vous permettra pas de décrocher le contrat. De plus, les références sont importantes à mes yeux. Jamais il ne me viendrait à l'idée de consulter un avocat qui ne soit pas diplômé en droit. Ni un médecin qui ne soit pas titulaire d'un doctorat. Pourquoi engagerais-je un architecte qui ne soit pas diplômé ?

— Un architecte diplômé par l'État, corrigea-t-il.

— Peu importe. Parlez-moi comme à une mère célibataire de trente et quelques années.

— J'ai l'impression que votre âge vous pose problème.

— Vous êtes un peu trop jeune pour…

— J'ai vingt-neuf ans, coupa-t-il en posant le bout des doigts sur ses lèvres. Je ne suis trop jeune pour rien.

Lentement, il ôta sa main et l'agita sous son propre nez.

— Je savais bien que j'avais senti un parfum suave. C'est votre brillant à lèvres, n'est-ce pas ?

— J'ignore quel genre d'architecte vous êtes, mais vous êtes très doué pour détourner une conversation.

— Sachez que je suis très doué dans un tas de domaines, Lacey.

Il avait prononcé son prénom d'une voix tellement sensuelle. Seigneur, cet homme était furieusement sexy.

— Je ne m'intéresse qu'à vos compétences d'architecte, monsieur Clayton Walker junior.

— Aïe. Très bien, nous sommes quittes.

Il s'écarta légèrement et but une gorgée de bière, espérant inciter la jeune femme à se rapprocher.

— Je viens de terminer un cursus de cinq ans en architecture à l'université de Caroline du Nord.

— Je croyais que vous n'étiez pas architecte, rétorqua Lacey.

— Je le suis, et je suis parfaitement à même de concevoir n'importe quel type de structure, ainsi que d'engager le personnel adéquat pour assurer sa construction.

— Possédez-vous au moins une autorisation officielle d'exercer ?

— Pratiquement.

— Comment cela, pratiquement ? s'insurgea-t-elle.

— Disons que la Caroline du Nord exige certaines formalités un peu complexes.

— Lesquelles ?

— Deux ans de formation sur le terrain, que j'ai effectués au cabinet Clayton Walker Architecture et Design.

— Ne m'avez-vous pas affirmé que vous n'aviez rien à voir avec les activités de votre père ?

— Je vole désormais de mes propres ailes, répondit-il simplement. J'ai beaucoup appris en travaillant à ses côtés. J'ai fait mes preuves et j'ai déjà passé l'un des examens qui sanctionnent ma formation, celui qui concerne le dessin et les plans. C'est déjà un excellent point de départ, vous en conviendrez. Écoutez, ma belle…

— Ai-je bien entendu ? Vous venez de m'appeler « ma belle » ?

— Pourquoi pas ? Je vous trouve belle.

Il sourit et effleura une de ses boucles dorées, tout en poursuivant :

— Bref, ce n'est pas un bout de papier qui fait l'architecte, c'est l'inspiration, la pratique.

Il fallait absolument qu'elle se ressaisisse, car elle sentait que ce séducteur ne baisserait pas les bras facilement. Sa familiarité attestait son assurance.

— La vie n'est-elle pas la meilleure des écoles ? reprit-il.

Combien de temps allait-elle rester assise à côté de l'homme le plus sexy du monde sans l'embrasser ? Telle était malheureusement la question qui la taraudait, en dépit de toute raison.

— Le véritable succès, c'est d'affronter tous les défis qui se présentent et de les relever avec brio, poursuivit-il en s'approchant imperceptiblement.

En retrouvant quelque peu ses esprits, elle se rendit compte que, même s'il cherchait manifestement à la séduire, ses propos faisaient sens. S'il était sincère.

— Je peux vous poser une question, Clay ?

— Je vous écoute.

— Obtenez-vous toujours ce que vous voulez dans la vie ?

Une lueur étrange apparut dans son regard. L'ombre d'un souvenir, peut-être. Mais elle disparut aussi vite qu'elle était venue.

— Toujours, affirma-t-il. Même si je dois infléchir ou modifier ce que je convoite.

Lacey sourit. Elle comprenait si bien ce qu'il voulait dire.

— Vous savez désormais tout ce qu'il y a à savoir, conclut-il en effleurant sa main d'une caresse.

Elle fut parcourue d'un frisson au point de presque en perdre l'équilibre.

— Je ne crois pas aux obstacles, aux murs qui se dressent, aux barrières, aux interdits. Selon moi, il existe toujours un moyen de parvenir à ses fins. Quand je veux quelque chose, je vais jusqu'au bout, croyez-moi sur parole. Me laisserez-vous concevoir votre résidence ?

Était-il vraiment aussi opiniâtre qu'il le prétendait ? Si oui, il pouvait être l'homme qu'elle recherchait.

— Nous pourrions nous revoir sur le site, concéda-t-elle.

Il la prit par le menton pour l'obliger à lui faire face.

— Dites-moi simplement oui.

Comme si elle avait envie de lui dire autre chose.

— Seulement quand vous m'aurez exposé des idées concrètes. Pour l'heure, je ne peux pas...

— Il faut absolument bannir l'expression « je ne peux pas » de votre vocabulaire.

— Je ne peux pas, répliqua-t-elle par bravade, avant d'éclater de rire. Vous me connaissez mal. Je suis méfiante.

Il caressa sa lèvre inférieure de son pouce, un geste qui aurait dû être interdit par la loi, tant il était troublant.

— Si vous étiez prudente, vous ne m'auriez pas suivi dans ce bar.

— Ce sont mes amies qui m'en ont persuadée, admit-elle.

— Dans ce cas, je leur offre une bouteille de dissolvant. Qu'elles la boivent à ma santé. Alors, quand commençons-nous ?

Commencer quoi ? Telle était la question. Allons, Lacey, un peu de calme.

— Nous poursuivrons cet entretien demain matin, à dix heures à Barefoot Bay, répondit-elle en cherchant un moyen d'échapper à son pouvoir magnétique. Apportez-moi vos plans et faites marcher votre imagination. J'aimerais aussi des échantillons de votre travail et des références.

Il fallait aussi qu'il arrête de lui caresser les lèvres.

L'espace d'un instant, ils se toisèrent. Entre eux, l'attirance était palpable. S'il l'avait embrassée, elle ne lui aurait pas résisté.

Cependant, elle trouva en elle la force de s'éloigner pour rejoindre ses amies.

6

Lacey s'arrêta à la station-service. Elle aurait aimé pouvoir faire le plein sans avoir à entrer dans la boutique de peur de croiser les deux sœurs qui tenaient l'établissement. Les saintes patronnes de la station-service, telles que l'on surnommait Charity Grambling et Patience Vail, étaient des notables de Barefoot Bay. Charity refusait obstinément d'installer un automate permettant de régler l'essence par carte de crédit. Lacey ne put y échapper.

Maintenant que Grace et Gloria, leurs filles respectives, avaient discuté avec Clay, les projets de Lacey ne tarderaient pas à se répandre comme une traînée de poudre. Des voix ne manqueraient pas de s'élever contre la construction d'une maison d'hôtes à l'emplacement de l'ancienne maison de ses grands-parents.

La définition de Clay du véritable succès résonnait encore aux oreilles de Lacey. Prenant son courage à deux mains, elle se redressa fièrement et entra dans la boutique. Un carillon un peu désuet tinta au moment où Charity refermait son tiroir-caisse et saluait un client d'un sourire.

— Eh bien, on peut dire que tu t'es mise sur ton trente et un ! lança Charity.

— Je n'irai pas jusque-là mais, au moins, je suis habillée, répondit Lacey. J'ai un rendez-vous.

Un ouvrier croisa la jeune femme et la toisa sans vergogne, s'attardant sur sa poitrine.

— Dommage que ce ne soit pas avec moi, déclara-t-il avec un clin d'œil.

Dire que Zoé s'était moquée de son chemisier un peu trop strict. Elle pensait pourtant avoir dissimulé sa poitrine, même si ce n'était pas chose facile.

Engager Clay Walker constituait déjà un risque professionnel en soi, elle ne voulait pas se mettre également en danger sur le plan personnel. Elle ne cessait de se répéter que s'il obtenait ce contrat, s'il faisait ses preuves, s'ils devaient travailler côte à côte pendant au moins un an, il valait mieux que la simple présence de cet homme ne la fasse pas trembler comme une feuille.

— Je crois savoir avec qui tu as rendez-vous, déclara Charity d'un air satisfait, en se perchant sur son tabouret.

— C'est bizarre, mais ça ne m'étonne pas du tout.

Sur cette île, il existait deux moyens de s'informer, la gazette locale et Charity Grambling.

— Le plein de sans-plomb, poursuivit-elle en lui tendant quelques billets de banque.

Charity les encaissa puis s'approcha de la jeune femme pour examiner de plus près son pantalon blanc. Zoé lui avait interdit de porter un jeans.

— Tu te rends sur un terrain vague vêtue de blanc ?

Charity ne se contentait pas de faire circuler les nouvelles, elle se chargeait également de l'éditorial.

— Effectivement, rétorqua Lacey en soutenant son regard critique.

La porte de l'arrière-boutique s'ouvrit sur Patience Vail, Patti pour les intimes.

— Lacey a un rendez-vous, annonça Charity. Avec quelqu'un, insista-t-elle avec emphase.

Patti arqua ses sourcils bruns.

— Avec ce garçon que tu étais pratiquement en train de dévorer tout cru au Pélican, hier soir ?

Seigneur ! Cela aurait pu être drôle mais c'était juste pathétique.

— Je ne l'ai pas dévoré tout cru, protesta Lacey, agacée. Et j'attends toujours que tu appuies sur le bouton pour que je puisse faire le plein.

— Je sais, répondit Charity. Je vais devoir le dire à ta mère, Lacey. Tu t'en rends compte, n'est-ce pas ?

Lacey faillit éclater de rire mais se contenta de lever les yeux au ciel devant cette menace ridicule, comme si elle était une adolescente prise la main dans le sac en train de chiper une tablette de chocolat dans sa boutique.

— Ma mère est à New York, chez mon frère.

— Je suis au courant. Ta mère est mon amie sur Facebook.

— Ne te fatigue pas à faire un rapport, Charity, je crois bien avoir déjà trente-six ans.

Presque trente-sept, d'ailleurs.

Patti et Charity échangèrent un regard entendu.

— On ne peut pas en dire autant de ce garçon, déclarèrent-elles en chœur. Il n'a même pas trente ans, on dirait.

Cette fois, Lacey ne put s'empêcher de s'esclaffer.

— Vous avez pris une photo, j'espère. Histoire de la poster sur Facebook.

Elle fit quelques pas en arrière, mais Charity prenait un malin plaisir à retarder la jeune femme qui s'énerva :

— C'est quand tu veux, Charity. Je suis un peu pressée, là.

Patti posa une main sur le bras de sa sœur en demandant :

— Serait-ce elle ?

Charity réfléchit à la question en observant Lacey d'un œil soupçonneux, puis elle secoua négativement la tête.

— Non. Elle ne ferait jamais rien d'aussi…

— Tu as raison, elle n'en est pas capable, renchérit Patti, parlant comme si Lacey n'était pas là.

Bien qu'intriguée par tant de mystère, Lacey refusa de mordre à l'hameçon.

— Bien sûr que non, poursuivit Charity. Elle ne serait pas assez stupide pour remplacer une maison héritée de son grand-père, l'un des meilleurs amis de notre cher papa, et l'un des fondateurs de Mimosa Key…

Puis elle s'adressa directement à Lacey :

— Aurais-tu oublié que tes grands-parents étaient des pionniers ? Des visionnaires ? Et que leur vision de Barefoot Bay était fondée sur des règles strictes ? Les connais-tu au moins ?

Lacey trépignait d'impatience. Si cette mégère ne débloquait pas la pompe, elle allait vraiment être en retard. De plus, l'attitude des deux sœurs l'inquiétait un peu. Quel était le problème ?

— Je ne vois pas très bien où tu veux en venir, Charity, mais j'aimerais vraiment pouvoir faire le plein. Je te rappelle que j'ai un rendez-vous.

— Avec un architecte ? insista Charity.

Elle observa les deux sœurs. À quoi bon leur mentir ? Elle serait vite démasquée et les ragots iraient bon train.

— Oui, admit-elle.

— Hum, fit Charity avec un rictus narquois. Je le savais. Grace m'a raconté qu'elle et Gloria avaient rencontré un architecte au Pélican hier soir, et que tu étais pratiquement assise sur ses genoux lorsqu'elles en sont parties.

— N'importe quoi ! protesta Lacey en désignant le tiroir-caisse : Et si tu te dépêchais un peu ?

Plus imposante que sa sœur, Patti fit le tour du comptoir pour fusiller Lacey du regard.

— Il a dit qu'il allait construire une sorte d'hôtel ?

La jeune femme se garda de tout commentaire. Elle commençait à comprendre : Grace et Ron Hartgrave dirigeaient le Fourway Motel et les deux sœurs ne toléraient aucune concurrence. Légalement, cette famille ne pouvait s'opposer à son projet.

À moins que…

Elle plongea dans le regard de Patti.

— Il n'y a encore rien de concret, répondit-elle. J'étudie plusieurs possibilités.

Elle aurait voulu s'exprimer avec davantage de conviction, mais les deux sœurs n'étaient pas femmes à se laisser manipuler.

— Eh bien, en voici une, de possibilité, déclara Charity en sortant un classeur qu'elle posa sur le comptoir.

C'était le code d'urbanisme de Mimosa Key, un document tapé à la machine sans doute avant la naissance de Lacey. Charity en feuilleta quelques pages et s'arrêta sur un paragraphe surligné en rose.

— Il est indiqué qu'aucune structure de plus de cinq chambres ne peut être construite sur Mimosa Key, déclara-t-elle d'une voix triomphante.

Lacey crut défaillir mais elle tenta de se défendre :

— Ces arrêtés remontent aux années 1950.

— Ce document est encore valable, coupa Patti. Nous refusons de voir des maisons de plus de cinq chambres sur cette île.

— C'est bien le problème, rétorqua Lacey.

— Que veux-tu dire ?

— Eh bien, si nous laissions les gens construire de grandes maisons, nous gagnerions bien plus d'argent, comme à Naples, par exemple. Mimosa Key mérite mieux et je ne vois pas qui, au sein du conseil municipal, s'opposerait à voir les dollars des touristes affluer dans les caisses de nos commerces.

Les deux sœurs la dévisagèrent, puis Charity fut la première à réagir.

— C'était donc vrai. Tu cherches à défigurer Mimosa Key.

La jeune femme réprima un soupir.

— Non, Charity. Je cherche des solutions pour faire prospérer notre île et créer des emplois.

— Nous n'avons pas besoin de créer des emplois, insista Patti. Nous voulons que les choses restent comme elles sont, jeune fille.

— Tu me traites de jeune fille, maintenant. Tout à l'heure, j'étais trop vieille pour un homme avec qui je parlais hier soir.

— Ne joue pas les insolentes, rétorqua Charity.

— C'est vrai, intervint Patti. Ta grand-mère Dorothy et son cher Théodore se retourneraient dans leur tombe s'ils savaient ce que tu envisages de faire de la superbe maison qu'ils ont construite pour toi.

Lacey elle-même ne savait pas ce qu'elle envisageait de faire. Sa pauvre grand-mère encore moins.

— La maison a disparu, répondit Lacey, la voix brisée par l'émotion. Et mes grands-parents aussi.

— Tu pourrais au moins respecter leur mémoire, décréta Charity.

Mais sa grand-mère avait toujours rêvé d'une maison d'hôtes. C'était même elle qui avait mis cette idée dans la tête de Lacey, autrefois. Cependant, la jeune femme n'avait aucune envie de faire des confidences à ces deux commères.

— Tu es mal informée Patti, déclara-t-elle. Et tu tires des conclusions hâtives. Pour l'heure, je me réjouis simplement qu'Ashley et moi ayons survécu à l'ouragan. Et je ne sais pas encore quelle maison je vais faire reconstruire.

Charity se crispa. Patti croisa les bras. Il était beau, l'esprit de communauté et d'entraide apparu après l'ouragan. Mais face à leurs mines réprobatrices, Lacey fut tentée de changer d'avis.

Son rêve de maison d'hôtes valait-il la peine de se mettre à dos les notables de Mimosa Key au point de les inciter à lui gâcher la vie ? Le jeu en valait-il la chandelle ?

Derrière elle, le carillon retentit à l'entrée d'un nouveau client. Lacey poussa un soupir de soulagement. Enfin, elle allait pouvoir faire le plein.

— Bonjour, ma belle.

Ces mots résonnèrent d'abord dans ses oreilles, avant de se propager dans tout son corps. Lacey eut soudain l'impression que ses jambes allaient se dérober.

— Ma belle ? répéta Charity, ulcérée.

— C'est bien vous, n'est-ce pas ?

Il posa ses mains puissantes sur ses épaules et la fit lentement pivoter.

— Oui, j'aurais reconnu cette chevelure n'importe où. Sans parler de ce parfum.

Il ferma les yeux et respira avec ostentation. Charity allait s'en donner à cœur joie.

— Que faites-vous ici ?

— J'adore le café que l'on vend dans les stations-service. Alors je suis venu nous en chercher.

Nous ?

— Présente-nous ton ami, Lacey, ordonna Charity en tapotant nerveusement son comptoir. Comme si nous ne savions pas déjà de qui il s'agit.

Lacey leva discrètement les yeux au ciel pour le mettre en garde.

— Clay, je vous présente Charity Grambling et Patti Vail, qui sont sœurs et dirigent la station-service et la supérette. Mesdames, voici Clay Walker.

— L'architecte, commenta Patti. Nous avons entendu parler de vous.

Elle adressa alors un sourire à Lacey comme pour faire croire à Clay que c'était la jeune femme elle-même qui leur en avait parlé.

— Enchanté, mesdames.

Charity toisa le jeune homme sans vergogne.

— Vous n'avez pas l'allure d'un architecte, commenta-t-elle.

— Il ne faut pas se fier aux apparences, répondit-il en s'approchant de la machine à café. Mmm, ce café embaume.

— Alors, vous allez reconstruire Blue Horizon ?

Clay adressa à Lacey un regard interrogateur.

— C'est ainsi que mon grand-père appelait sa maison, expliqua-t-elle.

Elle savait néanmoins qu'il voulait surtout savoir s'il avait décroché le contrat ou non.

— Si tel est le cas, autant que vous vous informiez sur l'histoire de ces lieux en étudiant son code d'urbanisme, déclara Charity en lui tendant le classeur. Nous avons des règles contre les bâtiments d'une certaine taille et les structures trop voyantes.

À en juger par sa tenue et son maquillage, Charity était mal placée pour parler de sobriété.

— Je ne construis jamais rien de voyant, assure Clay en remplissant deux grands gobelets de café.

Patti s'avança vers lui.

— Vous ne pourriez pas construire un grand bâtiment, de toute façon. Votre terrain n'est pas immense. À moins que vous n'envisagiez d'ajouter celui d'Everham ainsi que la parcelle qui se trouve de l'autre côté.

Le terrain des Tomlinson. Telle était exactement l'intention de Lacey, mais elle se contenta de hausser les épaules.

— Avec ces deux parcelles en plus, le terrain serait plus conséquent, reprit Patti, démontrant qu'il lui suffisait d'une hypothèse pour tirer certaines conclusions.

Clay se tourna vers Lacey.

— Comment prenez-vous votre café ? lui demanda-t-il en croisant son regard.

— Avec du lait et du sucre.

Elle l'aurait volontiers embrassé pour ne pas avoir répondu à Patti. Et pour d'autres raisons aussi... Pour l'heure, elle appréciait surtout qu'il ne morde pas à l'hameçon.

— Nous comptions sur notre Lacey pour faire ce qu'il fallait, prendre les bonnes décisions, déclara Charity. Elle fait partie de l'une des familles fondatrices de cette île. Nos grands-parents voulaient à tout prix éviter que des immeubles en béton viennent la défigurer, comme c'est le cas à Naples. Nous refusons que notre île change.

— Le changement est parfois une bonne chose, rétorqua Clay en tendant un gobelet à Lacey.

Il posa un billet de vingt dollars sur le comptoir.

— Vous avez de la monnaie ?

Charity ne broncha pas.

— Le changement n'est pas bon pour Mimosa Key et il n'est pas question que des architectes prétentieux défigurent Barefoot Bay.

— Je ne suis pas prétentieux et je ne défigure rien, rétorqua-t-il en posant une main sur le code d'urbanisme. Mais si vous voulez, je me ferai un plaisir de vous donner quelques idées sur la façon de mettre en valeur cette boutique, la rendre plus attrayante. Ensuite, quand les gens viendront séjourner chez Lacey, ils viendront chez vous acheter votre délicieux café, conclut-il en avalant une gorgée du breuvage.

Charity reprit son document et lui rendit son billet.

— La maison vous offre le café.

— Vous êtes bien aimables, déclara-t-il en levant son gobelet comme pour porter un toast. Je vous remercie à la fois pour le café et pour la leçon d'histoire.

Il ouvrit la porte et la retint pour Lacey, qui sortit sous le soleil, le souffle court.

— Vous allez laisser ces deux vieilles cinglées se dresser sur votre chemin ? murmura-t-il à son oreille.

— Non.

Enfin, peut-être pas. Il n'avait pas idée de leur pouvoir.

— À la bonne heure.

Dans un geste à la fois détendu et intime, il la prit par la taille.

— À présent, allons le voir, ce terrain, histoire de contrarier encore quelques autochtones.

7

La première chose qu'entendit Jocelyn lorsque les portes de l'ascenseur s'ouvrirent sur le hall du Ritz fut le rire cristallin de Zoé qui résonnait dans ce palais de marbre et de verre. Elle aurait pu passer une excellente soirée, la veille, avec ses amies. Mais, pour rien au monde elle ne prendrait le risque de croiser quelqu'un qu'elle n'avait aucune envie de voir. Elle séjournerait dans cet hôtel pour soutenir Lacey aussi longtemps qu'elle pourrait, mais rien ne l'obligerait à s'aventurer au sud de Mimosa Key.

Elle était ravie que Zoé, Tessa et Ashley aient gentiment accepté de la rejoindre pour déjeuner pendant que Lacey s'entretenait avec l'architecte. Naturellement, elles insisteraient pour qu'elle vienne sur l'île. Il lui suffirait d'invoquer un problème majeur avec quelque client. Ne venait-elle pas de passer une demi-heure au téléphone avec une Coco Kirkman en pleine crise ? Elle n'aurait pas à faire preuve de beaucoup d'imagination pour trouver un prétexte crédible.

Elles l'attendaient toutes les trois devant une boutique de luxe. Zoé tenait Ashley par les épaules. Elles semblaient discuter du maillot de bain présenté en vitrine. À son approche, Tessa se retourna. Aussitôt, son visage s'illumina.

— Jamais je n'aurais imaginé un jour devoir t'adresser ces mots, Jocelyn, mais tu es en retard.

— Un gros problème avec une cliente.

— Nous avons été obligées de faire du lèche-vitrines. Les prix sont faramineux. Tu vas devoir nous offrir à chacune un de ces fabuleux bikinis.

Jocelyn les embrassa tour à tour et serra Ashley dans ses bras.

— Peut-être, après le déjeuner. Ashley, tu es vraiment adorable de nous consacrer une journée.

— Ça me fait plaisir, répondit l'adolescente dont les yeux pétillaient de joie.

Avait-elle connu la même insouciance au même âge ? Jamais. Voilà pourquoi elle devait absolument éviter le sud de Mimosa Key.

— Je m'amuse beaucoup, ajouta la jeune fille.

— Sa mère ne répond pas à nos textos. Elle est sans doute en train de batifoler avec cet architecte torride, renchérit Zoé. Alors nous pouvons faire tout ce que nous voulons, y compris acheter de minuscules maillots de bain. N'est-ce pas, Ashley ?

— Elle n'est pas en train de batifoler avec lui, protesta l'adolescente d'un air fâché.

— C'était une façon de parler, assura Zoé, qui se pencha vers Jocelyn en énonçant à voix basse : Elle a failli craquer, hier soir.

Elles traversèrent le hall vers le restaurant en terrasse. Ashley resta en retrait pour consulter son téléphone.

— Tu viens ? fit Jocelyn en l'attendant.

La jeune fille dissimula aussitôt son écran.

— Je n'ai aucune intention de lire tes textos, tu sais, plaisanta Jocelyn.

— Je sais, mais c'est personnel.

— Un garçon ?

— Non, affirma la jeune fille en rougissant.

Elle semblait assez gênée pour que Jocelyn n'insiste pas. Elles suivirent un maître d'hôtel vers une table qui offrait une vue superbe sur la piscine et la plage. Dès qu'elles furent installées devant leur thé glacé, Tessa s'extasia devant le paysage.

— Je pourrais très bien m'y habituer, déclara-t-elle. C'est bien plus spectaculaire que de planter un jardin au Sri Lanka.

— Tu adores le jardinage, déclara Jocelyn.

— Pas au Sri Lanka.

Du coin de l'œil, Jocelyn remarqua qu'Ashley sortait encore son téléphone, mais elle se concentra sur Tessa.

— Je croyais que tu appréciais les voyages.

— Mon ex-mari les aimait plus que moi, répondit-elle en haussant les épaules.

À côté de Zoé, Ashley glissa le doigt sur son écran. Tessa posa la main sur le téléphone.

— Pas de texto à table, gronda-t-elle.

— Je n'envoie pas un texto.

— Pas de mail à table non plus.

L'adolescente leva les yeux au ciel.

— Les mails, c'est du siècle dernier, tante Tessa.

— Alors ne fais pas ce que tu es en train de faire. C'est impoli.

— J'étais sur Facebook. Désolée.

La perspective de ce qu'il lui serait arrivé si elle avait parlé sur ce ton à table quand elle avait son âge suffit à nouer l'estomac de Jocelyn.

— Laisse tomber, Tessa. Ce n'est pas très grave.

— Mais elle a raison, Ashley, intervint Zoé. Le téléphone portable à table, ce n'est pas bien. Surtout au Ritz.

Au lieu d'en rire, Ashley se renfrogna.

— Je ne suis pas ta fille.

Peinée, Jocelyn posa une main sur le bras d'Ashley.

— Mais tu es notre filleule, chérie, et nous ne te voyons pas très souvent. Alors, que penses-tu de l'idée de maison d'hôtes de ta mère ?

Ashley haussa les épaules, visiblement contrariée de devoir lâcher son téléphone.

— C'est bien si elle le fait vraiment. Cela fait tellement longtemps qu'elle en parle.

— Cette fois, c'est différent, assura Tessa. Je crois qu'elle peut vraiment y arriver.

Le téléphone d'Ashley se mit à vibrer. Elle jeta un coup d'œil sur l'écran et étouffa un petit cri.

— Il m'a répondu !

Tessa faillit dire quelque chose, mais Jocelyn secoua vivement la tête, sentant qu'il valait mieux ne pas intervenir.

— Alors, c'est la première fois que tu viens ici, Ashley ? demanda-t-elle. Peut-être pourrais-tu y passer une nuit avec moi, un de ces jours ? Comme vous toutes, d'ailleurs.

— Ce serait cool, répondit-elle avec un grand sourire.

— C'est le moment idéal, ajouta Zoé. Lacey aurait ainsi une nuit avec le délicieux Clay. Elle n'en fera qu'une bouchée, ajouta-t-elle, très contente de son humour.

Ashley parut de nouveau contrariée.

— C'est vraiment dégoûtant, tante Zoé. Ce type est à peine plus vieux que moi.

— Tu te trompes, corrigea Tessa. À mon avis, il a trente ans, un âge tout à fait acceptable pour un architecte et pour ce que ta mère peut lui demander de faire…

— Elle ne sort pas avec des hommes, protesta Ashley.

— Tu nous l'as déjà dit, déclara Zoé. Et c'est peut-être justement le problème.

— Elle n'a pas de problème, insista l'adolescente en regardant à nouveau son téléphone.

— Cela te contrarierait qu'elle puisse avoir un amoureux ? demanda Tessa.

— Non, bien sûr que non.

— Tu n'es pas très convaincante, insista Zoé. Elle est pourtant sortie avec plusieurs Hommes. Aucun d'eux ne t'a plu ?

— Aucun n'était le bon, répondit-elle en haussant les épaules.

— C'est peut-être à elle d'en décider, suggéra Jocelyn.

— Et si mon père voulait se remettre avec elle ?

Cette question les réduisit toutes au silence. Jocelyn savait que Lacey faisait de son mieux pour ne pas dresser un portrait négatif de ce père absent, et ce n'était pas leur rôle de révéler la vérité à Ashley. Son père n'était qu'un aventurier, un dilettante, un petit cuisinier à temps partiel. Jamais il ne se remettrait avec Lacey.

Jocelyn respira profondément et décida d'adopter une technique qui fonctionnait avec la plupart de ses clients qui l'engageaient comme coach de vie.

— Ashley, crois-tu vraiment ce soit possible ?

— Bien sûr. Ils ne se détestent pas. Ils ne sont pas divorcés, ils ne se sont jamais mariés !

Elle haussa le ton et ses joues s'empourprèrent légèrement.

— C'est le genre de choses qui arrivent, vous savez.

— Dans les livres et au cinéma, commenta Tessa, mais pas dans la vraie vie.

— Je ne crois pas que cela se produira, approuva Jocelyn, sentant qu'Ashley se faisait des illusions. De l'eau a coulé sous les ponts.

— Et surtout, il a mis le feu au pont, renchérit Tessa.

— Après avoir sauté à l'eau, ajouta Zoé avec un sourire espiègle. Tu sais bien que c'est la vérité.

Le visage d'Ashley s'assombrit.

— Vous ne savez pas de quoi je parle.

— En fait, répondit Jocelyn d'un ton posé, nous savons très bien de quoi nous parlons. Mais après tout, ce n'est pas si grave. Ce qui compte, c'est que ta maman soit heureuse, non ?

— Eh bien, ce n'est pas un sale type avec un tatouage qui va la rendre heureuse.

— Tu m'as dit que tu le trouvais mignon, protesta Zoé.

— Et ta mère pense qu'il pourrait être l'architecte qui lui faut pour son projet, renchérit Tessa. Tu sais à quel point ce rêve compte à ses yeux, n'est-ce pas ?

— Elle devait faire construire une maison, marmonna l'adolescente.

— Pardon ? demanda Tessa en se penchant vers elle.

— Je voulais qu'elle fasse construire une maison pour nous, et pas pour accueillir des gens qu'il va falloir servir.

Était-ce donc l'image que l'adolescente se faisait des projets de sa mère ?

— Chérie, tu ne devras pas les servir. Et je suis sûre que vous aurez un bel endroit où vivre.

— Tu trouves ? Dans une chambre de maison d'hôtes, avec des inconnus qui se promènent en peignoir ? Comme si ça ne suffisait pas que j'aie dû vivre dans ce trou de Barefoot Bay pendant des années, alors que toutes mes copines habitaient dans un endroit normal. Et maintenant…

Au bord des larmes, elle secoua la tête.

— Je regrette de devoir te dire ça, déclara Jocelyn, mais beaucoup de ces gens que tu trouves normaux sont bien moins heureux que toi. Ils n'ont pas tous une mère qui les adore.

— Mais ils ont un père.

— Tu sais, chérie, il vaut parfois mieux ne pas avoir de père qu'un…

Sa voix se brisa. Elle sentit tous les regards se poser sur elle. Comment allait-elle s'en tirer ?

Le téléphone d'Ashley émit un air de rap.

— J'ai un texto. C'est maman, déclara-t-elle en laissant ses cheveux lui tomber sur le visage.

Les autres échangèrent un regard, l'air un peu coupable. Elles s'en voulaient de s'être liguées contre l'adolescente. Pendant qu'elle prenait connaissance de son message, les salades arrivèrent, ce qui permit aux trois femmes de lui accorder un peu d'air.

— Alors, qu'est-ce qu'elle dit ? demanda Zoé après le départ de la serveuse.

— Qu'on doit la rejoindre à la plage dans quelques heures, quand elle en aura fini avec son rendez-vous.

— Je regrette, mais je ne peux pas, déclara Jocelyn en piquant sa fourchette dans une tomate cerise.

— Elle veut simplement que l'on apporte une glacière, des maillots de bain et d'autres affaires à Barefoot Bay, ajouta Ashley. Elle pense que tu seras d'accord, tante Jocelyn.

Si elle n'avait pas à descendre dans le sud, elle adorerait passer une journée à la plage.

— Je suppose que c'est possible.

— Nous devons aller chez Lacey chercher des maillots et nos affaires, déclara Tessa.

— Attendez, j'ai une meilleure idée, mentit Jocelyn.

Il fallait qu'elle en trouve une au plus vite, car elle refusait de se rendre chez les parents de Lacey.

— Laquelle ?

— Nous…

Elle claqua des doigts et désigna Zoé.

— Achetons ce qu'il nous faut ici, y compris des maillots de bain, dont un pour Lacey. C'est moi qui vous les offre.

Ashley et Zoé applaudirent en poussant un cri de joie. Toute tension disparut. Si l'argent ne faisait pas le bonheur, il permettait parfois de sauver des situations.

Une heure et demie plus tard, elles quittèrent le Ritz habillées de pied en cap. Les amies étaient venues à bord de la voiture du père de Lacey, garée sur le parking. Elles attendirent que le voiturier approche celle de Jocelyn pour se répartir à bord des deux véhicules.

— Je veux monter dans celle-ci, plaisanta Zoé en désignant un superbe bolide écarlate arrêté devant l'hôtel.

En voyant son conducteur émerger de l'habitacle, la jeune femme se figea.

— Mon Dieu, souffla-t-elle.

— Quoi ? s'enquit Jocelyn.

Le souffle coupé, Zoé ne lui répondit pas.

— Tu le connais ?

— Cela ne peut pas être lui.

Jocelyn observa l'homme qui aidait une jeune brune à descendre avec élégance.

— Qui ça ?

— C'est un médecin de Chicago.

— Il y a une conférence d'oncologues, cette semaine, à l'hôtel, expliqua Jocelyn.

L'homme était aussi séduisant que sa compagne. Grand, les cheveux très courts, les traits fins, bien bâti.

— Et ce médecin est oncologue ?

— Peut-être, admit Zoé, visiblement bouleversée. Mais je ne veux pas le voir. Je ne veux pas lui parler.

— Pourquoi ? demanda Tessa en s'approchant, sentant que quelque chose n'allait pas. Où l'as-tu connu ?

D'instinct, Jocelyn se posta devant son amie afin que l'inconnu ne puisse la voir. Les questions seraient pour plus tard. Le voiturier surgit au volant du grand 4 × 4 blanc.

— Monte, suggéra Jocelyn à Zoé, mettant fin au débat.

La jeune femme obéit en marmonnant un remerciement pour le voiturier. Le couple passa juste devant leur voiture tandis qu'un autre homme les rejoignait.

— Oliver ! s'exclama ce dernier en tendant la main à l'homme que Zoé tenait à éviter. Ravi que tu aies pu venir.

Jocelyn, de son côté, ralentit le pas pour écouter discrètement sa réponse.

— Je suis content d'être ici, Michael. Tu te souviens de ma femme, Adèle ?

— Naturellement.

Jocelyn n'entendit pas la suite de la conversation car le voiturier la fit à son tour monter en voiture. Sur le siège passager, Zoé se pencha en avant comme si elle avait fait tomber quelque chose par terre. Jocelyn n'avait jamais vu son amie reculer devant quoi que ce soit.

Jocelyn démarra et adressa un signe de la main à Tessa qui était en train d'embarquer dans le véhicule suivant.

— La voie est libre, Zoé.

La jeune femme se redressa et lança un dernier regard au dénommé Oliver.

Jocelyn attendait une explication, mais son amie se montra étrangement taciturne. Pas une plaisanterie, pas une réflexion ironique.

— Tout va bien ? lui demanda-t-elle en posant une main sur son bras. Qui était cet homme ?

— Ne me pose pas de questions.

— Mais je n'ai jamais...

Zoé se tourna vers elle, le regard grave.

— Nous évitons de te parler de certaines choses, alors, fais-en autant pour moi. Ne me demande rien, ne dis rien.

Jocelyn ne pouvait discuter cet argument. Elle mit le cap vers Mimosa Key en se demandant jusqu'à quel point deux amies pouvaient avoir tant de secrets l'une pour l'autre.

8

Le soleil au zénith dardait ses rayons brûlants, chauffant la peau de Lacey, dont le maquillage commençait à souffrir sérieusement. Pourtant, la jeune femme ne se souciait guère de son apparence tandis qu'elle faisait le tour du propriétaire en compagnie de Clay.

Elle ne pensait même pas à l'homme séduisant qui la précédait, et qui lui offrait une vue imprenable sur son torse moulé dans un T-shirt et sur son jeans qui soulignait avantageusement ses formes.

En vérité, son ramage se rapportait à son plumage. L'architecte était aussi agréable à écouter qu'à regarder. Il lui décrivait son projet de façon si vivante et précise que Lacey eut impression d'avoir pénétré son imagination.

Il envisageait de construire un ensemble de villas, une idée créative, mais excessive. La jeune femme n'osait pas la laisser s'insinuer dans son esprit.

— Vous pensez vraiment que ce serait réalisable ?

— Pourquoi pas ? De nombreuses stations balnéaires proposent des bungalows et des structures individuelles.

— Nous ne sommes pas dans une station balnéaire.

— C'est bien dommage.

Au plus profond de son cœur, elle savait que Barefoot Bay méritait mieux. Mais oserait-elle voir aussi loin ?

— Je ne sais pas.

— Regardez.

Il désigna la pente douce du terrain des Everham, où se dressait naguère une maison dont il ne restait désormais que les fondations et quelques débris.

— Là-bas, j'imagine très bien plusieurs structures individuelles avec terrasse, sol en acajou, une moustiquaire au-dessus de chaque lit.

Confort, intimité, élégance, prestige, songea la jeune femme.

Était-ce l'effet des paroles de Clay ? Elle se prit à rêver. Les images qu'il avait réussi à faire naître dans son esprit laissaient également entrevoir des bénéfices potentiels bien plus importants que ceux d'une simple maison d'hôtes.

— Bien sûr, le bâtiment principal proposerait quelques chambres ou suites, poursuivit-il. C'est là que se trouveraient la réception, le restaurant et les bureaux, ainsi qu'un espace thalasso, éventuellement. Sur ce site encore sauvage, vos clients trouveraient une véritable oasis, une expérience haut de gamme dans des villas uniques et de qualité, des vacances de rêve, au contraire de…

— On est loin de la maison d'hôtes que je visais au départ.

— Vous n'allez pas laisser ces deux mégères de la station-service nous impressionner, répondit-il avec un sourire. Je suis sûr que nous trouverons un moyen de contourner les exigences du cadastre. Avec ces villas, le nombre de chambres serait bien plus important.

Il avait raison sur ce point. Néanmoins…

— Clay, je n'ai pas assez d'argent pour financer un projet de cette envergure. L'indemnisation de l'assurance couvre à peine la construction d'un établissement de quatre ou cinq chambres.

— Il nous faudrait des investisseurs. De l'argent, nous en trouverons, Lacey.

— Nous ? répéta-t-elle. Nous n'en sommes qu'au stade de l'entretien d'embauche, vous savez. Je n'ai pas encore accepté vos services.

— Vous y viendrez.

Il la prit par la main, provoquant ainsi un frisson dans tout son corps. Cet homme avait décidément confiance en lui.

— Venez, allons voir la vue sur la plage, reprit-il. Mettons-nous à la place des clients potentiels.

Comme résister à son charme ? Elle lui emboîta le pas. Plus l'entretien avançait, plus elle adhérait à ses propositions, ses idées. Ses compétences d'architecte ne faisaient aucun doute. Lacey était quasiment certaine qu'il était l'homme de la situation.

Dès qu'il serra sa main plus fort dans la sienne, la jeune femme sentit naître un trouble familier dans le creux de son ventre.

Attention, songea-t-elle.

— Vous êtes certaine de pouvoir acquérir ce terrain ? demanda-t-il.

— Non seulement celui-ci, mais aussi celui qui se trouve de l'autre côté. Mes deux voisins ont volontiers accepté ma proposition verbale. Nous attendons simplement les derniers documents de la compagnie d'assurances pour conclure les ventes.

Au départ, elle avait voulu acquérir ces deux parcelles pour s'assurer que nul ne construirait une propriété à côté de sa maison d'hôtes. Ce projet de grande envergure changeait la donne.

— Vous envisagiez combien de villas ? demanda-t-elle. De quelle surface ? Quel serait le prix ?

— Vous ne posez pas les bonnes questions.

Au sommet de la pente, Clay s'arrêta et se tourna vers le golfe. Puis il posa les mains sur les épaules de la jeune femme et l'attira légèrement vers lui. Elle sentit dans son dos la chaleur de son corps, la puissance de ses muscles.

Ils demeurèrent un long moment immobiles sous la chaleur écrasante.

— Voilà la question qu'il faut poser, reprit-il enfin à son oreille. Combien un client serait-il prêt à payer pour admirer ce panorama dans une villa privée, avec une corbeille de fruits sur la terrasse ? Un client, ou plutôt un couple, qui n'aurait qu'à quitter son lit pour lézarder au soleil, comme nous le faisons en ce moment ?

Quitter son lit. Pourquoi parle-t-il d'un lit ?

— Ils pourraient contempler ce paysage sublime, se jeter dans les vagues, flâner sur le sable à loisir. Ensuite, ils déboucheraient une bouteille de vin et s'installeraient sur une chaise longue pour jouir du coucher de soleil, au son du clapotis de l'eau.

Soudain envahie d'une sensation de calme, de sérénité, et même d'espoir, Lacey ferma les yeux. Pourrait-elle un jour diriger un établissement tellement plus ambitieux que son projet initial ? Le projet de Clay était à la fois enthousiasmant et terrifiant, redoutable et fabuleux.

Et bien au-delà de son budget.

— Je ne peux pas.

— Attention, prévint-il en crispant les doigts sur ses épaules.

Elle se mit à rire et chercha une autre tournure.

— Je n'arrive pas à imaginer à quel point ce serait merveilleux.

Il resserra son emprise, dans un geste plus tendre cette fois, en effleurant sa nuque de ses pouces. Ce contact intime mais parfaitement naturel donna envie à la jeune femme de rester ainsi éternellement.

Parviendrait-elle à résister à cet homme au charme magnétique ?

— Êtes-vous consciente du potentiel et de la rareté de ce site, Lacey ? Vous obtiendrez aisément un prêt bancaire sur la seule valeur de votre bien.

— À condition de m'endetter et de faire des promesses que je ne suis pas certaine de pouvoir tenir.

— Vous tiendrez vos promesses. Et vous ne serez pas endettée très longtemps, à la tête d'un complexe unique en son genre dans la région.

— Un complexe, répéta-t-elle.

— C'est quand même plus prestigieux qu'une maison d'hôtes, non ?

— Un peu trop, peut-être.

— C'est un projet audacieux, superbe, ambitieux, reprit-il en crispant de nouveau les mains sur ses épaules pour l'attirer vers lui. Il faut être ambitieux dans la vie. Allons, il serait criminel de ne pas exploiter le potentiel exceptionnel de cette plage. C'est sans doute l'une des plus belles de toute l'Amérique.

— Raison de plus pour la conserver intacte.

— J'ai l'impression d'entendre Charity.

— Je vise simplement un établissement en harmonie avec son cadre, qui reste fidèle à l'identité et à l'esprit de Mimosa Key.

— Je vous promets que ce sera le cas, répondit-il d'une voix suave. Mais pourquoi ne pas faire de votre île le dernier endroit à la mode, une retraite exotique et recherchée ?

— Patience et Charity deviendraient folles.

— Il suffirait qu'elles y voient une source de revenus potentiels, et non une concurrence commerciale. À vous seule, vous pouvez améliorer la vie de tous.

Cette perspective lui donnait presque le vertige. À moins que ce ne soit le contact de ses mains viriles, la fermeté de son torse, la force qui émanait de lui. Sans parler de sa voix mélodieuse et de ses idées si attrayantes.

David.

David ? Que venait-il faire dans ses pensées en cet instant ?

C'était peut-être l'effet de cette voix charmeuse, de cette imagination sans bornes. David possédait les deux, et la jeune femme l'avait payé cher.

— Je ne sais pas, souffla-t-elle. Je me serais contentée d'une petite maison d'hôtes.

— Et de revenus en conséquence, répondit-il d'un ton un peu dédaigneux. Pourquoi manquez-vous à ce point d'ambition ?

— Parce que... eh bien...

Que dire ? Devait-elle lui avouer qu'elle manquait de courage ? Jamais elle ne s'était lancée dans un projet aussi important. En réalité, elle avait peur de l'échec.

— Je ne peux pas, c'est tout. Il y a la question financière.

Clay ne dit rien pendant un long moment. L'aurait-elle déçu ? Pour une raison inconnue, Lacey n'avait pas envie de le décevoir. Elle aurait aimé l'impressionner, au contraire. Lui plaire. Avoir autant d'ambition que lui. Hélas...

— Et si vous faisiez l'économie des honoraires de l'architecte ?

Cette fois, ce fut au tour de la jeune femme de rester bouche bée. Il posa le menton sur sa tête, comme si c'était le geste le plus naturel du monde.

— Vous seriez prêt à travailler pour rien ? demanda-t-elle.

— Si j'y trouvais un avantage, oui.

Que sous-entendait-il ?

— Quel avantage auriez-vous à travailler pour moi, à part de l'argent ?

— J'aurais de bonnes références, je me ferais un nom, murmura-t-il comme s'il évoquait quelque trésor.

Peut-être était-il plus important pour lui d'acquérir une réputation que de s'enrichir.

— Vous voulez travailler gratuitement ? reprit-elle en posant les mains sur les siennes pour s'écarter de lui.

Il n'entendait pas la libérer de son emprise.

— Je veux travailler pour vous, déclara-t-il d'une voix ferme. Je ne vous demanderai pas un sou tant que l'entreprise ne réalisera pas de bénéfices. Qu'en pensez-vous ?

Très lentement, elle fit volte-face, l'effleurant de son corps. Elle ne laissa pas cette douce sensation lui embrumer l'esprit. Cet homme ne lui demandait pas de flirter avec elle. Il voulait simplement travailler afin d'engranger de l'expérience.

— C'est tentant, admit-elle, se disant que tout le reste l'était autant. Mais j'ai besoin que vous soyez honnête. Pourquoi feriez-vous une chose pareille ?

— J'ai besoin de ce projet afin de prouver à la commission d'architecture que je suis apte à passer mon dernier examen, expliqua-t-il. Nous serions gagnants tous les deux.

— Pourquoi ne pas simplement passer cet examen ?

Hésitant, il passa une main dans ses cheveux.

— Il me faut un projet d'envergure à présenter à la commission, répondit-il enfin. J'ai quitté le cabinet de mon père avant d'en décrocher un. Quand j'ai vu ce terrain et ce que l'on pouvait en faire, j'ai compris que je tenais le projet que j'espérais tant. Mimosa Key me tient à cœur au point que je suis disposé à travailler gratuitement, ce qui résoudrait une partie de vos problèmes financiers.

Certains, en effet, mais pas tous.

— J'en suis presque à me demander si mon architecte est assez compétent.

— Vos doutes sont légitimes. Vous pourrez me congédier à tout moment et conserver le travail déjà effectué. J'ai besoin de ce projet et vous avez besoin d'un partenaire capable de réaliser votre rêve.

— Sauf que, depuis quelques minutes, c'est votre vision personnelle, objecta-t-elle avec un sourire entendu.

— Cela pourrait être la nôtre, Lacey.

— Peut-être, concéda-t-elle.

Si elle n'avait pas envie d'un partenaire, elle cherchait un visionnaire, un projet aussi audacieux et somptueux que celui qu'il venait de lui décrire, surtout si elle n'était pas seule à affronter ce défi.

— Je pense que c'est possible.

— Tout est possible.

À cet instant, dans les bras de cet homme, au soleil, elle se sentit pleine d'une nouvelle énergie. En dépit de toute raison, elle y croyait presque.

— Venez, je voudrais vous montrer quelque chose.

Il la prit par la main et ils descendirent vers le terrain de la jeune femme. Elle chercha désespérément une raison de ne pas le suivre.

Pour une fois, elle ne trouva aucune excuse pour fuir.

Soudain soulagé d'un grand poids, Clay descendit vers la plage à vive allure. Quand l'idée de proposer ses services gratuitement lui était venue, il n'avait pas hésité une seconde. Ce contrat constituait la solution idéale à son problème. Nul ne pourrait invoquer le népotisme ou suggérer qu'il avait bénéficié d'un quelconque favoritisme grâce au nom de son père. Cette fois, il aurait une véritable chance d'obtenir enfin son diplôme officiel et d'aller de l'avant en tournant la page sur son passé.

Lacey Armstrong pouvait l'aider à sortir du piège dans lequel il était tombé. Pas question pour lui de laisser passer cette occasion. Certes, il ne lui avait pas tout dit, loin de là, mais il lui avouerait un jour la triste vérité. Dès qu'il aurait tissé des liens plus étroits, il lui confierait les détails les plus sordides. N'était-il pas sur le point de gagner sa confiance ?

Il savait exactement comment s'y prendre.

Il avait posé son matériel sur une table, à l'ombre d'un arbre ayant résisté à l'ouragan. Il s'assit et sortit ses crayons et un calepin, puis il fit signe à la jeune femme de s'installer en face de lui avant de se mettre à l'œuvre.

— Je vais esquisser les plans, expliqua-t-il. N'hésitez pas à me poser toutes les questions qui vous viendront à l'esprit. Ce sera l'entretien d'embauche que vous souhaitiez.

— Je peux vous regarder travailler ? demanda-t-elle en se penchant vers la table.

— Non, répondit-il en s'écartant légèrement. Je vous montrerai le résultat terminé. Ensuite, vous me direz si je suis digne d'être votre architecte.

Elle se contenta donc de l'observer de loin, sans un mot.

— Vous n'avez pas de questions ? demanda-t-il. Je m'attendais à un véritable interrogatoire.

— Très bien. Pourquoi ne travaillez-vous plus pour votre père ?

Il se mit à tracer des traits de crayon rapides, en commençant comme toujours par les deux premières lignes de fuite.

— Mon père. Disons qu'il ne supporte pas la concurrence et qu'il se sent éternellement en danger. Comme nous ne parvenions plus à travailler ensemble en toute sérénité, j'ai décidé de quitter le cabinet.

— Vous êtes restés en bons termes ?

— Nous nous parlons de temps en temps.

Quand c'est absolument nécessaire, c'est-à-dire presque jamais, songea-t-il.

En levant les yeux, il croisa le regard étonné de la jeune femme.

— Vous vous attendiez à autre chose ?

— Sans doute, admit-elle. Quelque chose comme : vos idées sont trop avant-gardistes tandis qu'il est de la vieille école. Un conflit un peu plus cliché.

La brouille de Clay avec son père n'était pourtant pas très originale. On aurait même dit un scénario de série télévisée.

— Il adore mes idées, déclara Clay. À tel point qu'il n'arrêtait pas de me les voler. Comme, par exemple, ces deux projets que vous appréciez tant, French Hills et Crystal Springs.

— C'est vous qui les avez dessinés ?

— Durant mon stage chez lui. C'est lui qui a reçu tous les lauriers.

Or ces projets étaient bien nés dans son esprit.

Il traça quelques triangles sommaires, puis peaufina son croquis. Très vite, une ossature apparut.

— Vous avez des frères et sœurs ?

— Une sœur. Elle s'appelle Darcie, répondit-il. Elle a un an de moins que moi et travaille avec notre père.

— Elle est architecte, elle aussi ?

— Non. Elle est plutôt dans les chiffres. Elle s'occupe de la comptabilité, du site Web, du commercial, des contrats.

— Vous êtes proches ?

— Oui.

Il s'interrompit au moment de tracer la première fenêtre. En arcade ou carrée ? Il opta pour un arrondi et poursuivit :

— J'ai aussi un frère, Elliott.

— Ah bon ? Plus jeune ou plus vieux ?

— Il vient d'avoir un an, dit Clay avec un sourire.

— Vous avez un frère d'un an ?

— Un demi-frère, corrigea-t-il. Mon père s'est remarié et ils ont eu un enfant.

Clay se réjouit de ne rien laisser paraître de sa colère. Peut-être l'avait-il enfin surmontée.

— Et votre mère ?

— Elle…

Elle s'en remet tant bien que mal, songea-t-il.

— Vous posez de bien étranges questions, pour un entretien d'embauche.

Lacey se mit à rire et souleva ses cheveux pour dégager sa nuque. Elle était si attirante, si sensuelle qu'il eut envie d'abandonner ses plans pour l'embrasser à perdre haleine. Non, il préférait la dessiner, les cheveux relevés, le regard vif, le sourire aux lèvres.

— Je cherche simplement à mieux vous connaître. Vous êtes toujours aussi familier avec vos clients potentiels ?

— Seulement quand je les apprécie vraiment.

Face à ce compliment détourné, Lacey s'empourpra.

— Vous ne me connaissez même pas.

— Ce que je sais de vous me plaît, en tout cas. Vous êtes une bonne mère et j'aime ça.

— Comment pouvez-vous juger du genre de mère que je suis ?

Il fit pivoter sa feuille pour approfondir la perspective.

— Hier, si je m'étais un peu trop approché de votre fille, vous m'auriez sans doute étranglé. Depuis combien de temps l'élevez-vous seule ?

Lacey ne répondit pas immédiatement. En la voyant se tourner de profil, il s'interrompit pour étudier la forme de son nez. Il n'était pas d'une beauté classique, mais en parfaite harmonie avec le reste de son visage.

— J'ai toujours été mère célibataire, déclara-t-elle sans le regarder, comme si elle était gênée par cet aveu.

Je n'ai pas épousé le père d'Ashley. Je l'élève seule depuis sa naissance.

En réalité, elle n'était en rien gênée, la note de défi qu'il percevait dans sa voix l'attestait.

— Vous avez fait du bon boulot, commenta Clay. Je suis certain que cela n'a pas été facile tous les jours.

— Mes parents viennent d'ici et ils m'ont aidée. Effectivement, c'est un vrai défi. Surtout aujourd'hui, car elle a des idées très arrêtées.

— En a-t-elle me concernant ?

Lacey se contenta de rire.

— Nous avons toutes une opinion sur vous.

— Vous parlez de vos amies qui se trouvaient au bar, hier soir ? Qu'ont-elles bien pu vous dire ? Sauve-toi en courant, ce type a une boucle d'oreille et un tatouage ?

— Non, ce seront plutôt les propos de ma mère quand elle rentrera de New York. Quoi que je fasse, elle n'est jamais contente. Quant à mes amies, elles m'ont vivement encouragée à vous accorder une chance. Surtout Zoé.

— La blonde ?

— La jolie blonde, ajouta-t-elle.

Il esquissa la balustrade d'un coup de crayon très affirmé, comme si sa vision était claire dans sa tête.

— Elle n'est pas mon type, dit-il.

— Quel est votre type ?

— Encore une question d'entretien d'embauche ?

— C'est plutôt la question d'une femme curieuse.

— Vous êtes mon type, Lacey.

— Je vous en prie. Vous êtes prêt à travailler gratuitement. Inutile en plus de me flatter pour obtenir ce contrat.

Il s'interrompit de nouveau pour la regarder droit dans les yeux.

— Vous êtes mon type de femme, répéta-t-il.

— Je suis plus âgée que vous.

— Je ne m'en serais même pas rendu compte si ce détail ne vous obsédait pas à ce point, *madame*, rétorqua-t-il en haussant les épaules.

Elle rit de plus belle.

— Je serais votre type, rousse hésitante, mère célibataire d'une adolescente en pleine crise ? Franchement, j'ai du mal à le croire.

— Ce que j'aime, ce sont les femmes aux cheveux blond vénitien et aux courbes voluptueuses, séduisantes, prêtes à prendre des risques quand il le faut. Je pense aussi que nous nous ressemblons plus que vous ne l'imaginez.

Il termina l'esquisse de la balustrade mais, au moment de lui montrer son dessin, eut un moment d'hésitation.

— Qu'est-ce qui vous chagrine ?

— J'ai l'impression qu'il manque quelque chose, mais je n'arrive pas à mettre le doigt dessus.

— Je peux jeter un coup d'œil ? demanda-t-elle en se penchant vers lui.

— Non, mais…

Il eut soudain envie de lui demander de ne pas bouger, de garder cette posture, avec les reflets du soleil dans ses cheveux.

— Ça y est, j'ai trouvé, s'exclama-t-il, continuez à parler. Parlez-moi donc de cette mère que vous ne cessez de décevoir.

— Je vois que ce détail ne vous a pas échappé. Néanmoins, je préfère évoquer mon père. Il est le seul membre de ma famille à qui j'ai parlé de mon projet de maison d'hôtes. Je voulais l'informer de la démolition des ruines de la maison, car elle appartenait à ses parents, comme vous le savez. Et mon père est né sur la table de la cuisine.

— Ah oui ? fit Clay, surpris. C'est une anecdote intéressante, une véritable page d'histoire.

— C'est vrai. Hélas, la table de la cuisine…
Elle regarda vers la mer et ferma les yeux.
— … l'ouragan l'a emportée.
— Ce doit être terrible de tout perdre.
— Il m'arrive de ne pas trouver le sommeil tant les souvenirs se bousculent dans ma tête. Enfin, Ashley et moi avons survécu, c'est l'essentiel.
— Vous avez tout de même perdu votre maison.
— Je vais en faire construire une neuve, répondit-elle avec un entrain forcé. Nous allons vivre dans ce complexe que vous me faites miroiter.
— J'aime vous entendre parler ainsi, dit-il avec un sourire.
— N'allez pas croire que j'aie perdu un petit bijou d'architecture. Mes grands-parents n'avaient jamais fait de travaux d'entretien. Ils m'ont légué une maison qui ne payait franchement pas de mine.
— La bâtisse se dégradait ?
— Oui. Sinon, elle aurait sans doute survécu à l'ouragan. Pendant les années que j'ai passées ici, je n'ai réalisé que des réparations de fortune. J'aurais aimé en faire davantage, car je l'avais promis à ma grand-mère, mais j'ai toujours…
— Eu une bonne raison de repousser l'échéance, poursuivit-il à sa place.
Il sortit quelques feutres et entreprit d'ajouter un peu de couleur à son croquis afin de le rendre plus vivant.
— Exactement, répondit la jeune femme. J'ai une fille et une petite entreprise de pâtisserie. La vie est ainsi faite que l'on se trouve toujours un tas de raisons pour ne pas entreprendre un projet. Quand l'ouragan a tout dévasté, nous avons frôlé la mort.
— Sérieusement ? fit-il en s'interrompant pour la dévisager.
— Oui. Nous nous étions réfugiées dans la baignoire qui se trouve actuellement dans un garde-meuble de

Fort Myers. Avec un matelas, comme un couvercle, pour nous protéger. Quand on a traversé une telle épreuve, on se dit qu'il ne sert à rien de se soucier d'une vieille table, et qu'il est stupide de ne pas s'accorder une autre chance.

Le regard de la jeune femme suggérait que cette chance, c'était peut-être lui. En cet instant, sous le ciel limpide, face à l'horizon, Lacey Armstrong affichait un air déterminé. Elle était sublime, forte et diablement attirante.

Clay fit glisser son crayon sur le papier comme si sa main se mouvait d'elle-même, alors qu'il maîtrisait parfaitement la situation.

— Vous dessinez très vite.

— C'est parce que vous m'inspirez.

Il fut soudain envahi d'un trouble familier. Rien d'étonnant à cela. Il se tenait tout proche d'une femme qu'il trouvait à la fois séduisante et fascinante.

— Si nous prenions un bain de minuit quand j'aurai terminé ? suggéra-t-il.

Lacey demeura d'abord bouche bée, puis elle éclata de rire.

— Je ne pense pas que ce soit une obligation lors d'un entretien d'embauche. À moins que…

Sa voix s'éteignit. Clay gardait les yeux rivés sur sa feuille.

— À moins que quoi, Lacey ?

— À moins que vous n'ayez l'intention de postuler pour un autre poste.

— Comme un emploi à plein temps, de jour comme de nuit ? demanda-t-il en souriant, toujours concentré sur son dessin.

— Ce serait…

Il attendit qu'elle termine sa phrase. Ce serait quoi ? Fou, impossible, impensable ? Voyant qu'elle ne disait rien, il croisa enfin son regard.

— Oui, Lacey ?

— Ce serait nouveau pour moi.

— Comment cela ? Vous n'avez jamais eu d'homme dans votre vie ?

— Pas beaucoup, et pas dernièrement. Je n'en ai eu ni le temps, ni l'envie, lui confia-t-elle d'un air peu convaincu.

— Et le père d'Ashley ?

— Je ne l'ai pas revu depuis qu'elle était bébé. Il est aux abonnés absents, comme on dit.

— Tant mieux. Je vais peut-être réussir à vous convaincre d'adhérer à mon projet « Architecture et plus si affinités ».

Elle se mit à rire.

— Un architecte bénévole avec quelques avantages en nature, c'est ça ? C'est trop beau pour être honnête.

— L'idée vous tente ?

Parce que lui, il était très tenté par l'aventure.

— Peut-être, répondit-elle en écartant ses cheveux de son visage. Je ne vais pas vous mentir en faisant semblant de…

— De ne pas y avoir songé.

L'espace d'un instant, ils gardèrent le silence.

— J'y avais pensé, c'est vrai, avoua-t-elle enfin.

— Moi aussi, dit-il en posant son crayon pour tourner son dessin vers elle. Vous voyez ? Je pense à vous en ce moment précis.

Lacey afficha une expression de stupeur qui la rendit aussi belle que le portrait qu'il venait de réaliser d'elle.

9

Lacey ne put prononcer une parole tant les émotions se bousculaient dans sa tête. Il y avait tant de détails à assimiler. Une minuscule structure au toit en pente avec une terrasse face au golfe, au bord d'une plage de rêve. Pourtant, la villa et la mer ne constituaient pas les éléments essentiels du dessin, mais un arrière-plan exotique qui mettait en valeur une jeune femme placée au premier plan.

— C'est moi ?

Il l'avait dessinée entièrement nue, sortant de la villa pour fouler le sable. Ses boucles cuivrées encadraient son visage et tombaient sur sa nuque. Lacey fut fascinée par ce corps de femme dont il émanait une force extraordinaire. Elle avait les épaules droites, les bras tendus, les seins généreux, avec une posture pleine d'assurance et un regard droit. C'était la femme que Lacey avait toujours voulu être.

— C'est donc ainsi que vous me voyez ?

— Voilà comment...

Sa voix s'éteignit tandis qu'il effleurait le papier de son index pour suivre les contours de son corps. La jeune femme eut l'impression que c'était elle qu'il caressait de la sorte.

— Oui ? demanda-t-elle.

— Certaines personnes sont capables de tracer un portrait de mémoire. D'autres ont besoin d'un modèle. Moi, je me sers de mon imagination ou plutôt de mes fantasmes.

Son doigt s'attarda sur ses seins.

— Vous avez du talent, déclara-t-elle. Comment avez-vous réussi à faire cela ?

— Je dessine des instants, des tranches de vie que j'aimerais voir se réaliser. Voilà comment je conçois mes bâtiments. Je m'imagine un endroit où j'aimerais entrer. C'est une villa que je voudrais voir depuis la plage.

— Personnellement, je ne distingue que cette femme nue sur cette feuille, plaisanta-t-elle. Où diable voyez-vous une villa ?

Clay se mit à rire.

— Regardez le bâtiment. Il ne vous rappelle rien ?

Elle scruta le croquis quelques secondes, puis elle eut une révélation :

— *Casablanca* !

— L'idée m'est venue lorsque j'ai regardé le film, hier soir.

— Vous l'avez regardé hier soir ?

Lacey fut parcourue d'un frisson presque aussi sensuel que le portrait qu'il avait dressé d'elle.

— Quand je suis rentré du bar, je l'ai téléchargé sur Internet et je l'ai regardé en entier. Je suis toujours persuadé que l'héroïne n'aurait pas dû finir avec cet homme-là. En tout cas, ce chef-d'œuvre m'a inspiré. Qu'en pensez-vous ?

— J'aime la ligne de cette maison.

Elle n'avait jamais rien vu de tel. Cette touche orientale n'existait certainement pas sur cette île ni sans doute en Floride. L'ensemble était bien plus chaleureux que les maisons de style palladien ou faussement espagnol qui étaient monnaie courante.

— J'ai imaginé une architecture d'inspiration marocaine, expliqua-t-il avec enthousiasme. Avec des murs en stuc blanc, des parquets en bois sombre, des fenêtres arrondies, des arcades. Je sais que c'est original, mais l'ensemble est conçu pour les fortes chaleurs.

Lacey dut admettre qu'il avait raison. Cet homme était un architecte de génie.

— Ce serait une sorte de paradis au bord de l'eau mais sans la touche tropicale un peu trop convenue en Floride, commenta-t-elle. J'aime beaucoup.

Enfin rassurée, elle lui adressa un sourire radieux.

— J'ai même trouvé un nom, lui confia-t-il.

— Je comptais garder celui de Blue Horizon en hommage à mes grands-parents.

— Je suis certain qu'ils auraient apprécié cette pensée, mais il ne s'agit pas d'une maison de retraite.

Ils étaient si proches que leurs visages se frôlaient, pourtant aucun des deux ne broncha.

— Qu'allons-nous donc construire, Clay ? demanda-t-elle avec entrain.

— Vous l'avez déjà dit, Casablanca. Je suggère d'appeler le complexe Casa Blanca.

— La Maison-Blanche en espagnol, soupira-t-elle en fermant les yeux. C'est parfait.

Clay profita de cet instant d'abandon pour déposer un baiser sur ses lèvres. Il se montra d'abord si doux que la jeune femme ne fut pas certaine de ce qu'il était en train de faire. En sentant son souffle léger, elle rouvrit les yeux. Il posa alors une main sur sa nuque. De l'autre, il lui caressa la joue afin de mieux s'emparer de sa bouche.

Incapable de réprimer une plainte de plaisir, elle s'offrit sans retenue à cette sensation exquise. Tandis que leurs lèvres avides se cherchaient, elle enroula les bras autour de son cou pour l'attirer vers elle.

Lorsqu'il s'écarta enfin, elle garda les yeux fermés. Il déposa un baiser sur sa joue comme s'il s'agissait d'une touche finale pour une étreinte parfaite.

— Tu aimes mes idées, alors ? murmura-t-il contre ses lèvres.

Elle aimait bien plus que ses idées.

— J'aime tes mains.

Il se mit à rire et enfouit le visage dans ses cheveux.

— Leur façon de dessiner, peut-être ?

— Leur façon de...

Elle soupira d'aise et posa le front contre le sien. Leurs bouches se frôlèrent au point qu'elle sentait la chaleur de son souffle sur ses lèvres.

— Leur façon de me toucher.

Encouragé par sa réaction, il l'embrassa encore en la serrant plus fort contre lui. La fièvre qui montait entre eux était à l'image de la chaleur tropicale qui les enveloppait. Le son des vagues, le chant des grillons, la brise, plus rien n'existait tant les sens de la jeune femme étaient en émoi. Soudain, son téléphone se mit à vibrer. Ils s'écartèrent l'un de l'autre dans un sursaut.

— Je parie que c'est Ashley, déclara-t-elle. Elle est avec mes copines et devait m'appeler juste avant de rentrer.

— Tant pis pour notre bain de minuit, déclara-t-il en l'embrassant encore, plus longuement. Je commençais vraiment à apprécier cet entretien.

— Et moi, je commençais vraiment à oublier qu'il s'agissait d'un entretien d'embauche.

Il s'écarta d'elle et prit tendrement son visage entre ses mains.

— Est-ce qu'on pourrait officialiser les choses, mademoiselle Armstrong ?

Troublée par cette question qui avait tout d'une proposition, Lacey fut parcourue d'un frisson. Son regard était sincère, il avait toujours les lèvres humides et entrouvertes. Elle ne put s'empêcher de repousser une boucle blonde qui tombait sur son front.

— Je vais devoir y réfléchir, répondit-elle.

Elle y songerait certainement des heures durant. Elle n'avait envie de penser qu'à Clay et à Casa Blanca.

— Je te répondrai ce soir, cela te convient ?

Il se contenta de l'embrasser avidement, jusqu'à ce que le téléphone se remette à vibrer. Lacey prit enfin connaissance du message.

— Elles sont en route, annonça-t-elle.

Il dut se forcer à ôter les mains de ses bras nus, effleurant au passage ses seins du bout des doigts. Aussitôt, elle les sentit se dresser de désir sous le fin coton de son chemisier.

— Dans ce cas, je te verrai ce soir. Nous pourrons regarder *Casablanca*, si tu veux.

— Tu l'as déjà regardé hier soir, répondit-elle en riant.

— Et j'ai été inspiré, c'est le moins que l'on puisse dire, fit-il en déposant un baiser sur sa bouche, puis son front. Dieu sait ce qui pourrait se passer si nous le regardions ensemble.

Lacey en avait une idée assez précise.

— Je t'appelle ce soir, d'accord ? murmura-t-il. Nous regarderons le film chez moi.

Là encore, elle savait très bien où il voulait en venir.

— Ah, j'allais oublier, dit-il en détachant la page sur laquelle il avait dessiné son projet. Voici mes références.

Le croquis la fascinait. Pourrait-elle un jour posséder une telle merveille ? Pouvait-elle lui confier ce chantier, se lancer dans un projet plus ambitieux que tout ce qu'elle aurait pu imaginer, sans oublier…

Il se mit à rire.

— Qu'y a-t-il de si drôle ? demanda-t-elle.

— Je vois bien que tu cherches une raison de refuser ma proposition et que tu n'en trouves aucune.

Elle devait l'admettre, il avait vu juste.

— Appelle-moi vers sept heures, et nous verrons bien si j'ai trouvé une bonne raison de refuser, rétorqua-t-elle.

— Ne cherche pas trop. Le projet est excellent, tu le sais aussi bien que moi.

Elle garda le dessin en main jusqu'à ce qu'elle entende le pick-up de Clay s'éloigner, emmenant avec lui les excuses qu'elle aurait pu se trouver.

— Maman !

Lacey sursauta. Depuis combien de temps rêvassait-elle ?

Les filles étaient arrivées à bord de deux voitures, ce qui signifiait qu'elles avaient emmené Jocelyn. Celle-ci était très douée pour interpréter chaque expression, déchiffrer chaque regard, chaque geste. Allait-elle remarquer que son « entretien d'embauche » avait pris une tournure plus coquine ?

Si Ashley n'avait pas à connaître les détails de cette histoire, Lacey comptait bien raconter à ses amies ce qu'elle savait de Clay, de ses idées lumineuses à ses baisers divins. Cette aventure était trop exaltante pour qu'elle ne la partage pas avec elles.

— On t'a acheté un maillot de bain, annonça Ashley en brandissant un sac multicolore. Regarde, j'en ai eu un aussi, ajouta-t-elle en soulevant son T-shirt. Avec un haut push-up.

Merci, Zoé, songea la jeune femme avec ironie.

Derrière elle, Tessa et Jocelyn sortirent une glacière. Zoé s'approcha à son tour, les bras chargés de serviettes de plage et de deux parasols.

— Vous m'avez acheté un bikini ? fit Lacey.

— Tu vas le détester, prédit Tessa.
— Elle va l'adorer, protesta Zoé en posant les parasols sur le sable.
Lacey se tourna vers Jocelyn afin qu'elle rende son verdict. Elle se contenta d'un haussement d'épaules.
— Sans opinion, décréta-t-elle. L'exubérance de Zoé l'a emporté, une fois de plus.
Ashley lui remit le sac.
— Ne t'en fais pas, maman. Le tien n'est pas un push-up.
— Génial, railla-t-elle, ne sachant si elle devait rire ou jeter le sac au visage de Zoé.
Celle-ci releva ses lunettes noires sur sa tête et afficha une expression signifiant : « Et pourquoi pas ? »
— Pour l'amour du ciel, Lacey, tu as plus de trente-cinq ans et tu n'es pas une bonne sœur.
Pas possible ! Si tu m'avais vue il y a encore dix minutes.
— Oui, mais tu sais que mes seins me complexent. Je les trouve trop gros.
— Tu as une poitrine magnifique, insista Zoé en trottinant vers la plage sans même attendre de réponse de sa part.
Sous le crayon de Clay Walker, peut-être.
— Maman, tu vas adorer ce maillot, lança Ashley. Jocelyn nous en a acheté un à chacune. Ils coûtaient au moins…
L'intéressée posa une main sur la bouche de l'adolescente pour la faire taire.
— Chut. Le prix n'a aucune importance.
— Enfin, Jocelyn, fit Lacey secouant la tête. Était-ce vraiment nécessaire ?
— Être dépensière est une qualité.
— Dépensière ?
Telle que Lacey la connaissait, elle avait plutôt cherché à éviter le sud de Mimosa Key.

— J'étais impatiente d'aller à la plage, prétendit-elle. Où peut-on poser tout ça ?

— Allons nous baigner, suggéra Lacey en suivant l'exemple de ses amies. Regardez-moi ça. Il ne manque plus que les tubas et les matelas pneumatiques.

— Ils sont dans la voiture, déclara Zoé, de retour. Ne t'en fais pas, on n'a pas oublié l'écran total. Tout ce qu'on ne trouvait pas au Ritz, on l'a acheté au supermarché du coin.

Ashley ôta son T-shirt pour exposer un minuscule bikini vert vif dont le haut était particulièrement rembourré. Sans tarder, elle courut se jeter à l'eau.

— J'espère que mon maillot a un peu plus de tissu, déclara Lacey.

— À peine, admit Zoé, avant d'ajouter plus discrètement : Comment ça s'est passé avec le bel étalon ? Sur le plan architectural, bien sûr.

— Très bien. L'affaire progresse.

— Vraiment ?

— Il est très talentueux. Il a vraiment d'excellentes idées pour ce site, et tellement plus ambitieuses que la maison d'hôtes de mes rêves.

Tessa et Jocelyn s'approchèrent à leur tour, portant la glacière.

— Ah oui ? Quoi, par exemple ?

— Des villas individuelles, d'adorables petites maisons construites dans un style d'inspiration marocaine qui rappelle le film *Casablanca*.

— Ton film culte ! s'exclama Jocelyn.

— Je sais. Nous comptions le regarder ensemble ce soir, histoire de trouver un peu d'inspiration.

Zoé rit sous cape.

— C'est tout ce que tu as trouvé ? (Elle se tourna vers les vagues et tendit les bras :) Océan, me voici !

— C'est le golfe, corrigea Lacey.

Ce commentaire lui valut un geste désinvolte. Jocelyn leva les yeux au ciel.

— Ignore-la. Si tu envisages de le retrouver ce soir, c'est qu'elle a raison, n'est-ce pas ? déclara Jocelyn en fronçant les sourcils d'un air soupçonneux.

Lacey ne put réprimer un sourire.

— Je dois dire que notre attirance est réciproque. Une véritable alchimie.

— Une relation sentimentale risque de compliquer les choses, prévint Tessa.

— Trop tard, avoua Lacey. De plus, il a l'intention de travailler gratuitement afin de pouvoir… Pourquoi fais-tu cette tête ?

— Gratuitement ? répéta Jocelyn, interloquée. Pourquoi ferait-il une chose pareille ?

— Il a besoin de se faire un nom dans la profession. Et quand je vois ses plans… De plus, il faut absolument que je fasse des économies quelque part, car je n'ai pas les moyens de m'offrir ce qu'il envisage. Écoutez, je vous en reparlerai plus tard. Comment cela s'est passé, avec Ashley ?

— Très bien, répondit Tessa. Elle est juste un peu accro à son portable.

— Je ne te le fais pas dire, admit Lacey. Désolée. Je lui en toucherai deux mots.

— Tu devrais lui parler de plusieurs choses, dit Jocelyn tandis qu'elles marchaient dans le sable.

— Lesquelles ?

— Elle semble persuadée que David et toi allez revivre ensemble.

Lacey s'arrêta net.

— Comment ?

— C'est la vérité, confirma Tessa. Pendant le trajet, elle n'a cessé de faire des allusions à une réconciliation. À mon avis, elle pense qu'il va revenir à la maison à cause de l'ouragan.

— À la maison ? fit Lacey avec un rire amer. Il n'est venu qu'une seule fois, quand Ashley avait un an. Enfin, deux fois si l'on compte le jour où je l'ai présenté à mes parents, quand nous sortions ensemble. Mimosa Key n'a jamais été sa maison. Il est le dernier homme au monde à avoir envie d'être un père. En tout cas, je n'ai aucune envie de le revoir.

— Ne parle pas si fort, elle risque de t'entendre, souffla Jocelyn en lâchant un instant la glacière.

— Sait-elle au moins qu'il a eu un tas d'occasions de lui rendre visite et qu'il s'est contenté d'envoyer de l'argent ?

La colère et la rancœur accumulées au fil des années remontaient à la surface. Comment Ashley pouvait-elle se bercer d'illusions à ce point ?

— Qu'est-ce qui a bien pu lui mettre ces idées fantasques dans la tête ? L'ouragan ? La destruction de la maison ? Le fait d'avoir eu à affronter un tel danger à son âge ?

— Un peu de tout cela, sans doute, déclara Jocelyn en secouant la tête. À mon avis, il est assez naturel pour une fille de quatorze ans de penser à son père. À ses yeux, il représente un fantasme.

— Un fantasme ? Rien à voir avec tous ceux que j'ai eus toute la journée, répliqua Lacey.

— Ta fille est un peu contrariée à l'idée que tu flirtes avec l'architecte, ajouta Tessa.

— Ce n'est pas le cas, mentit-elle en fermant les yeux. Bon d'accord, il me plaît. Je dirais même qu'il est vraiment torride. Mais…

— Il ne faut surtout pas que Zoé t'entende, prévint Tessa. Elle irait t'acheter des préservatifs dans les cinq minutes.

— Ce serait peut-être une bonne idée.

— Cette histoire commence à me plaire, commenta Jocelyn. Va vite enfiler ton maillot dans la voiture de ton père. On t'attend ici. J'ai envie que tu me parles de ce beau projet.

Lacey sortit du sac un minuscule maillot de bain fuchsia.

— J'espère que tu as pensé au paréo.

— Ashley affirme que tu en possèdes un tas…

— À la maison.

— Il n'y a personne, Lacey. Ne fais pas ta mijaurée, répliqua Jocelyn. Dépêche-toi. On installe les parasols.

La jeune femme alla se changer à l'arrière de la voiture. Le maillot était audacieux, mais du plus bel effet, elle devait l'admettre.

Elle observa son décolleté vertigineux, puis le reste de son corps, et pensa au portrait que Clay avait fait d'elle. La trouvait-il vraiment aussi belle ? Aussi compétente, aussi forte qu'il le prétendait ? Elle aurait tout donné pour être la femme qu'elle avait vue sur cette feuille de papier.

Il valait mieux qu'elle cache ce portrait avant qu'Ashley ne le trouve par inadvertance. Il suffirait de le ranger avec soin afin de pouvoir le regarder chaque fois qu'elle se sentirait vulnérable ou hésitante, chaque fois qu'elle aurait envie de se rappeler cet homme superbe, intelligent et drôle, qui embrassait comme un dieu, et qui voyait en elle la femme qu'elle avait envie d'être.

Ses pensées revinrent vers Ashley. Pourquoi se souciait-elle soudain de David ? Était-ce parce qu'elle pensait que sa mère était vraiment attirée par un autre ? Sentait-elle que Clay Walker était différent des autres hommes avec lesquels elle était sortie par le passé ?

Dans ce cas, elle avait vu juste.

Elle se promit de parler à sa fille dans la soirée, avant de revoir Clay. Il fallait qu'elle se montre franche et honnête. Et qu'elle lui explique que son père ne viendrait pas à Mimosa Key.

Déterminée, elle ouvrit la portière et descendit de voiture sous le soleil éclatant.

— Ce rose te va à merveille !

En se retournant, elle distingua la silhouette d'un homme. Il tenait une feuille de papier. Le dessin de Clay.

Oh non ! songea-t-elle avec angoisse, ce ne pouvait pas être vrai…

— David ?

Ce fut tout ce qu'elle parvint à énoncer.

10

— Fox, corrigea-t-il.

Le temps de retrouver ses esprits, Lacey se contenta de le regarder fixement. Le ciel venait de lui tomber sur la tête.

— On m'appelle Fox désormais, expliqua-t-il en faisant un pas vers elle.

Avec ses cheveux bruns et ses yeux verts diaboliques, David Fox, l'homme qu'elle avait aimé de tout son être, avait surgi de nulle part.

— Tu es magnifique, Lacey, déclara-t-il en brandissant la feuille de papier. C'est un autoportrait ?

Le cœur battant, elle lui arracha le dessin des mains.

— Que fais-tu là ? demanda-t-elle, furieuse.

— Je suis venu voir Ashley. Et toi aussi, bien sûr. Je dois dire que je ne suis pas déçu.

Il pencha la tête et l'admira sans vergogne.

— Aussi sublime en trois dimensions qu'en deux, commenta-t-il en désignant le portrait réalisé par Clay.

La jeune femme plaça la feuille de papier devant sa poitrine que seul un petit haut de bikini rose dissimulait. Autrefois, David lui avait suggéré de se faire opérer pour obtenir une réduction mammaire.

— Comment vas-tu ? demanda-t-il avec un large sourire qui soulignait ses fossettes.

Il portait une chemise et un pantalon en lin et ne semblait nullement souffrir de la chaleur étouffante. Par 40°, elle ne décelait pas une goutte de transpiration sur son front.

— Bien.

Choquée, abasourdie, en plein cauchemar, auraient été des réponses plus proches de la vérité.

— Tu aurais pu me prévenir de ta venue.

— Ashley ne t'a rien dit ? répondit-il, incrédule.

— Ashley ?

Voilà donc pourquoi sa fille était persuadée qu'elle allait se rapprocher de David.

— Tu lui as parlé ?

— Pas exactement, admit David en se tournant pour regarder l'adolescente qui sautait dans les vagues.

De profil, il était d'une beauté classique qui ne manquait pas de charme.

— Nous avons communiqué par Internet aujourd'hui même. Elle m'a informée que tu serais là.

Il communiquait en ligne avec sa fille ?

— Tu crois qu'elle devrait s'aventurer aussi loin au large ? demanda-t-il.

Lacey fit quelques pas sur la plage pour observer sa fille.

— Elle a encore pied. Un peu plus loin, après le banc de sable, c'est beaucoup plus profond.

— Elle me semble un peu loin, insista-t-il.

Lacey sentit la colère monter en elle.

— Elle est en compagnie de mes amies. Elle ne risque rien, David.

— Fox, corrigea-t-il. Je ne réponds plus au nom de David. Tes amies ont-elles pris des cours de secourisme ?

— Tu ne parles pas sérieusement ? Après toutes ces années d'absence, tu débarques ici et tu remets en cause mes compétences de mère ?

— Je ne les remets pas en cause, rétorqua-t-il en observant Ashley. Elle me semble plutôt équilibrée.

Elle lui *semblait* ? Après avoir communiqué avec elle sur Internet et en l'observant à plus de cent mètres de distance ?

— Elle l'est, assura-t-elle. En revanche, ta venue risque de la perturber.

— Ces femmes sont-elles tes anciennes copines de fac ?

— Oui.

Il devait se souvenir d'elles. Pendant l'année durant laquelle David et Lacey étaient restés ensemble, elle avait passé beaucoup de temps avec elles.

— David, si nous allions bavarder quelque part ?

— Je veux voir Ashley.

Le cœur de la jeune femme se serra.

— Je veux simplement te parler en privé. Je veux savoir ce que tu fais ici et combien de temps tu comptes rester.

— Je t'ai dit pourquoi je suis ici. Et je compte rester un certain temps.

Que voulait-il dire ? Ces cinq minutes lui semblaient déjà une éternité.

— Tu risques de t'ennuyer ferme. Il n'y a pas de sommets à escalader, pas de rapides, pas de banquise.

— Mais une femme magnifique à reconquérir.

Il pencha de nouveau la tête. Son regard erra lentement sur son corps avec la sensualité d'une vague sur le sable.

— À condition qu'elle veuille bien se détendre et me dire bonjour.

Sur ces mots, il tendit les bras. Aussitôt, Lacey recula vers la voiture. Se sentant ridicule, elle se retourna et ouvrit le coffre pour ranger le dessin et récupérer le chemisier qu'elle venait d'enlever.

— Je n'arrive pas à croire qu'elle t'ait envoyé des mails, grommela-t-elle.

— Ce n'était pas exactement des mails. Nous communiquons sur Facebook.

— Tu es son ami sur Facebook ?

Elle se mordit les doigts d'avoir cessé de surveiller la page Facebook de sa fille. Elle n'y voyait que des photos et des plaisanteries d'adolescents. Elle n'avait remarqué aucun David Fox parmi ses amis.

— C'est elle qui m'a invité à être son ami.

— Naturellement. Ce n'est pas toi qui serais allé vers elle.

Il posa une main sur son épaule. Elle sursauta.

— Je suis là, c'est bien, non ?

Eh bien, non, songea-t-elle. Ce n'était pas bien du tout.

— Écoute, reprit-elle en poussant un soupir. Je suis assez contrariée, David.

Elle enfila vivement sa chemise et la boutonna de ses mains tremblantes.

— Je t'en prie, appelle-moi Fox. J'ai une nouvelle carrière et j'ai officiellement renoncé au prénom de David.

— Une nouvelle carrière ? J'ignorais que tu en avais une ancienne.

— J'ai étudié auprès des plus grands chefs du monde. Cette aventure est devenue une passion. Tu sais à quel point j'aime la gastronomie. Désormais, je suis officiellement cuisinier.

— Très bien. Félicitations.

Elle ne comprenait pas pourquoi il avait changé de nom mais cela n'avait aucune importance. Le point essentiel était qu'il était sur Mimosa Key et qu'Ashley…

Elle n'allait certainement pas se jeter dans ses bras alors qu'il l'avait ignorée tout ce temps. Lacey regarda de nouveau vers la plage. La jeune fille nageait un peu loin du bord.

— Allons discuter autour de la table.

De mauvaise grâce, il lui emboîta le pas.

— Tu ne pourras pas éternellement me séparer d'elle, déclara-t-il doucement.

— David, euh, Fox, tu ne peux pas débarquer comme ça chez une gamine de quatorze ans qui vient de subir un tel traumatisme.

— Ashley m'a dit que vous aviez trouvé refuge dans une baignoire ?

Lacey fut saisie d'une terrible rancœur. Ashley avait raconté leur épreuve à son père. Jamais elle ne l'avait informée qu'elle communiquait avec David, ce père qui n'avait pas vu son enfant depuis tant d'années.

Ce ton réprobateur l'agaçait au plus haut point.

— Nous n'avons pas eu le temps d'évacuer les lieux, expliqua-t-elle. Et j'ai réussi à lui sauver la vie.

— Elle n'aurait jamais dû se trouver là, dit-il d'un ton accusateur.

— Franchement, tu crois que tu t'en serais mieux sorti à ma place ? Aurait-elle été plus heureuse à sillonner les villages d'Afrique avec toi ?

— Il faudrait qu'elle découvre l'Afrique. Quand on a séjourné à Bamako, on voit la vie autrement.

— Sa vie lui convient, répliqua Lacey. J'ai peur que ta réapparition ne la perturbe.

— Je suis son père. Ce sont des retrouvailles, je ne reviens pas du royaume des morts.

— Des retrouvailles ? railla-t-elle. Tu ne l'as pas vue depuis son premier anniversaire.

À l'époque, il était resté exactement quarante-huit heures. Elle ne pouvait espérer qu'il en serait de même cette fois-ci.

— Je lui ai envoyé des cartes et des cadeaux.

— Et elle les a gardés, lui assura-t-elle. Hélas, l'ouragan Damien a tout emporté, avec son sentiment de sécurité. Voilà pourquoi je suis inquiète.

— Et l'argent ?

Accusait-il Lacey de l'avoir empoché ?

— Ashley possède un compte sur lequel j'ai versé ces sommes à mesure que tu les lui envoyais. Libre à toi de le vérifier. Ce compte financera ses études. Elle est au courant et elle en est ravie.

En vérité, ces chèques ne faisaient que rendre la jeune fille plus triste. Ashley méritait d'être aimée, non d'être achetée.

— Tu étais propriétaire de cette maison, n'est-ce pas ? demanda-t-il en désignant les fondations.

Que lui avait donc raconté sa fille ?

— Ma grand-mère Dot me l'avait léguée à sa mort, environ un an après le décès de mon grand-père. Ashley et moi vivions alors dans un appartement. Ce fut une véritable aubaine. Sans loyer ni crédit à rembourser, j'ai pu me lancer dans une petite entreprise de pâtisserie. Je prépare des gâteaux pour les mariages et autres cérémonies.

Le regard de David s'illumina.

— Dans ce cas, nous sommes un peu collègues.

— Non. Je vais évoluer dans un autre domaine.

— C'est-à-dire ?

Elle marqua un temps d'arrêt et se jeta à l'eau.

— Je vais faire construire un complexe touristique. En fait, je viens d'embaucher un architecte.

Il hocha la tête et esquissa un sourire.

— J'ai vu ses plans.

La jeune femme rougit violemment.

— Tu n'as aucune idée de ce que tu as vu. De toute façon, cela ne te regarde en rien.

— Ce qui concerne la vie d'Ashley me regarde.

Lacey eut un mouvement de recul.

— Vraiment ? C'est pour cette raison que tu as été absent de sa vie alors que tu aurais pu la voir chaque fois que tu le souhaitais ?

— Je comprends ton amertume. J'espère toutefois que nous serons assez mûrs pour coexister, voire pour se pardonner.

Pourrait-elle jamais lui pardonner ? Il avait choisi de l'abandonner et elle en avait terriblement souffert, et son choix de rester à distance avait également nui à leur fille. Pour une mère, c'était impardonnable.

— Cela fait longtemps que je t'ai pardonné, répondit-elle vivement.

Il observa les dégâts provoqués par l'ouragan, la mine soucieuse.

— Comment diable vas-tu financer un complexe touristique ? Tu ne crois pas que tu devrais commencer par quelque chose de plus modeste ?

C'était exactement le contraire de ce que pensait Clay.

— Les assurances, des investisseurs, des prêts, déclara-t-elle en souriant.

Clay avait au moins réussi à lui donner de l'assurance, songea-t-elle. En l'espace d'une matinée, elle avait changé.

— J'ai un projet.

— Un projet ? railla-t-il. Ce n'est pourtant pas ton fort.

Il atténua la cruauté de cette remarque avec un sourire et riva sur elle ses magnifiques yeux verts qui avaient eu le pouvoir de la faire fondre dès leur première rencontre. Il était venu donner une conférence alors qu'elle était étudiante.

— J'ai changé, annonça-t-elle.

— En effet.

Il avait toujours ses longs cils soyeux, et les pattes d'oie qui soulignaient désormais son regard et ajoutaient à son charme.

— Tu es superbe, Lacey. Quand on pense à ce que tu as enduré...

— Tu parles de ces quatorze années pendant lesquelles j'ai élevé seule notre enfant ?

— Je parlais de l'ouragan, répondit-il. Mais je peux imaginer que rien n'a été facile.

Il semblait presque s'excuser. Le ressentiment de Lacey baissa d'un cran.

— Merci, David, enfin, Fox. Toi aussi, tu as l'air en forme.

Il avait désormais trente-neuf ans, c'est-à-dire dix de plus que l'homme avec qui elle avait passé la matinée. Dix ans et des milliers de kilomètres le séparaient de Clay Walker, l'homme enjoué, brillant, sexy, détendu, solaire, dont elle venait de faire connaissance.

Fox, lui, était sombre, menaçant, fantasque et ténébreux.

En dépit de ses nouvelles activités professionnelles, il allait certainement repartir vers quelque destination lointaine, Tombouctou ou ailleurs. Il était ainsi, il ne tenait pas en place.

— Puis-je loger avec toi chez tes parents ? demanda-t-il.

Ashley lui avait vraiment tout raconté ! Lacey chercha un prétexte pour refuser de l'héberger, mais aucun ne lui vint, à part le fait qu'elle envisageait de batifoler avec son architecte.

— Oui, bien sûr. Pour quelques jours seulement. Je suis très occupée par mon projet.

Un cri provenant de la plage les fit sursauter.

— Ashley, un requin !

— Oh mon Dieu ! s'écria Lacey en se précipitant vers la mer.

— Au secours !

Sur la plage, les trois amies hurlaient. Ashley était pétrifiée d'effroi sur le banc de sable tandis que les eaux du golfe lui éclaboussaient les cuisses.

La sinistre nageoire avançait entre la jeune fille et la plage.

La gorge nouée par l'angoisse, Lacey se précipita. David lui emboîta le pas à longues enjambées. Tout habillé, il se jeta à l'eau pour secourir Ashley, qui ne cessait de hurler.

Les quatre amies le suivirent. Soudain, la nageoire ressurgit entre David et la jeune fille, qui poussa un cri.

— Ne bouge pas, Ashley ! cria David.

Elle le regarda fixement. Une fois de plus, le requin émergea et David plongea dans la direction opposée pour détourner l'attention de la créature mortelle.

— Va-t'en, Ashley ! cria David en poursuivant son manège de diversion.

L'adolescente obéit. Elle se précipita vers Lacey tandis que David criait à tue-tête. Le requin l'avait-il heurté ?

La nageoire disparut et réapparut quelques mètres plus loin avant de s'éloigner vers le golfe. Aussitôt, David avança dans les eaux moins profondes et rejoignit Ashley au moment où Lacey arrivait à sa hauteur.

Elle voulut prendre sa fille dans ses bras, mais l'adolescente se jeta dans ceux de David.

— Papa !

— Mon bébé, dit-il en la serrant contre lui.

Comme s'il aimait cet enfant dont il n'avait jamais voulu.

— Papa, tu m'as sauvé la vie.

— Non, ma chérie, c'est toi qui as sauvé la mienne.

En les voyant enlacés dans l'eau, Lacey fut submergée par une terrible réalité, plus redoutable encore que le requin qui errait dans le Golfe du Mexique.

Désormais, elle allait devoir compter avec cet homme qui se faisait appeler Fox.

11

Après le dîner, Lacey entendit David et Ashley rire de bon cœur dans la salle à manger. Cette complicité avait pour elle un goût amer même si elle était heureuse de voir sa fille aussi enjouée. Malgré le passé, malgré l'absence et les questions restées sans réponse, Ashley accueillait David dans sa vie sans la moindre réticence.

Il était sidérant de constater que manifestement, elle ne lui en voulait pas. La perte de sa maison et de toutes ses affaires personnelles lui avait-elle fait prendre conscience de ce qui était important dans la vie ? À quatorze ans ? Si tel était le cas, Lacey avait beaucoup à apprendre de sa fille dans le domaine de la maturité.

David avait un charme irrésistible. Il était capable d'attirer n'importe qui dans ses filets. Lorsqu'il plaisantait avec Ashley, il réussissait à lui faire oublier ces années d'absence. Et quand il lui racontait ses aventures au Botswana parmi les crocodiles, la jeune fille ne masquait pas son admiration.

Si Ashley pouvait pardonner, pourquoi Lacey en était-elle incapable ?

Parce que rien ne l'y obligeait. Ils avaient conclu un accord autrefois : David n'aurait aucun droit parental sur la jeune fille malgré tous les cadeaux et l'argent qu'il pourrait lui donner. Il n'y avait aucun lien légal entre eux. En retour, Lacey avait promis qu'il pourrait la voir quand il le voudrait.

À l'époque, elle était persuadée qu'il ne le souhaiterait jamais.

Elle fit couler de l'eau dans l'évier de la cuisine afin de ne plus entendre les rires qui fusaient dans la salle à manger.

Ses mains brûlaient de faire autre chose que la vaisselle. Elle observa le placard à provisions de sa mère, sachant qu'il était bien garni et qu'elle y trouverait de quoi préparer un dessert. Une coupe glacée par exemple ou une salade de fruits. David serait impressionné.

Pourquoi voulait-elle l'impressionner ? Parce qu'il avait fait sensation en leur préparant un succulent poulet en sauce sans l'aide de personne ?

Elle s'était sentie obligée de l'inviter, quitte à envoyer Tessa et Zoé au Ritz pour quelques jours. En espérant qu'il ne s'incrusterait pas trop longtemps.

Non seulement il était normal qu'elle héberge le père de sa fille, mais l'absence de ses amies lui permettrait aussi de réfléchir à ses rapports avec Clay en toute quiétude.

Quelques minutes plus tôt, au moment où elle leur disait au revoir, Zoé lui avait murmuré :

— Je parie que c'est David qui a amené ce requin sur la plage.

Zoé plaisantait, bien sûr. Toutefois, une partie sombre de Lacey, celle qui ne parvenait pas à pardonner, s'était demandé si David Fox ne serait pas capable d'une telle intrigue pour se faire bien voir aux yeux de sa fille…

— On va de l'autre côté du pont ! s'écria Ashley en surgissant dans la cuisine, folle de joie.

Elle n'avait pas pris la peine de se brosser les cheveux depuis sa baignade et portait un mini-short et le haut du bikini que Jocelyn lui avait offert. Dans cette tenue, elle avait l'air d'une petite fleur délicate et fragile, offerte au moindre souffle de vent. Or David Fox était un véritable ouragan. Un de plus.

— Maintenant ? s'enquit Lacey.

— On va acheter des jeux, grand-mère n'en a pas ici.

Naturellement. Qui jouait dans cette maison ? Le jeu préféré de sa mère consistait à énumérer les défauts de sa fille.

— D'accord, si vous prenez la voiture.

Il était hors de question qu'ils empruntent la moto sur laquelle David était arrivé.

— Maman, on y va à vélo.

David apparut derrière sa fille. Elle lui ressemblait tant en cet instant que la jeune femme en eut le souffle coupé.

— Détends-toi, maman, railla-t-il. Ashley dit que tu as plusieurs vélos tout-terrain. J'ai vu un supermarché à l'entrée de Fort Myers. Il n'y aura pas de problème.

— Vous allez franchir le pont ?

Aussi étrange que cela puisse paraître, Lacey n'avait jamais laissé sa fille s'aventurer aussi loin, même s'il y avait une piste cyclable. Elle ajouta :

— Il fera nuit avant neuf heures et les pneus ne sont pas bien gonflés.

— Il n'est que 18 h 30, Lacey, insista David en posant une main possessive sur l'épaule d'Ashley. On fera gonfler les pneus à la station-service et je prendrai grand soin d'elle. Je n'arrive pas à croire qu'elle n'ait encore jamais franchi ce pont à vélo. Si je vivais ici, c'est la première chose que je ferais.

— Non. Tu plongerais du pont.

Il sourit, visiblement flatté par ce commentaire.

— On y pensera.

— Ce n'est pas drôle.

— Relax, maman.

Elle serra les dents pour ne pas lui ordonner d'arrêter de l'appeler ainsi.

— Je l'ai déjà sauvée une fois, aujourd'hui, reprit-il.

Ashley posa sur lui un regard adorateur.

— C'est mon héros.

— Vous ne pouvez pas rester sur l'île ce soir, et faire un tour sur le pont demain ? Je suis certaine qu'on a un jeu de cartes.

— Tu vois, c'est pour ça que ça n'a jamais marché entre nous, Lacey.

— Quoi ?

David voulait s'engager sur ce terrain glissant ? En présence d'Ashley ?

— Tu as trop peur du risque. Comment peut-on vivre dans la crainte ?

— On peut déjà vivre plus longtemps.

Elle eut envie de le frapper à coups de torchon, mais se contenta d'essuyer la vaisselle.

— Désolée, mais je suis mère, David, ce qui implique certaines responsabilités, notamment celle d'assurer la sécurité de mon enfant.

— Maman, il m'a arraché des griffes d'un requin à mains nues !

— Je n'irai pas jusque-là.

— Si, justement ! s'exclama l'adolescente en se postant à côté de son père, comme si elle prenait fait et cause pour lui. Et j'ai totalement confiance en lui. Tous mes copains font du vélo de l'autre côté du pont, alors on y va. Tu viens, Fox ?

— Tu peux m'appeler papa.

Ah non, surtout pas, songea Lacey.

— Papa, répéta Ashley avec un sourire ravi. On sera rentrés avant la nuit, maman.

— Attends une minute, Ashley, dit David en prenant le torchon des mains de Lacey. Je serais ravi de terminer de ranger si tu venais avec nous.

— Je comptais vous préparer quelque chose à manger. Une surprise.

— Tu te tournes toujours vers la pâtisserie quand tu es énervée, n'est-ce pas ? demanda-t-il d'un air entendu.

— Je ne suis pas...

— Maman, il te connaît bien ! s'exclama l'adolescente, ravie. Quand elle est stressée, il faut toujours qu'elle prépare un gâteau. C'est génial.

Elle se ravisa aussitôt en se rendant compte de ce qu'elle venait de dire.

— Enfin, pas que tu sois stressée, mais qu'on puisse manger un tas de bonnes choses.

— La pâtisserie la détend, déclara David, ce qui ne fit qu'irriter Lacey davantage. Dans ce cas, je vais passer commande de quelque chose de léger et délicieux à la fois. Tu te souviens de cette tarte aux pommes que tu m'as préparée, un jour, chez moi ? Je crois que c'est à ce moment-là que je suis tombé amoureux.

Abasourdie par cette allusion déplacée, elle se contenta de le dévisager.

— J'ai perdu mon moule à tarte dans l'ouragan, répondit-elle. Vous ne préférez pas plutôt des meringues ?

— Ce sera parfait.

L'espace d'un instant, elle eut l'impression qu'il allait l'embrasser. Son attitude semblait si naturelle. Mais il n'en fit rien.

— Allez, on y va ! lança-t-il à sa fille.

Avant que Lacey puisse trouver une raison de les contraindre à rester, ils avaient franchi le seuil. De plus, elle ne voulait pas passer pour une femme capricieuse ou jalouse. Elle refusait d'en arriver à déclarer : « Tu sais, Ashley, il va repartir bientôt et te briser le cœur une nouvelle fois. C'est toujours comme ça. »

Sur le seuil, elle les regarda s'éloigner vers le garage.

— Ashley ! cria-t-elle.

Elle n'avait rien de particulier à lui dire, aucune mise en garde à formuler. Elle voulait simplement voir le visage de sa fille.

— Quoi ? demanda-t-elle sans se retourner.

Je t'aime, songea-t-elle sans oser l'exprimer à voix haute.

— Tu as ton téléphone ?

— Je n'en ai pas besoin.

Depuis quand pouvait-elle se passer de son précieux téléphone ? Depuis que David avait débarqué. Ils disparurent, parsemant des rires joyeux dans leur sillage.

De retour à la cuisine, Lacey préchauffa son four. C'est à ce moment que son téléphone sonna. Clay.

Elle se figea, hésitante. Que lui dire ? L'appel fut alors dirigé vers sa boîte vocale, une invention bien pratique.

Naturellement, l'arrivée de David ne changerait en rien ses relations avec Clay, mais c'était un contretemps qui posait problème.

L'architecte devait penser qu'elle cherchait une excuse pour se débarrasser de lui. Ce qui était à moitié vrai. Ce soir, elle ne pouvait pas s'éclipser pour un rendez-vous galant. Elle écouta son message dans lequel sa belle voix suave lui promettait de l'appeler plus tard s'il n'avait pas de nouvelles d'elle. Peut-être répondrait-elle, cette fois. Mais quoi qu'il en soit, elle ne le verrait pas.

Avec un soupir, elle ouvrit le placard et parcourut des yeux l'étagère consacrée à la pâtisserie. Sa mère détestait préparer des gâteaux, mais il y avait sans doute de quoi…

Je crois que c'est à ce moment-là que je suis tombé amoureux.

Elle referma la porte vivement en se mordant les lèvres, les yeux embués de larmes. Elle avait envie de pleurer depuis qu'elle avait entendu Ashley appeler son père papa.

Aurait-il oublié ? Aurait-il occulté la conversation qu'ils avaient eue à Gainesville, le jour où il lui avait dit qu'un enfant ne pouvait s'intégrer à son style de vie ? À l'époque, Lacey n'était pas prête à devenir mère, elle non plus. Elle avait dû affronter la réprobation de ses parents, surtout de sa mère. Ce n'était pas la grossesse de Lacey qui avait rendu furieuse Marie Armstrong. C'était que Lacey n'avait pas réussi à épouser David.

Lacey s'éloigna du placard et alla préparer le lit de la chambre d'amis. Son regard se posa sur la bibliothèque, notamment sur les albums de photographies. L'un d'eux portait une étiquette : 1997-2000.

Il était étonnant que sa mère ne les ait pas intitulés : « La vie de David ».

Elle emporta l'album dans le jardin et se réfugia dans le hamac que son père avait suspendu entre deux palmiers.

Recroquevillée confortablement, elle se mit à feuilleter les pages. Elle revit les immeubles en briques rouges et les chênes couverts de mousse de l'université de Floride. Elle avait coulé des jours heureux à Gainesville, surtout l'année de son diplôme, celle de sa rencontre avec David.

Après avoir changé plusieurs fois de cursus, elle avait fini par opter pour la gestion de l'hôtellerie, une décision qui lui imposait une année supplémentaire, mais se révéla aussi l'occasion de se faire des amies précieuses.

Elle observa longuement un cliché de ses camarades de chambrée, un soir d'Halloween. Zoé était déguisée en Spice Girl, Tessa en alpiniste et Jocelyn ne s'était pas costumée. Aucun artifice n'aurait pu masquer la tristesse de son regard.

Quant à Lacey, toute maigrichonne à l'époque, elle arborait un déguisement de petit chaperon rouge. Le grand méchant loup, elle l'avait rencontré quelques semaines plus tard, lorsqu'il était venu donner une série de conférences sur les cultures asiatiques. Véritable globe-trotter, il avait raconté son expérience de trekking au Népal.

À ce jour, elle ne se rappelait pas un mot de son discours. En revanche, elle aurait été capable de décrire le vert de ses yeux, son rire chaleureux, ses mains puissantes, l'arrondi de ses lèvres. À la fin de la conférence, elle rêvait déjà de l'épouser.

Plus tard, elle avait découvert qu'il fantasmait sur elle, mais pas sur un mariage... Il avait su se montrer convaincant car ils avaient passé la nuit ensemble dès leur deuxième rendez-vous.

Lacey en vint à la fin de l'album, à ce week-end où elle avait ramené David à la maison pour le présenter à ses parents. C'était à Pâques, elle était déjà enceinte, mais ne le savait pas. Elle était également follement amoureuse et aurait donné n'importe quoi pour passer sa vie entière avec lui.

Tout sauf l'enfant qu'elle portait. Or c'était ce que David lui avait demandé de sacrifier pour leur permettre de sillonner le monde tous les deux. Elle avait envie de voyager, mais elle voulait cet enfant.

David, lui, ne l'entendait pas de cette oreille.

Elle posa l'album ouvert sur ses genoux. Il avait de longs cheveux bouclés. Qui lui rappelaient quelqu'un.

Clay.

Cette prise de conscience la frappa de plein fouet et lui serra le cœur. Sexy, séduisant, beau parleur, avec du charme, de l'intelligence et du charisme. Elle en avait déjà fait l'amère expérience.

En l'espace de deux heures, elle avait accepté de le laisser travailler pour elle alors qu'il ne lui avait présenté aucunes références sérieuses. Il allait construire une résidence de grand luxe et elle avait pratiquement pris rendez-vous pour passer la nuit avec lui.

Il ne lui avait fallu qu'une conversation, un dessin suggestif et quelques baisers enflammés pour la faire succomber.

En proie au ressentiment et aux remords, elle se balança dans son hamac. Qu'est-ce qui n'allait pas chez elle ? N'avait-elle donc rien appris de son échec avec David ? Certes, depuis quatorze ans, elle se méfiait des hommes. Sans doute était-elle trop prudente. Mais Clay Walker n'était autre qu'une nouvelle version de David Fox. Elle refusait de commettre une seconde fois la même erreur.

Elle était prête à fondre en larmes. Bon sang, pourquoi fallait-il que David réapparaisse à ce moment précis pour lui faire comprendre qu'une histoire avec Clay n'était pas une bonne idée ? Juste à l'instant où elle allait s'autoriser à profiter de la vie et à s'amuser un peu ? Elle ne s'était *jamais* vraiment amusée. Et c'est ce que ce jeune homme torride et insouciant lui proposait.

Elle n'avait fait que vivre tant bien que mal grâce à ses pâtisseries, en s'efforçant de gérer au mieux sa petite entreprise. Elle avait consacré son énergie à veiller à ce qu'Ashley ne manque de rien. Au cours de ses rares loisirs, elle bricolait dans sa vieille maison. En cinq ans, elle avait eu, en tout et pour tout, six rendez-vous galants, et pas un seul de ces hommes ne lui avait donné le grand frisson.

Jusqu'au jour où elle avait rencontré Clay, qui lui avait fait l'effet d'une décharge électrique. Abattue, elle sentit une larme couler sur sa joue. Elle l'essuya du dos de la main. Ce n'était pas le moment de s'apitoyer sur elle-même. Il fallait qu'elle se concentre sur sa nouvelle vie, sans rêver à une romance avec le bel architecte qu'elle venait d'engager.

Si leur relation se dégradait, que se passerait-il ? Elle baisserait les bras, comme toujours.

Non, elle ne pouvait se permettre d'avoir une liaison avec Clay. Si elle ne cédait pas à ses avances, elle ne risquerait pas de commettre la même erreur qu'avec David et ne verrait pas son cœur se briser une nouvelle fois.

À la première occasion, elle dirait à Clay qu'elle n'irait pas plus loin.

— Je suppose que tu cherches une bonne excuse pour m'envoyer promener ?

Elle se tourna si vivement que l'album tomba à terre. En essayant de le ramasser, la jeune femme chuta du hamac. Face à elle se trouvait le plus bel homme qu'elle ait vu depuis… le matin même.

Elle n'eut plus alors qu'une envie, tendre les bras vers lui et l'embrasser. Rien que pour le plaisir.

12

Clay s'agenouilla près de Lacey. Il posa le pack de bière et le DVD qu'il avait apportés. La jeune femme ne réagit pas tout de suite. Les cheveux en bataille, les joues ruisselant de larmes, elle se contenta de le regarder.

— Tu pleures ?

— Ça va, assura-t-elle en lui permettant néanmoins de l'aider à se relever.

Ce simple contact provoqua des picotements sur sa peau.

— Tu es sûre ? Tu n'as pas l'air au sommet de la forme.

Il ne put résister au désir d'écarter une mèche de ses cheveux de son front pour plonger dans son regard doré.

— C'est pour cela que tu ne réponds pas à mon appel ?

— Il s'est passé quelque chose, bredouilla-t-elle.

Il esquissa un sourire prudent et ramassa son pack de bière.

— Regarde, j'ai apporté la Bière de l'Excuse. À chaque fois que tu en trouves une, tu as le droit de boire. Tu as fait fort avec ton « Il s'est passé quelque chose. »

Elle se mit à rire et tenta de se ressaisir.
— J'en prendrais bien une bouteille, admit-elle. Comment as-tu trouvé mon… enfin, peu importe. Tu es passé à la supérette, n'est-ce pas ?
— Gloria était à la caisse. C'est elle qui m'a indiqué où se trouvait la maison de tes parents.
Il l'aida à reprendre sa place dans le hamac.
— Tu es toute seule, ici ?
Il prit une bouteille sans quitter la jeune femme des yeux.
— Où est Ashley ? Où sont tes copines ?
— Elles sont parties sur le continent. Quant à Ashley, elle est… elle est sortie.
— Que se passe-t-il ? demanda-t-il en lui tendant une bière.
— J'ai réfléchi.
— À quoi ? Ne dis rien, je sais. Tu as changé d'avis à propos de notre discussion de ce matin.
Elle esquissa un sourire désabusé.
— Je suis un peu perdue.
— Laisse-moi deviner.
Il prit une autre bouteille pour lui-même tout en continuant :
— Tu me prends pour une sorte de psychopathe, un tueur en série qui dessine ses victimes et travaille pour elles gratuitement.
— C'est possible.
— Et tu voulais simplement construire une maison d'hôtes de cinq pièces, conformément au cadastre, avec des meubles un peu rustiques, mais je t'ai mis dans la tête des visions de villas marocaines avec des sols en bois précieux.
Cette fois, elle faillit parler, mais il la fit taire en posant un doigt sur ses lèvres.
— Attends, attends, je n'ai pas terminé. Pire encore, la première chose que nous avons faite quand nous

nous sommes retrouvés seuls a été de nous embrasser comme deux adolescents. Puis, nous avons pratiquement décidé de passer la nuit ensemble, et finalement, cela t'effraie.

— Tu as lu dans mes pensées.

— Non, mais je lis ton expression et je vois une femme qui a envie de s'enfuir. Tu as donc décidé de m'envoyer promener. Tu es vraiment facile à déchiffrer, tu sais.

Il leva sa bouteille comme pour porter un toast. Elle trinqua avec lui.

— Tout cela est peut-être vrai, mais il y a autre chose.

Clay remarqua alors l'album tombé à terre. Il était fermé, mais il parvint à lire les dates inscrites sur la tranche.

Un simple calcul suffisait pour comprendre qu'il s'agissait de l'année de naissance de sa fille. S'était-elle disputée avec elle ? L'adolescente serait alors partie en trombe, laissant sa mère éplorée dans le jardin. Ce changement d'humeur n'avait peut-être rien à voir avec lui. Et si elle avait besoin d'un ami à qui parler ?

— Dis-moi, reprit-il en buvant une gorgée de bière, Qu'est-ce qui te tourmente tant ce soir ?

— Tu devrais plutôt me demander ce qui ne me tourmente pas, répondit-elle avec un rire désabusé. C'est à la fois compliqué et personnel.

— Je suis un spécialiste, déclara-t-il en s'installant à son tour sur le hamac.

Lacey n'eut d'autre possibilité que de s'appuyer contre lui. La toile large et confortable pouvait largement accueillir deux personnes. Toutefois, elle garda ses distances et posa sur lui un regard méfiant.

— Je crois que c'est une mauvaise idée.

— Je veux simplement bavarder.

— C'est un grand classique, ça.

— Très bien, je ne souhaite pas seulement parler, mais comme tu m'as posé un lapin et que je te trouve en larmes, j'imagine que je n'aurai rien de plus qu'une conversation ce soir. Allez, approche-toi.

— Je ne pleure pas, je suis émue, voilà tout.

— Comme tu voudras, répondit-il en la dévisageant. Mais je lis de la peur dans ton regard.

— Tu as raison, j'ai un peu peur de ce que tu m'as proposé aujourd'hui. Ce n'est pas du tout ce que j'avais prévu.

Pensait-elle au projet immobilier ou à la proposition sentimentale ? Cela dit, elle n'avait prévu ni l'un ni l'autre.

— Eh bien, j'ai de bonnes nouvelles, reprit-il en se tournant pour l'obliger à s'appuyer contre lui pour éviter de tomber à terre. J'ai travaillé sur les plans de Casa Blanca, j'ai passé quelques appels concernant le cadastre, et j'ai même commencé le dossier environnemental. Et j'ai également commandé…

— Arrête, Clay.

— Pourquoi ?

— Je ne peux… Je ne…

— Hé, on avait conclu un accord. Pas de « je ne peux pas » entre nous.

— Je t'en prie.

Elle replia les jambes pour se recroqueviller sur elle-même, comme pour se protéger de lui, ne pas succomber à son charme ou à ses idées.

— Tout va trop vite, reprit-elle.

— Il n'y a pas d'autre façon de procéder. Tu ne vas pas perdre des mois à réfléchir à ton projet, si ?

— Un projet de cette ampleur demande de la réflexion et beaucoup d'argent. Sans parler de notre attirance réciproque qui pose un problème supplémentaire.

Il se mit à rire.

— Notre attirance, un problème, répéta-t-il. Ainsi exprimé, c'est terriblement sexy.

— Tu vois très bien ce que je veux dire, dit-elle en lui donnant un coup de coude. Tu me fais peur.

— Pourquoi ?

— Parce que tu es effrayant.

Il lui prit sa bouteille et la posa par terre. Puis il s'approcha d'elle. Ils se retrouvèrent plaqués l'un contre l'autre. Il enfouit les doigts dans ses cheveux et l'obligea à le regarder dans les yeux.

— Tu n'as pas peur de moi, tu as peur de ta sexualité.

— Absolument pas. C'est l'engagement qui me terrorise.

— Dans ce cas, c'est très bien, parce qu'avec moi, il n'y aura pas d'engagement. À part un engagement professionnel, bien sûr. Tout ce que tu as à faire, c'est de te détendre et profiter du moment présent.

Elle sourit et pencha légèrement la tête. Ainsi, ses cheveux effleurèrent sa main.

— Je me disais justement que je ne m'amusais pas assez.

— Dans ce cas, je suis ton homme.

Il se pencha davantage vers elle.

— Je parie que tu es l'homme de nombreuses femmes.

— Pas vraiment.

— Tu n'en as pas une seule dans ta vie ? En Caroline du Nord ? Qui te croit en déplacement professionnel ?

— Aucune.

— Pourquoi pas ?

Il se pencha en arrière pour fixer le ciel empourpré. Comment répondre à cette question ? Il n'avait pas rencontré la femme qu'il recherchait ? Il était trop occupé par son travail ? Il était trop exigeant ? Tout cela était vrai, mais ce n'étaient pas les raisons pour lesquelles il n'avait pas de petite amie ou d'épouse en Caroline du Nord.

— J'ai vécu une mauvaise expérience, admit-il.

— Mauvaise à quel point ?

— À un point extrême. Ensuite, je n'ai pu qu'enchaîner des aventures sans lendemain.

Il ne la regardait pas. Il avait même fermé les yeux pour se préparer psychologiquement à la confession qu'il était sur le point de lui faire.

— Tu as l'intention de me raconter ?

— Seulement si tu es prête à perdre tes illusions sur quelqu'un que tu as placé sur un piédestal.

— Qui donc ai-je placé sur un piédestal ? demanda-t-elle en se redressant légèrement.

— Le vrai Clayton Walker.

— Ton père ? Tu m'as dit qu'il s'était remarié. En quoi est-il impliqué dans ta vie sentimentale ?

— Eh bien, il se trouve que la femme qu'il a épousée était ma petite amie.

Il n'eut même pas à observer Lacey. Il ne l'imaginait que trop bien, yeux écarquillés, bouche bée. Telle était la réaction qu'il obtenait les rares fois où il racontait cette histoire.

— Depuis, je me suis juré de passer du bon temps, rien de plus. Ainsi, tu n'as rien à craindre de moi.

— Comment est-ce arrivé ? Je veux dire…

Même s'il lui en coûtait énormément, il décida de lui révéler la triste vérité.

— Jayna était l'employée de mon père, au cabinet. Quand j'ai fait mon stage, on s'est rapprochés. Elle a quelques années de plus que moi.

Sentant Lacey se crisper légèrement, il lui prit la main.

— Crois-moi, les similitudes s'arrêtent là, assura-t-il.

Elle hocha la tête et attendit la suite.

— Nous étions très proches. C'était du sérieux.

En étaient-ils au stade de choisir les alliances, de passer leurs week-ends ensemble et la plupart de leurs nuits dans le même lit ?

— Cela ne me semble pas très joli, commenta-t-elle.

— Je dois admettre que c'est moi qui ai décroché le premier. J'ai pris peur parce que les choses allaient trop vite pour moi. Je venais de terminer mes études et je voulais apprendre ce métier. J'ai toujours évolué dans les milieux de l'architecture. Depuis l'âge de 15 ans, je travaille aux côtés de mon père. Je venais de passer mon diplôme et j'effectuais mon stage. Je travaillais vraiment bien.

— Sur le projet de French Hills, par exemple.

Il esquissa un signe de tête, puis regarda vers le ciel pour maîtriser ses émotions. La blessure finirait-elle par se refermer un jour ?

— Bref, j'ai pris peur. Je n'étais plus certain d'avoir rencontré la femme de ma vie. Je crois que je n'étais pas prêt. Je suis parti pour l'Europe un été, pour visiter les grands ouvrages architecturaux et remettre de l'ordre dans mes idées. Jayna a vécu cela comme une rupture définitive, alors…

— Alors elle s'est tournée vers ton père ? demanda Lacey d'un ton incrédule.

— Je crois que c'est plutôt le contraire, répondit-il, en buvant une gorgée de bière. Si tu crois que je suis un beau parleur avec les filles, tu n'as encore rien vu. Attends de rencontrer mon paternel.

Ce qui n'arrivera jamais, songea-t-elle.

— Ils ont fini par se marier ?

— Elle s'est retrouvée enceinte pendant que j'étais en Europe. Il a divorcé de ma mère, puis il est allé épouser Jayna à Las Vegas.

Lacey réfléchit un instant.

— C'est pour cela que tu as quitté l'entreprise ?

En fait, non. Mais il s'aventurait en territoire dangereux. S'il en disait davantage ce soir, alors qu'elle était déjà émue…

— Plus ou moins, fit-il vaguement.

— Quel genre de relation entretiens-tu avec eux, aujourd'hui ?

— Je ne vais pas te mentir, je ne supporte pas de les voir. De plus, mon père n'avait pas dit son dernier mot. Il essayait de s'attribuer le beau rôle et de me faire passer pour le méchant. Je vois mon demi-frère quand ma sœur Darcie s'occupe de lui. Je ne passe jamais mes vacances avec eux, ni les anniversaires. Je fuis les réunions de famille. Jayna a obtenu ce qu'elle voulait, un mari. Et mon père aussi a eu ce qu'il voulait.

Une épouse décorative ? Non. Son père avait obtenu quelque chose qui appartenait à Clay.

— Cet homme est un sale type à l'esprit étroit. Il est jaloux. En réalité, il manque d'assurance. Il me reprochait tout ce que j'avais parce qu'il ne pouvait pas l'obtenir.

— Ce n'est pas une attitude très paternelle.

— Il n'a pas la moindre idée de ce qu'est un père, répliqua Clay d'un ton amer. Je suis désolé de parler de lui ainsi, mais il a le don de…

… me mettre hors de moi.

— J'ai l'impression qu'il le mérite.

— Et comment.

Elle garda le silence un long moment, puis reprit :

— C'est pour cela que tu recherches uniquement des aventures sans lendemain ?

— Tu veux que je te dise franchement ? répondit-il en se tournant vers elle. Je n'ai vraiment pas l'intention de me remettre en danger. Je veux travailler correctement, exploiter mon talent, me faire un nom dans ce milieu, gagner de l'argent et éviter ce qui risque d'être douloureux. Cela ne signifie en rien que je ne veux pas passer du bon temps. Cela ne veut pas dire que nous ne pouvons pas partager de bons moments, si tu le veux bien.

— Tu sais, cinq minutes avant que tu n'arrives, je me disais que je ne voulais pas m'embarquer dans une aventure purement physique. Et c'est ce que tu proposes.

— Il serait dommage de renoncer à ça, dit-il en l'embrassant sur le nez, puis la bouche.

Le hamac se balançait lentement. Il en profita pour glisser une main le long de son cou avant de plonger dans son décolleté.

— Tu sais, j'ai pensé à toi toute la journée.

— Et à quoi pensais-tu au juste ? demanda-t-elle presque timidement, car il lui donnait la chair de poule.

— Eh bien, je n'imaginais pas que tu me résisterais. Je voulais t'emmener chez moi pour que nous regardions ton film préféré sous les draps. Et nous nous serions lamentés sur la fin du film. Entre-temps, nous aurions…

Il s'arrêta à la naissance de ses seins et déposa un baiser sur sa peau nue.

— Cela te plairait ? demanda-t-il.

Lacey soupira et se lova contre lui.

— Bien sûr, mais c'est impossible.

— C'est drôle, j'ai bien cru que tu allais me dire : « Je ne peux pas. »

Il glissa la main sous la dentelle de son soutien-gorge et se pencha pour l'embrasser entre les seins.

— J'aurais pu, avoua-t-elle en réprimant une plainte de plaisir.

— Tu en as envie, toi aussi ? demanda-t-il en se plaquant contre elle pour lui faire sentir l'intensité de son désir.

— Oui, mais…

— Ne te trouve pas une autre excuse.

— Non, mais je veux bien… ça.

Elle enfouit les doigts dans ses cheveux pour guider sa bouche un peu plus bas.

— Je te l'avais bien dit, souffla-t-il en la serrant contre lui.

— Clay, souffla-t-elle en s'écartant légèrement. C'est vraiment impossible. Pas ici, pas maintenant.

— D'accord, concéda-t-il en renonçant à l'embrasser. Ta fille doit bientôt rentrer ?

— Oui, et il y a quelqu'un d'autre. Cet après-midi…

— Maman, tu es là ?

Ils se redressèrent d'un bond, tels des amants pris en faute, agitant le hamac dont ils faillirent tomber. Clay réfléchit aux dernières paroles de la jeune femme. Avait-elle bien évoqué quelqu'un d'autre ?

Lacey semblait affolée. Ils ne faisaient pourtant rien de mal.

— Je suis dehors, lança-t-elle tandis qu'il se levait. Je n'ai pas eu l'occasion de te dire…

— Me dire quoi ?

La porte ouvrant sur la maison s'ouvrit. Au lieu de l'adolescente blonde à laquelle ils s'attendaient, ce fut un homme qui apparut. Grand, brun, imposant, il riva les yeux sur Clay.

Elle avait bien dit *quelqu'un* d'autre, songea-t-il. Bon sang.

— Maman, tu as préparé des cookies ?

Ashley surgit à son tour, un sourire radieux aux lèvres. Il disparut dès qu'elle aperçut Clay.

— Qu'est-ce que vous faites là ? lui demanda-t-elle.

— Ashley ! Tu es impolie. M. Walker est venu discuter du projet de chantier.

L'homme traversa la pelouse d'un pas souple, très sûr de lui. Il rappelait quelqu'un à Clay, mais il ne parvenait pas à savoir qui.

— Je suis Fox, annonça-t-il en tendant la main à l'architecte. Le père d'Ashley.

Le père d'Ashley ? Clay secoua la tête et croisa son regard vert, le même que celui de la fille de Lacey.

— Clay Walker, déclara-t-il en lui serrant la main.

— Je crois savoir que vous avez des idées faramineuses pour ce site. Du moins totalement disproportionnées.

— Je ne sais pas si on peut parler de disproportion, répondit Clay, troublé, son esprit occupé à évaluer ce qu'il avait appris au sujet du père d'Ashley.

Lacey n'avait-elle pas affirmé qu'il avait disparu de la circulation ?

Ashley s'interposa entre les deux hommes.

— Papa t'a trouvé un moule à tarte, et l'épicerie était ouverte, alors on a acheté des pommes. Il en a choisi un en verre comme tu voulais. Il sait que tu n'aimes pas les moules en métal. Maintenant, tu peux refaire la tarte grâce à laquelle il est tombé amoureux de toi.

Fox se mit à rire et posa une main affectueuse sur l'épaule de sa fille.

— J'ai l'impression que ta mère est occupée en ce moment, déclara-t-il en observant le pack de bière.

La jeune fille posa ses sacs, visiblement déçue.

— Mais non, ce n'était qu'une réunion de travail, s'empressa de déclarer Lacey.

— Et nous avions presque terminé, ajouta Clay.

— Vous êtes du Sud, n'est-ce pas ? demanda Fox en ramassant le DVD posé à terre. Tiens, tiens. Quand Lacey a deux heures à perdre, c'est le film qu'elle regarde. On pourra le visionner après avoir préparé la tarte ?

— Je vous le laisse, répondit-il. Je l'avais apporté pour Lacey.

— Oh, je suis certain qu'elle en a un exemplaire, mais c'est une version remasterisée. Tu as déjà vu ce film, Ashley ?

— Maman a essayé de m'obliger à le regarder, mais j'ai trouvé ça ennuyeux, répondit-elle en levant les yeux au ciel.

— Je te le ferai apprécier, promit Fox en l'enlaçant. Ravi de vous avoir rencontré, Clay. Lacey, tu n'as qu'à rentrer quand tu auras fini ton rendez-vous. Ashley et moi allons démarrer la pâte. On regardera le DVD pendant que la tarte refroidit.

Sur ces mots, il disparut à l'intérieur. Lacey demeura parfaitement immobile et ne dit rien avant qu'ils eurent refermé la porte.

— Je voulais t'informer qu'il avait débarqué sans prévenir cet après-midi. C'est pour cela que je n'ai pas pris ton appel. Je suis désolée.

— Tu n'as pas à t'excuser.

Il ne s'attarda pas pour connaître les détails de leurs retrouvailles et préféra les laisser à leurs souvenirs familiaux.

— Je vais continuer à travailler sur les plans et les esquisses. Je te rappelle dans quelques jours.

Le regard de la jeune femme se voila.

— Clay, je…

— Maman, dépêche-toi ! On n'y arrive pas sans toi.

Agacée, Lacey ferma les yeux.

— Je n'ai pas envie de regarder ce film avec eux.

— Bien sûr que si, répliqua Clay. Tu adores *Casablanca*. Même la fin.

Elle leva les yeux vers lui et lui sourit.

— Tu veux dire quand le méchant se retrouve avec la fille ?

Il rit et s'éloigna à reculons.

— Oui.

N'était-ce pas l'histoire de sa vie ? songea-t-il.

13

Lacey parvint à échapper à la pâtisserie et au film en invoquant une grande fatigue et l'envie de prendre un bain. Ce n'était pas totalement faux, même si ce n'étaient là que des prétextes pour fuir David et Ashley. Elle passa le reste de la soirée enfermée dans sa chambre, devant son ordinateur portable, à se renseigner sur la gestion d'un établissement hôtelier. Ses pensées revenaient sans cesse vers Clay.

Vers 22 heures, David frappa à sa porte.

— Lacey, Ashley est allée se coucher. Cela te dirait, une petite promenade sur la plage ?

Elle referma son ordinateur et alla entrouvrir la porte. David était en bas de pyjama, torse nu. Refusant de s'attarder sur ce spectacle, elle croisa son regard.

— Elle est déjà couchée ? C'est un peu tôt.

De plus, sa fille ne lui avait pas souhaité bonne nuit. Il esquissa un sourire charmeur :

— Je crois qu'elle veut nous laisser en tête-à-tête.

Seigneur, il ne manquait plus que cela.

— Dommage, car je n'ai aucune envie de me promener sur la plage, répliqua-t-elle.

— J'ai besoin de prendre l'air.

Déjà ? songea-t-elle amèrement. Combien de temps était-il capable de rester à Mimosa Key sans être rattrapé par ses démons ?

Elle désigna son torse nu.

— Tu ferais mieux d'enfiler une chemise, sinon le shérif risque de t'embarquer pour attentat à la pudeur. Ils sont plutôt stricts par ici. Pardon.

Elle passa devant lui pour se diriger vers la chambre d'Ashley, au fond du couloir. Elle frappa et ouvrit doucement la porte, s'attendant à trouver la jeune fille devant l'écran de son ordinateur ou au téléphone.

Or la pièce était plongée dans le noir. Seul un rayon de lune éclairait ses vêtements jetés à terre. En temps normal, cette négligence lui aurait valu des remontrances, mais Lacey avait des problèmes plus immédiats à régler.

— Tu dors, Ashley ?

— Presque, répondit-elle en se retournant dans son lit. Papa et toi, vous allez faire un tour sur la plage ?

— Tu as vraiment besoin de l'appeler comme ça ?

La jeune fille se dressa sur son séant.

— C'est mon père, maman. Pourquoi cherches-tu absolument à me séparer de lui ?

Lacey serra les poings et maîtrisa sa colère.

— Je ne cherche pas à vous séparer. Je ne l'aurais jamais laissé s'installer ici, sinon.

— Où voulais-tu qu'il aille, de toute façon ?

Ailleurs. Dans un hôtel. Sur un autre continent. Là où il se trouvait depuis quatorze ans.

— Tu as aimé *Casablanca* ?

— On a regardé *Rio* à la place.

Étrangement, Lacey en fut soulagée, car *Casablanca* était *son* film.

— Alors, vous allez vous promener ? insista la jeune fille, pleine d'espoir.

— Lui oui, mais moi, ça ne me dit rien.

— Tu devrais y aller, maman. Je peux très bien rester ici toute seule.

— Je sais. C'est juste que…

Elle soupira.

— … je ne voudrais pas que tu t'attaches trop à lui.

Ashley alluma la lumière, visiblement furieuse.

— Pourquoi pas ?

— Parce que tu ne le connais pas.

— Pourquoi ne peux-tu accepter que les gens changent, maman ? demanda-t-elle, les doigts crispés sur sa couette. Ils évoluent. Papa a mûri. Il te le dira lui-même. Moi, je le trouve génial.

— Je suis sûre qu'il l'est, mais…

— Mais quoi ? Qu'est-ce que tu as ? C'est vrai, quoi. La plupart des mères, dans cette situation, seraient ravies de voir leur fille nouer des liens avec leur père. À ma place, d'autres le détesteraient.

— Oui, je sais.

— Je pourrais le repousser et lui dire qu'il m'a manqué toute ma vie et qu'il peut aller se faire voir.

— Ashley, ne parle pas comme ça.

— Je pourrais l'envoyer balader. Mais ce n'est pas le cas et je trouve que c'est une attitude très mûre de ma part.

— C'est tout à fait vrai.

Au lieu de reproduire le schéma familial et de réprimander sa fille, Lacey savait qu'elle devait au contraire la féliciter sur son comportement. Hélas, ce n'était pas facile.

— Cela peut être dangereux, reprit-elle.

— Dangereux ? Il ne ferait pas de mal à une mouche.

— Pas délibérément, en effet.

Comment mettre en garde sa fille sur le risque qu'elle prenait en s'attachant à cet homme qui allait certainement lui briser le cœur ?

— Il m'a fait du mal.

— Maman, c'était il y a quatorze ans.

— Cela prouve qu'il est capable de faire du mal, et qu'il n'hésite pas à déserter dès que la situation n'est pas assez exaltante à ses yeux.

— Ce n'est qu'une excuse pour m'empêcher de me rapprocher de lui, répliqua la jeune fille en enfouissant le visage dans son oreiller. En réalité, tu es jalouse de notre complicité.

— Et toi, tu...

Tu as absolument raison.

— Tu exagères de me parler de la sorte, reprit-elle.

Ashley fit la moue, mais se garda de lui présenter des excuses.

— Tu ne vois donc rien, ma chérie ? insista Lacey en s'asseyant au bord du lit. J'ai très peur qu'il ne t'embarque dans cette complicité père-fille et qu'ensuite, il reçoive un appel d'un ami du bout du monde qui l'invite à chasser le zèbre ou escalader le Kilimandjaro. Enfin bref, qu'il ne t'abandonne comme autrefois.

— Il m'a dit qu'il en avait assez de voyager, maman. Il est chef cuisinier désormais. Il a envie d'ouvrir son restaurant.

Elle se pencha pour prendre la main de sa mère :

— Tu imagines s'il s'installait ici, à Mimosa Key ? fit-elle avec enthousiasme.

— Chérie, ne commence pas à te faire des illusions.

— Ce n'est pas une illusion. Il aime cette île. Il tient toujours à toi, tu sais. Je l'ai bien compris quand je l'ai vu choisir le moule à tarte.

— Il faut bien plus qu'un moule à tarte pour prouver son amour à quelqu'un, répondit Lacey.

Il fallait de la confiance, une présence envers et contre tous, un véritable engagement. Or Lacey n'avait jamais trouvé ces qualités chez un homme, et surtout pas David Fox.

Ashley sourit et parut soudain bien plus jeune que son âge.

— Maman, as-tu remarqué la façon dont il te regarde ?

— Moi ?

Elle attendit la suite, mais rien ne vint. Étrangement, elle ne ressentait rien, ni bonheur, ni exaltation.

— Tu te fais des idées, déclara-t-elle.

— Tante Zoé l'a remarqué comme moi.

— Elle se fait des idées, elle aussi.

— Tu devais être trop occupée à flirter avec cet architecte dans le hamac pour remarquer l'homme qui compte vraiment dans ta vie.

— Nous n'étions pas en train de flirter.

— Enfin, maman, il est trop jeune pour toi.

— Pas du tout.

— Tu ne veux pas accorder une chance à papa ? Ce serait tellement génial que vous soyez de nouveau ensemble.

Lacey se contenta de secouer lentement la tête.

— Il a déjà eu sa chance, autrefois.

La jeune fille prit les mains de sa mère dans les siennes.

— Tu ne ressens donc rien pour lui ? Même pas un léger trouble quand tu le regardes ?

Son désespoir manifeste brisa le cœur de la jeune femme.

— Non, avoua-t-elle honnêtement.

— Tu ne peux pas faire un effort ? Pour moi ? Pour qu'on puisse former une famille ? Il nous achèterait une maison, on récupérerait ce qu'on a perdu et…

— Ne m'impose pas ça. Je ne veux pas que ton bonheur dépende de ce fantasme d'une éventuelle réconciliation entre David et moi.

Lacey avait toujours eu du mal à dire non à sa fille.

— Accorde-lui juste une chance, maman.

— Il va passer quelques jours ici avec nous. Cela suffit.

— C'est déjà un premier pas, répondit l'adolescente avec un sourire mystérieux. Et je te promets de ne pas vérifier si la chambre d'amis a été utilisée.

— Ashley ! s'exclama Lacey en faisant mine de lui donner une tape. N'y pense même pas.

— Pourquoi pas ? Tu l'envisageais bien avec ce Clay.

Lacey éteignit la lumière afin que l'adolescente ne la voie pas rougir.

— Fin de la conversation, annonça-t-elle.

L'adolescente releva sa couette et se retourna.

— Tout va bien, maman. Clay est mignon et, manifestement, il veut te mettre dans son lit.

— Ashley ! Je t'interdis de parler comme ça. Endors-toi et ne te mêle de mes affaires.

La jeune fille se contenta de rire doucement.

— Si seulement tu arrêtais de flirter avec n'importe qui pour accorder une chance à mon père.

— Bonne nuit.

Lacey referma la porte et se promit de demander à David de cesser de mettre des idées fantasques dans la tête de leur fille.

Le silence régnait dans la maison. David était sans doute sorti se promener seul. Soulagée, Lacey se rendit à la cuisine pour se préparer une tasse de thé. En passant, elle examina le moule à tarte posé sur le comptoir, juste à côté des pommes.

C'était un geste attendrissant, admit-elle. Elle y voyait déjà une succulente tarte aux pommes bien dorée.

Sans réfléchir, elle préchauffa le four et se mit à préparer une pâte brisée. Elle connaissait par cœur les proportions de chaque ingrédient.

Elle aurait préféré utiliser son robot, mais…

Ne pense pas à tout ce que tu as perdu, Lacey.

Hélas, les effluves de beurre et de farine qui flottèrent bientôt dans la pièce furent une véritable torture. Tant de souvenirs avaient à jamais disparu.

Ferait-elle de la pâtisserie à Casa Blanca ? Ce nom lui semblait encore étrange. C'était si nouveau qu'elle n'arrivait toujours pas à envisager le projet. Était-il réalisable ? Ou bien devrait-elle trouver un appartement après le retour de ses parents ?

Elle s'affaira à pétrir la pâte et en ressentit aussitôt un certain réconfort. Bien sûr qu'elle continuerait la pâtisserie. Elle en avait besoin.

La porte du fond s'ouvrit sur David, qui parut étonné de la trouver là.

— Une petite promenade t'aurait détendue, tu sais. La nuit est superbe.

Elle écarta une mèche de cheveux de son visage.

— Merci pour le moule, déclara-t-elle. Il est parfait.

— Je t'en prie. Tiens, je t'ai apporté ceci.

Il lui tendit une fleur de bougainvillée rose vif.

— Elle me rappelle l'Indonésie, commenta-t-il.

— Je n'ai jamais mis les pieds en Indonésie, David.

— Bon, d'accord, tu peux m'appeler David, si tu y tiens, concéda-t-il en riant. Mais tu seras la seule. Ashley s'est endormie ?

Il s'approcha d'elle et déposa la fleur sur le comptoir.

— Non. Elle se berce d'illusions, tu sais.

Il l'observa d'un air intrigué qui n'enlevait rien à son charme.

— Comment ça ?

Elle secoua la tête. Elle n'était pas disposée à avoir cette conversation et à renoncer au plaisir de pétrir sa pâte.

— Tu es donc allé en Indonésie ? demanda-t-elle.

— Oui. Quand je me suis mis sérieusement à la cuisine, j'ai effectué un stage dans une entreprise multinationale qui possède de superbes hôtels dans le monde entier.

La jeune femme s'interrompit.

— Tu as travaillé dans l'hôtellerie ?

— En quoi cela t'étonne ? Je suis capable de garder un emploi, assura-t-il en plaçant les pommes dans l'évier. Je sais que tu me prends pour un panier percé.

— C'est ce que tu es.

— Il suffit de bien placer son argent. Je ne me contente pas de passer d'une aventure à une autre. À un moment donné, il faut qu'un homme se fixe. Tu as un économe ?

— Dans le tiroir. Que faisais-tu au sein de cette entreprise ?

— J'ai commencé comme voiturier et j'ai fini chef cuisinier. J'ai travaillé dans toutes les cuisines de cette société, aux quatre coins du monde : Cambodge, Laos, Thaïlande, Tahiti, Monténégro, Turquie, Maroc...

— Le Maroc ?

— Oui et, crois-moi, cette ville n'a rien à voir avec ton film.

Son film.

— Alors, vous avez finalement regardé *Rio*, déclara-t-elle en posant sa pâte sur le plan de travail. Excellent choix.

— Ce dessin animé est bien plus réaliste dans sa description de Rio de Janeiro que *Casablanca* pour décrire le Maroc.

Le Maroc. Ce simple mot lui rappelait Clay et combien elle aurait aimé regarder le film en sa compagnie.

Désormais, son film était *leur* film.

— Tu as aimé le Maroc ?

Il haussa les épaules et se mit à peler une pomme d'une main experte.

— Ce que j'en ai vu, oui. En réalité, je passais mon temps à travailler.

— Cela ne te ressemble pas, commenta Lacey. En général, tu es toujours en vadrouille.

— Cela m'arrive encore, admit-il. Quand j'ai quitté la société, j'ai pris un an pour voyager dans mes endroits favoris, Singapour et, bien sûr, le Chili et l'Argentine.

— Bien sûr. Tu as toujours eu un faible pour la Patagonie.

En quelques gestes habiles, il épépina une pomme.

— Ça n'a pas été très long.

— De peler cette pomme ?

— Non. La Patagonie.

Elle sourit et secoua la tête en repliant la pâte sur elle-même.

— Je vais la laisser reposer, le temps de peler les pommes.

— Faisons-le ensemble, proposa-t-il. Tu préfères peler ou émincer ?

Elle enveloppa sa pâte d'un film alimentaire et la plaça au réfrigérateur.

— Tu sembles être un as de l'économe. Je me charge d'émincer.

Ils travaillèrent en silence pendant quelques minutes, puis Lacey décida d'engager une conversation plus sérieuse.

— Dis-moi, que fais-tu ici, au juste ?

David marqua un temps d'arrêt, puis poursuivit sa tâche.

— Ma présence te contrarie à ce point, Lacey ?

— Ce qui me contrarie, ce sont les idées que tu es en train d'enfoncer dans la tête d'Ashley. Elle est pleine d'illusions.

— Qui sait ?

— Toi et moi, on ne se remettra jamais ensemble. Jamais on ne sera un petit couple marié.

— Marié ? répéta-t-il, effaré. Tu sais bien ce que je pense du mariage.

Oui, elle le savait.

— Je le sais parfaitement, répondit-elle. Il me semble même que c'est l'origine de nos problèmes. Car moi, je crois au mariage.

— Alors pourquoi es-tu toujours célibataire ?

Elle aurait dû s'y attendre.

— Parce que je n'ai pas rencontré le partenaire idéal, le mari modèle, le père qui manque tant à Ashley.

— Peut-être l'as-tu enfin trouvé, déclara-t-il.

— Clay ? fit-elle sans le regarder.

— Je pensais plutôt à moi, corrigea-t-il avec un petit rire amer.

— Toi ?

Un millier de réflexions vinrent à l'esprit de la jeune femme, qui opta pour la facilité :

— Tu viens de dire que tu étais contre le mariage.

— Et tu crois que ce tatoué de même pas trente ans est pour ?

— Tu ne parles pas comme un père.

— Eh bien, je le suis, pourtant. Et c'est le bonheur de ma fille qui est en jeu.

— Tu crois donc que Clay pourrait lui faire du mal ? demanda Lacey, inquiète.

— Je crois que c'est toi qu'il pourrait meurtrir. Ses intentions sont manifestes, il me semble. Il te dessine nue, il t'apporte de la bière, il se roule avec toi dans le hamac.

Elle ne pouvait contester cet argument.

— Il va travailler pour moi, et gratuitement.

— Oh, il se fera payer en nature, voilà tout.

Elle se tourna vers lui en brandissant son couteau d'un air menaçant.

— Prends garde à ce que tu dis. Tu dépasses les bornes.

Il leva les mains en l'air et recula de quelques pas.
— Tu as raison. Excuse-moi. Je suis jaloux.
— Comment peux-tu être jaloux ? Tu as disparu depuis des lustres et, soudain, tu te soucies de mes fréquentations et du bien-être d'Ashley ?
— Je me suis toujours soucié de son bien-être.
Elle se concentra sur son couteau et émincça une autre pomme.
— On peut dire que tu as une drôle de façon de l'exprimer. Tu crois qu'on peut effacer toutes ces années d'absence, comme si elle n'en avait pas souffert ?
Il s'affaira un moment sans dire un mot.
— J'ai foiré, avoua-t-il enfin.
Ses regrets ne firent pas avancer grand-chose. En levant les yeux vers cet homme dont elle avait été tellement amoureuse, Lacey ne ressentit plus rien.
Elle en fut soulagée, mais ne voulait pas le laisser s'en tirer à si bon compte.
— En effet, dit-elle. Il y a eu tant de Noëls et d'anniversaires sans un coup de fil.
— Je pourrais me racheter, si tu me le permettais.
— Non, merci.
— Lacey, j'ai commis des erreurs par le passé. Laisse-moi changer notre avenir.
— Nous n'avons pas d'avenir ensemble, David. Nous avons une fille, certes, et je ne t'ai jamais interdit de la voir. Cette absence, c'était ton choix.
— Je sais.
— Dès le départ, poursuivit la jeune femme, bien décidée à vider son sac. Tu as fait ce choix le jour où je t'ai annoncé que j'étais enceinte.
Un silence pesant s'installa entre eux.
— Nous savons tous les deux quelle solution tu préconisais, à l'époque.

Les paroles de David résonnaient encore dans sa tête : « Il faut régler le problème, Lacey. »

— Cela aurait été une terrible erreur, admit-il.

— Tu m'étonnes ! s'exclama-t-elle.

— Tu l'as très bien élevée.

— Ne sois pas obséquieux. J'ai fait de mon mieux, et cela n'a pas toujours été facile.

— C'est une jeune fille merveilleuse.

— En général, oui, concéda Lacey. Mais elle est en pleine crise d'adolescence. Elle a tendance à dramatiser, à se centrer sur elle-même. Elle cherche à combler le vide que subissent tous ceux qui sont élevés sans père.

— Ce qui nous ramène aux raisons de ma présence ici.

Soudain, elle crut deviner pourquoi il avait soudain réapparu.

— Serais-tu revenu pour combler un grand vide dans ta propre vie, et non dans la sienne, David ?

— Tout est possible, répondit-il en lui tendant une dernière pomme pelée. Laisse-moi faire.

Il lui prit son couteau et entreprit de trancher les fruits à la vitesse d'un robot.

— Eh bien ! s'exclama Lacey, admirative. Où as-tu appris cette technique ?

— Aux quatre coins du monde, répondit-il avec un sourire.

Elle se pencha pour mieux l'admirer à l'œuvre. Si cet homme lui avait brisé le cœur autrefois, elle appréciait aujourd'hui ces moments partagés avec lui. Hélas, David ne pouvait apaiser son sentiment de solitude et Clay venait de lui avouer qu'il ne recherchait qu'une aventure sans lendemain. Décidément, elle savait choisir ses partenaires !

— Je vais préparer la compote, annonça-t-elle en prenant un saladier et du sucre.

— Tu sais, Lacey, si je suis venu, c'est en partie parce que j'ai eu une révélation, il y a quelque temps.

Elle leva les yeux de son saladier.

— Une révélation ?

Il s'appuya contre l'îlot central et croisa les bras, le regard dans le vague.

— Je faisais un trekking en Bolivie, dans les marais salants. Nous avions dû passer la nuit dans un village reculé, de l'autre côté de la frontière chilienne. Il n'y avait pas d'hôtel, donc nous avons dormi chez l'habitant. Ces gens nous ont préparé un repas succulent. Et je n'avais jamais vu un ciel si étoilé.

Aux yeux de Lacey, la Bolivie ne présentait guère d'intérêt. Ils n'avaient décidément pas les mêmes passions.

— Le lendemain matin, juste avant le lever du soleil, j'ai vu une jeune femme d'une vingtaine d'années allaiter son enfant, devant la maison.

Il semblait attendre de Lacey une réaction à son récit.

— Et alors ?

— Le temps s'est arrêté. Cette jeune maman aux cheveux noirs, son nourrisson au sein…

Il leva les mains comme pour mimer la scène, ce qui intrigua Lacey.

— Alors, j'ai été frappé. Cette femme avait l'âge que tu avais à la naissance d'Ashley. J'ai eu l'impression de recevoir un coup de couteau en plein cœur.

Les mains tremblantes, elle mit ses pommes à cuire. Comment ne pas lui en vouloir ? Il avait mis quatorze ans à comprendre.

— Qu'est-ce qui t'a troublé, David ? Le souvenir de m'avoir larguée pour partir élever des moutons en Patagonie ou le fait de n'avoir pas vu ta fille depuis son premier anniversaire ?

Il posa les mains sur les épaules de la jeune femme et la fit pivoter vers lui.

— J'ai découvert l'instinct paternel.

Sentant monter la colère, elle se dégagea de son emprise.

— Un instinct puissant, railla-t-elle non sans amertume.

— C'est ce qu'il y a de plus important au monde, notre raison de vivre. Chaque personne vivant sur cette terre est un miracle. Désormais, il faut que nous… que je… que je saisisse cette vie que nous avons créée. C'est pour cela que je suis venu.

— Pour « saisir » Ashley ? fit-elle, le cœur battant. Tu ne peux pas me la prendre.

— Je n'en ai pas l'intention, Lacey, assura-t-il en plaçant de nouveau les mains sur ses épaules. Je veux passer du temps avec elle, tisser des liens de père à fille. Tu ne me l'as jamais interdit.

Effectivement. Mais, elle doutait fortement qu'il accorde la moindre attention à son enfant.

— En voyant cette maman si pleine de vie, si épanouie, j'ai compris que mon existence n'avait pas de sens. Même mon travail, que j'adore, ne parvient pas à combler ce vide. Si l'on ne peut tisser des liens avec la chair de sa chair, à quoi bon exister ?

— Je suis de cet avis, même si je ne l'aurais pas exprimé de façon aussi grandiloquente.

— La famille est ce qu'il y a de plus sacré, reprit-il en frappant du poing sur le comptoir pour souligner ses propos. Rien d'autre n'a vraiment d'importance.

Il voulait lui prendre sa famille ? Il n'en était pas question.

— La famille, c'est important, dit-elle en pesant ses mots. Et si tu allais rendre visite à la tienne, à New York ? Ils comptent, eux aussi, non ?

De plus, ils vivent à des milliers de kilomètres, songeat-elle, *ce qui ne gâche rien.*

Il crispa les doigts sur ses épaules pour tenter de l'attirer vers lui.

— Je ne parlais pas de cette famille-là, mais de la nôtre.

— Nous ne formons pas une famille, David. Si nous avons eu un enfant ensemble, nous menons des vies totalement séparées.

— Pourquoi ?

— Pourquoi ? Parce que tu as préféré partir en Patagonie, en Namibie, au Botswana, où sais-je encore.

— Chut, fit-il en posant un index sur les lèvres de la jeune femme.

— Arrête !

Comment le laisser toucher ses lèvres qui embrassaient un autre homme, quelques heures plus tôt ?

— Ne parle pas de souvenirs qui n'ont plus d'importance. Je suis parti, mais c'est fini et je reviens. C'est aussi simple que cela.

— Non, ce n'est pas aussi simple. D'abord, on ne peut pas « revenir » là où l'on n'a pas vécu plus d'une semaine. Tu es ici chez moi, pas chez toi. Et Ashley est...

Ma fille.

Elle ne pouvait se permettre une telle affirmation. C'était aussi sa fille à lui, du moins sur le plan biologique.

— J'ai eu une autre révélation, dans ce petit village, en observant cette femme.

Sans doute lorgnait-il ses seins...

— Laquelle ?

— Je suis toujours amoureux de toi, avoua-t-il à voix basse. En fait, je n'ai jamais cessé...

— Arrête ! s'exclama-t-elle en tendant la main. Tu n'es pas amoureux de moi. Tu ne me connais même plus.

Il afficha un sourire bienveillant.

— Et je suis venu y remédier. En tout cas, une chose est certaine : je t'ai aimée et je suis sûr que je pourrais t'aimer à nouveau.

Lacey en demeura sans voix. Lorsqu'il tendit la main vers elle, elle s'empara de sa plaque de cuisson et se tourna vers le four.

Il la rejoignit aussitôt pour ouvrir la porte.

— Je suis certain que, au plus profond de ton cœur, tu ressens la même chose.

— Tu te trompes, rétorqua-t-elle en enfournant sa plaque.

— Pour l'instant, peut-être. Mais si je reste assez longtemps, tu changeras peut-être d'avis.

Pourquoi ne voulait-il pas voir la vérité en face ? Elle ne ressentait plus rien pour lui. Hélas, il ne voulait rien entendre. Elle referma la porte du four et s'écarta.

— Tu auras beau rester aussi longtemps que tu voudras, David, je ne veux pas que tu fasses des promesses à Ashley, c'est compris ? Je refuse qu'elle souffre.

— Et à toi, je peux ?

— Tu ne peux plus me faire le moindre mal désormais, répondit-elle. En revanche, tu commences à m'agacer sérieusement.

— C'est déjà un début.

Il était vraiment obtus. Il était lui-même, en réalité. Elle ne lui avait jamais posé de problèmes, avait accédé à toutes ses requêtes, à part celle de mettre fin à sa grossesse.

Elle était décidée à tenir bon une fois de plus.

— Écoute, il s'agit de ma famille, ma maison, mes projets. Je regrette, mais tu arrives quatorze ans trop tard pour en faire partie. C'est clair, Fox ?

— Très clair, répondit-il en riant. Tu sembles oublier à quel point j'aime les défis. Je ne vis que pour cela. Je suis capable de gravir le Kilimandjaro. Je saurai te convaincre.

Non, il n'y arriverait pas. Elle se mit à nettoyer le plan de travail.

— Je vais lire, le temps que la pâte repose et que les pommes cuisent.

— Et si on regardait le film ?

— Sans moi. Tu devrais aller te coucher. Tu dois être sous le coup du décalage horaire, non ?

Il rit de plus belle.

— D'accord. Je tiens cependant à te dire une dernière chose, car je crois en la franchise. Je joue cartes sur table.

— Laquelle ?

— Lacey, je veux un autre enfant.

Un autre enfant ? Il n'avait pas voulu de celle qu'il avait déjà.

— Eh bien, je te souhaite bonne chance.

— Un enfant de toi, ajouta-t-il.

La farine accumulée sur les doigts de la jeune femme tomba lentement à terre. Elle poursuivit son nettoyage sans lever les yeux.

— Qu'est-ce que tu racontes ?

— Tu es une mère formidable, une amie de toujours et nous faisons de beaux bébés.

Elle se frotta les mains et consulta son minuteur. Elle mourait d'envie de défouler sa colère à coups de rouleau à pâtisserie.

Elle aussi avait toujours rêvé d'un deuxième enfant.

Mais pas de lui.

14

— Un autre enfant ? répéta Zoé, si éberluée qu'elle faillit en avaler son café de travers.

Elles étaient réunies au restaurant du Ritz, au bord de la piscine. Tessa et Jocelyn eurent une réaction plus discrète et demeurèrent bouche bée.

— Que lui as-tu répondu ? demanda enfin Tessa.

— Qu'il était cinglé, fit Lacey en essuyant quelques gouttelettes de café sur la table.

— Tu ne veux plus d'un autre bébé ? reprit Tessa d'un ton légèrement réprobateur.

Les deux amies en avaient déjà parlé et Lacey ne cachait pas son désir de maternité. Lacey croisa le regard de Tessa, qui connaissait les affres de la stérilité.

— Pas au point de me rabibocher avec David Fox. J'adorerais avoir un autre enfant, encore faudrait-il rencontrer le père idéal.

Elle songea furtivement à Clay, mais se ressaisit aussitôt.

— David est un homme dominateur, déclara Jocelyn. Il l'a toujours été. Il veut t'avoir sous sa coupe. Le jour où il n'a pas réussi à imposer sa volonté, il s'est enfui au bout du monde. Il te considère comme un sommet à gravir, un nouveau défi à relever.

— Arrête ta psychologie de comptoir, intervint Tessa. Il est peut-être sincère, après tout.

— Tu crois au père Noël, répliqua Zoé.

Lacey se rangea au côté de cette dernière.

— Quoi qu'il en soit, il m'a dit qu'il avait travaillé dans les cuisines d'une chaîne de palaces. Il connaît très bien le métier. Si je mène à bien ce projet avec Clay, j'aurai besoin des conseils d'un professionnel.

— Parler à quelqu'un et lui faire un enfant, ce n'est pas la même chose, objecta Zoé.

— Les employés de l'hôtellerie ne manquent pas, ajouta Jocelyn. Inutile de t'adresser au père de ta fille. Aurais-tu oublié qu'il t'a larguée ?

Elles posèrent sur Lacey un regard qui avait tout d'une mise en garde.

— N'ayez crainte, je ne m'intéresse plus à lui.

Son téléphone se mit à vibrer. Trop tard, elle ne put empêcher Tessa de lire le nom de son correspondant.

— C'est un texto de Clay Walker. Tu ne le lis pas ?

— Plus tard, répondit-elle, alors qu'elle brûlait d'en prendre connaissance.

— Allez, insista Zoé en lui donnant un coup de coude. Voyons ce qu'il a à raconter, ton beau gosse.

— J'en ai assez entendu hier soir, répondit Lacey en pliant sa serviette pour la poser sur son téléphone. Il est passé chez moi et a joué cartes sur table. Dans le hamac.

— Tu as partagé le hamac avec lui ? s'exclama Zoé. Que t'a-t-il proposé ?

— Une sale histoire, répondit-elle, suscitant aussitôt la curiosité de ses camarades.

Elle leur narra l'histoire de la petite amie qui avait épousé le père de Clay. Chacune réagit à sa façon, Tessa par le dégoût, Jocelyn par une citation de Jung et Zoé par une condamnation à mort du père indigne.

Elles mirent dix bonnes minutes à imaginer comment une telle chose avait pu se produire, ce que la jeune femme pouvait ressentir, sans oublier les conséquences pour toute la famille.

— J'ignore ce qu'il en est de sa famille, mais Clay est profondément meurtri, déclara Lacey. Il n'envisage plus autre chose que des relations purement physiques.

— Il a le mérite d'être honnête, commenta Zoé. Certains t'auraient menée en bateau, crois-moi.

— Qu'est-ce que tu comptes faire ? demanda Jocelyn.

— Je n'en sais rien, admit Lacey. Un homme pour qui je ne ressens rien veut vivre avec moi et me faire un bébé. Et un autre pour qui je craque complètement n'envisage que des parties de jambes en l'air.

Abasourdies, les trois amies la dévisagèrent.

— Quoi ? fit Lacey. Vous pensez que je devrais coucher avec lui ?

— Pourquoi pas ? demanda Jocelyn.

— En général, ce n'est pas toi qui cherches à me dévergonder, Joss.

— C'est vrai, lança Zoé. C'est mon rôle, normalement. Merci d'abonder dans mon sens, pour une fois. Donc je répète, pourquoi pas, Lacey ?

Celle-ci se tourna vers Tessa, espérant entendre la voix de la raison, mais elle n'obtint qu'un haussement d'épaules.

— Moi je dis pourquoi pas ?

— Vous parlez sérieusement, les filles ? s'exclama Lacey, abasourdie. Vous pensez que je devrais…

— Oui ! lancèrent-elles à l'unisson.

Fallait-il en rire ou les ramener à la raison ?

— Sans qu'il y ait le moindre sentiment ? Pire encore, alors qu'on a des relations de travail ? Et si on rompait, si on se disputait à mort ?

— Théoriquement, tu ne peux pas rompre s'il n'y a pas de sentiments, déclara Jocelyn. Donc je ne vois pas où est le problème.

— Et l'exemple que je donnerais à ma fille ? Ce n'est pas un problème ?

— Ashley n'est plus un bébé, objecta Tessa. Elle veut que tu sois heureuse. Détends-toi. Tu vas travailler avec cet homme dans la journée. Et la nuit…

— Ma fille veut que je me remette en couple avec David, répondit Lacey, de moins en moins convaincue par ses propres arguments.

— Tu ne peux pas la laisser contrôler ta vie comme ta mère le faisait pour toi.

— Eh bien, fit Zoé en tendant une main solidaire à Jocelyn. Notre psy est à fond, aujourd'hui.

Jocelyn lui tapa dans la main, puis reporta vite son attention sur Lacey.

— Je suis sérieuse, tu sais. Ashley ne passe pas son temps à te critiquer, mais elle parvient à influencer ton comportement pour obtenir ce qu'elle veut. Il serait temps que tu résistes.

— Eh bien, fit Lacey, un peu désemparée, je suppose que…

Elle ne trouvait plus d'arguments pour leur démontrer que cette aventure amoureuse serait une mauvaise idée.

— Tu n'as plus d'excuses, fit Tessa.

— Franchement, Lacey, reprit Jocelyn, quand t'es-tu vraiment amusée pour la dernière fois ? Quand as-tu fait quelque chose pour toi ? Pour le plaisir de sentir…

— Le frisson du coup de crayon d'un architecte, railla Zoé.

Les autres éclatèrent de rire, ce qui leur valut les regards réprobateurs de certains clients. Jocelyn régla l'addition.

— Allons à l'intérieur ou à la plage, les filles, proposa-t-elle. Je crois que le Ritz n'est pas le cadre idéal pour la bande des quatre de Tolbert Hall.

— Ah, c'était le bon vieux temps, souffla Zoé en se levant. Nos seuls soucis étaient les examens et les garçons.

— Toi, tu avais les beaux gosses, et moi les boutonneux, corrigea Tessa.

— Quant à moi, j'ai eu la « chance » de rencontrer David Fox.

— Je crois avoir essayé de te dissuader de suivre le cycle sur les cultures asiatiques, ce semestre-là, dit Zoé en prenant Lacey par les épaules.

— Tu as tenté de me persuader de choisir la linguistique.

— J'étais dans ma période *Le Seigneur des anneaux*, répliqua-t-elle en désignant le téléphone de son amie. Allez, ne me fais pas languir plus longtemps. Lis ton texto.

— D'accord.

— À voix haute, précisa Zoé.

Lacey s'en voulut d'avoir le cœur battant en lisant le nom de Clay sur son écran.

— « J'ai entendu parler d'un restaurant secret sur cette île. Un mexicain. Il faut être accompagné de quelqu'un du coin pour obtenir une table. Si on y dînait ensemble, ce soir ? J'ai quelque chose à te dire. »

— Un mexicain ? fit Zoé en s'éloignant d'un pas léger. Une soirée épicée en perspective.

— Arrête, Zoé, lança Lacey.

Elle ne parvint toutefois pas à réprimer le sourire qui était apparu sur ses lèvres dès qu'elle avait lu le nom de Clay sur l'écran.

— On va te préparer pour ton rendez-vous, répliqua Zoé. Vêtements, coiffure, maquillage, sans oublier les préservatifs, ajouta-t-elle avec un sourire taquin.

Elle entraîna Lacey vers une boutique.

— On a quelques emplettes à faire, annonça-t-elle aux autres. On se retrouve dans la chambre, d'accord ? Joss, tu crois que tu pourrais prendre rendez-vous chez l'esthéticienne pour Lacey ?

— Absolument, répondit-elle. La totale ?

— Arrêtez, fit Lacey sans grande conviction.

— Qu'est-ce que tu vas porter ? demanda Tessa.

— Ce que Zoé me choisira, dit-elle, résignée.

Elle ne voulait pas rentrer se préparer pour un rendez-vous avec Clay sous le regard curieux de David et Ashley.

— Dis-lui que tu acceptes, fit Zoé en désignant le téléphone. Vite, avant que tu ne trouves un prétexte pour ne pas y aller.

Lacey envoya : « D'accord. »

— Bon, reprit Zoé, passons vite à la pharmacie pour acheter ce que tu sais.

Les deux amies gloussèrent devant le présentoir, puis Zoé voulut s'emparer d'une boîte. Hélas, la rangée suivit et s'écroula à terre. Attiré par le vacarme, un homme s'avança. Hilares, les deux amies s'affairèrent à tout ramasser.

— Zoé, Zoé Tamarin ? C'est bien toi ?

Elle se figea.

— J'ai reconnu ton rire.

Dans un silence gêné, un homme brun et élancé, aux larges épaules et aux traits fins tendit la main pour aider la jeune femme à se relever. Lacey ne le détailla pas davantage, car le trouble manifeste de son amie l'inquiétait. Elle semblait pétrifiée.

Zoé n'était jamais timide, bien au contraire, surtout en présence d'un bel homme qui connaissait son nom. Or elle était blême, le regard éteint.

— Bonjour, Oliver, dit-elle, sans aucun signe de surprise.

— Zoé... souffla-t-il.

Il afficha un large sourire et l'enveloppa d'un regard avide.

— Que fais-tu là ?

— Des provisions, répondit-elle en brandissant une boîte de préservatifs.

Il esquissa un vague sourire. Son regard était si intense que Lacey en fut impressionnée.

— Je voulais dire, dans cet hôtel.

— Je suis venue voir quelqu'un, répondit-elle avec un sourire pincé. Quelqu'un de proche, ajouta-t-elle d'un air entendu.

— Manifestement.

— Oliver ! appela la femme qui l'accompagnait à l'entrée de la boutique. Je suis prête.

Il leva une main sans quitter Zoé des yeux. Il semblait vouloir lui dire quelque chose, mais sans trouver ses mots.

— Ta femme t'attend, déclara Zoé d'une voix à peine audible.

— Zoé...

— Si je me souviens bien, elle déteste attendre.

Il ferma les yeux, comme si elle venait de lui assener un coup de poing dans le ventre.

— Oliver, j'ai dit au chauffeur que nous arrivions tout de suite. Dépêche-toi, chéri.

— Salut ! lança Zoé d'un ton faussement enjoué, en agitant sa boîte de préservatifs.

— Je suis désolé, murmura-t-il si bas que Lacey n'était pas certaine d'avoir bien entendu.

L'espace d'un instant, le regard de Zoé exprima de la haine.

— Va-t'en, je n'ai rien à te dire.

Sans un regard pour Lacey, il tourna les talons et rejoignit sa femme qui lui agrippa le bras pour l'entraîner vers la sortie.

— Que faisais-tu dans le coin des préservatifs, petit coquin ?

Zoé les regarda s'éloigner.

— Qui est-ce ? s'enquit Lacey.

Zoé ferma de nouveau les yeux, le temps de trouver une repartie pleine d'esprit et de sarcasme, sans doute.

Contre toute attente, elle fondit en larmes.

15

En se promenant au bord de l'eau à Barefoot Bay, Clay écoutait d'une oreille distraite sa sœur lui relater son dernier rendez-vous galant catastrophique. Il guettait la route menant à la plage, espérant voir arriver la petite voiture de Lacey.

— Clay, tu crois que je suis abonnée aux déceptions sentimentales ? demanda Darcie. Tu crois que c'est à cause de moi ou bien les hommes sont-ils tous des dragueurs qui ne pensent qu'à la bagatelle, en refusant de s'engager ?

Il se sentit légèrement coupable, mais chassa vite ce sentiment.

— Tous les hommes sont ainsi.

— Sauf toi.

Si, il était comme les autres.

— Ne te fais pas d'illusions, Darcie.

— Merci pour ce conseil. Tu es tellement cynique. Tu as toujours le cœur brisé ?

— Primo, je suis honnête, et non cynique. Deuxio, seule ma carrière a été brisée. Tertio, je me suis remis de cette histoire. C'était fini bien avant qu'ils ne se marient.

Darcie demeura silencieuse un moment.

— Il est très gentil avec le petit Elliott.
— J'en suis ravi. Change de sujet ou je raccroche.
— Comment ça se passe, là-bas ? Tu obtiens ce que tu veux ?
— J'y travaille, répondit-il en se tournant vers la route. J'avais raison à propos de ce boulot. Cela pourrait être énorme. J'ai l'impression que je vais me charger de tout le projet, du dessin à la livraison, exactement ce qu'il me faut pour obtenir mon diplôme.
Il s'interrompit, ne sachant ce qu'il devait lui révéler.
— C'est pour quelqu'un de sympa, en plus.
— Sympa ? Qu'est-ce que tu veux dire par là ? Qu'il ne te demandera pas de références ? Qu'il n'ira pas fouiller dans ton passé ?
— Je voulais dire agréable. En plus, elle est belle et il y a une bonne alchimie entre nous.
— Surtout, ne te fais pas d'illusions, railla-t-elle.
— Tu marques un point.
— Sois prudent, Clay.
— Ne t'en fais pas. Je ne souffrirai plus.
Il n'était pas assez stupide pour plonger à nouveau.
— Je voulais dire sur le plan professionnel, répondit Darcie. Si papa l'apprend…
— Il n'en saura rien, assura Clay. Cette île est complètement perdue. Je ne publierai rien sous mon nom sur Internet. Quand le chantier sera terminé, je me présenterai devant le conseil de l'architecture. Si j'ai un ouvrage achevé, avec une propriétaire et du personnel, nul ne se dressera sur mon chemin.
— Tu comptes tout lui révéler ? s'enquit Darcie.
— En fait, je l'ai invitée à dîner ce soir. J'ai l'intention de lui raconter mon histoire.
Darcie garda le silence.
— Écoute, reprit Clay, tu vois un meilleur moyen de m'en sortir ? À cause de notre cher père, je suis pieds et poings liés.

— Je te trouve intelligent et fin stratège, mais tu devrais peut-être essayer de parler à papa d'abord.

— Tu veux que je rampe à ses pieds ? Non merci.

N'avait-il pas séduit la petite amie de son propre fils ? Et elle…

Laisse tomber, Clay.

— J'ai trouvé un moyen de sauver ma peau et Lacey représente mon sésame.

— Joli nom. Elle est comment ?

— Aussi jolie que son nom. Futée, drôle.

Il avait tant à dire qu'il ne savait sur quoi insister.

— C'est une bonne mère, aussi, ajouta-t-il.

Pourquoi donnait-il cette précision ?

— Elle a un enfant ? fit Darcie, un peu choquée.

— Une fille de quatorze ans.

Et un ex. Au moment où il allait poursuivre, il entendit un bruit de moteur qui s'approchait.

— Bon, il faut que j'y aille, Darcie. Je t'appelle dans quelques jours.

— D'accord, Clay, mais je t'en prie…

Il était si concentré sur la voiture qu'il ne détecta pas la note de tristesse dans la voix de sa sœur.

— Ne t'en fais pas, Darcie, tu trouveras un jour l'homme de ta vie.

— Ce n'est pas ça. Je voudrais que tu penses, que tu réfléchisses…

Il savait où elle voulait en venir. Darcie était la diplomate de la famille.

— Je ne lui pardonnerai jamais, alors n'insiste pas.

— La vie est courte, Clay.

— Il aurait dû y penser avant de draguer ma copine. Allez, au revoir.

Il n'attendit même pas sa réponse et dressa l'oreille pour identifier le bruit du moteur.

Une moto. Il se dirigea vers la plage bordant la propriété de Lacey et resta en retrait pour voir sans être vu.

Le motard ne portait pas de casque. C'était l'ex de Lacey, Fox, chevauchant une grosse moto.

Fox s'approcha des fondations de la maison détruite et coupa le moteur. Puis il sortit son téléphone. Clay, qui avait garé son pick-up à trois kilomètres de là, était venu en courant. Fox ne soupçonnait pas sa présence. Au moment où il allait l'interpeller, Fox se mit à parler.

— Monsieur Tomlinson ? fit-il d'une voix puissante. Je suis sur place. Vous êtes en route ? Eh bien, dépêchez-vous. J'aimerais en terminer le plus vite possible.

Il rangea l'appareil dans sa poche et balaya le terrain du regard.

Clay toussa.

— Oh, je ne vous avais pas vu, fit David en sursautant. Que faites-vous là ?

— Je travaille, répondit Clay. Et vous ?

— Pareil.

Il alla à la rencontre de Clay, le regarda droit dans les yeux, puis lui tendit la main.

— Ravi de vous voir.

— Vous travaillez sur quoi ? s'enquit l'architecte, perplexe.

— C'est une surprise pour Lacey, répondit Fox en glissant les mains dans ses poches. Le site est magique, vous ne trouvez pas ?

Ce type avait décidément quelque chose de familier aux yeux de Clay. Du moins lui rappelait-il quelqu'un.

— Absolument, confirma-t-il.

— J'ai vu certains de vos dessins, et on peut dire que vous en avez saisi le potentiel.

Elle lui avait donc montré ses croquis ? Cela le contrariait un peu, même s'il ne se l'expliquait pas.

— Le potentiel est énorme, confirma-t-il. Je suis sûr que ce sera superbe une fois terminé.

Fox émit un grommellement sceptique.

— Vous ne croyez pas ? s'enquit Clay.

— De toute évidence, vous ne connaissez pas bien Lacey, dit-il en secouant la tête, amusé. Elle est très douée pour faire des projets, mais elle ne va jamais au bout.

— Peut-être a-t-elle changé. J'ai l'impression que vous avez brillé par votre absence.

— J'étais ailleurs, mais elle n'a pas changé, persista Fox en s'approchant du bord de l'eau. Toutefois, je lui accorde le bénéfice du doute et je veux l'aider.

Clay ne dit rien.

— Comment comptez-vous vous y prendre ?

Un investissement, peut-être ? Lacey en aurait besoin pour lancer les travaux. Fox se contenta de hausser les épaules.

— Oh, j'ai plusieurs pistes.

Il donna un coup de pied dans un coquillage et mit les mains sur les hanches, comme s'il régnait en maître sur les lieux, et sur leur propriétaire.

— Il se trouve qu'il y a un lien entre Lacey et moi.

— Vous avez une fille ensemble.

— En effet. Et c'est un sacré lien. Nous avons aussi un passé, une longue histoire pleine d'émotion et de passion.

Où voulait-il en venir ? Cherchait-il à le provoquer ? À le mettre en garde ?

— Mais c'est terminé, n'est-ce pas ? fit Clay.

— Pour le moment, déclara Fox. Il y a quelque chose entre vous et Lacey ?

Clay ne voulait pas réagir à la franchise de cette question.

— Nous travaillons sur un projet immobilier.

— J'avais l'impression que vous étiez aussi sur un autre projet.

— Je ne vois pas en quoi cela vous regarde.

— Je considère que cela me regarde, assura Fox en se tournant vers Clay d'un air déterminé. Je suis en train de reconstituer une famille brisée.

Clay se contenta de le regarder. Plusieurs réponses lui vinrent à l'esprit. Hélas, il n'entendit que l'écho des paroles de sa sœur : la vie est courte.

Il désirait Lacey, cela ne faisait aucun doute. Et il voulait aussi obtenir ce contrat, mais non se retrouver au milieu d'une famille brisée.

— Lacey est une grande fille, dit Clay. Elle est capable de prendre ses propres décisions.

— Absolument, déclara Fox. Mais elle se prétend intéressée par cette chimère.

— C'est un peu plus qu'une chimère, fit Clay en riant, du moins l'espérait-il.

— Vraiment ? C'est là qu'interviennent ma connaissance de Lacey et votre attirance récente pour elle. Comme je vous l'ai dit, elle a tendance à s'emballer, à échafauder des projets, à rêver. C'est en grande partie ce qui nous a séparés.

Il secoua la tête d'un air condescendant.

— Attendez qu'un obstacle survienne, reprit-il. Elle baissera les bras et partira vers un autre rêve. Croyez-moi, j'en ai fait les frais.

— Peut-être, mais vous ne me connaissez pas.

Cette réflexion lui valut un regard étonné.

— Certes, Clayton.

— Clay, corrigea-t-il.

Il détestait être appelé Clayton, du nom de son père.

— Je connais ses besoins, reprit Fox. Et surtout ceux d'Ashley.

— Comment est-ce possible ?

— J'en déduis que vous n'avez pas d'enfants, rétorqua Fox avec un sourire désabusé.

— En effet.

— Et vous n'en voulez sans doute pas.

Si Clay ne mordit pas à l'hameçon, il soupira intérieurement.

— Vous ne pouvez donc pas imaginer ce que je ressens pour cette enfant et, de façon très naturelle, pour sa mère.

Clay en resta coi. Il avait raison. Il ne pouvait comprendre ce que ressentait cet homme pour sa fille, même s'il ne l'avait pas vue depuis plus de dix ans.

— De plus, reprit Fox, vous n'imaginez pas combien Ashley a besoin de faire partie d'une famille solide et aimante.

En réalité, Clay se l'imaginait sans peine.

— Je suis certain que c'est un désir universel, déclara-t-il.

— Et vous constituez un obstacle.

— En aidant Lacey à construire un complexe hôtelier afin qu'elle montre à Ashley que l'on peut connaître le succès après une catastrophe ? En quoi suis-je un obstacle ?

— Vous avez vraiment cru au conte de fées de Lacey, n'est-ce pas ?

— Et comment. Et je vais l'aider à le réaliser.

Ou bien allait-il utiliser la jeune femme afin de lancer sa propre carrière ?

— Très chevaleresque, Clay. Pour ma part, je vais l'aider à réaliser un autre rêve et transmettre quelque chose d'important à Ashley. Je vais devenir le père de notre fille, renouer avec mon amour d'autrefois, faire partie de sa vie. Je peux lui procurer la stabilité d'une vie de famille et pas mal d'argent aussi.

Clay comprit alors qui ce type lui rappelait. Son père. Il avait déjà eu une conversation de ce genre avec lui et c'est son père qui avait gagné la bataille.

— Cependant, je suis d'accord avec vous, reprit Fox en toisant Clay d'un regard froid. Ce sera à Lacey de décider si elle veut la stabilité, la famille, la sécurité, l'amour, ou alors l'aventure avec un homme plus jeune. Je l'admets, il y a de quoi retrouver une seconde jeunesse. Elle semble troublée en votre présence.

Un bruit de moteur sur la route empêcha Clay de répondre.

— Ah, voici la personne avec qui j'ai rendez-vous. J'ai besoin d'un peu de confidentialité, si cela ne vous ennuie pas.

Cela ennuyait beaucoup Clay, au contraire. Il s'en voulait de ne pas avoir été totalement honnête envers Lacey. Avant qu'ils n'aillent plus loin dans leur relation, il fallait qu'il lui dise exactement ce qu'il faisait là.

S'il perdait le contrat, ou la chance de nouer une relation avec elle, s'il l'envoyait dans les bras de ce type, il en conclurait qu'elle n'était pas la partenaire qu'il lui fallait. Tant sur le plan personnel que professionnel.

16

Lacey avait assuré à Clay qu'il ne trouverait jamais l'endroit que les locaux appelaient le Sud, car il n'était indiqué par aucune pancarte. Il n'y avait ni menu, ni réservations et très peu de tables. Ils avaient rendez-vous sur le parking du supermarché d'où ils se rendraient à pied au restaurant.

Le problème, c'était que Clay ne trouvait pas non plus ce maudit parking. Il finit par se garer devant le Fourway Motel. Au moment où il sortait de sa voiture, deux visages familiers passèrent à bord d'une décapotable qui ralentit.

Au volant, Grace, la blonde, le toisa longuement. Gloria occupait le siège du passager.

— Je ne m'attendais pas à vous voir ici ce soir, lança Grace en éteignant l'autoradio. Je regrette, c'est une fête privée.

Et alors ? En quoi une réception lui interdisait-elle de se garer sur le parking ?

— J'ai rendez-vous avec quelqu'un, répondit-il.

À côté de Grace, Gloria affichait un air bien moins prédateur que sa cousine.

— Ne me dites pas que Lacey sera de la partie ? J'espère que non, fit-elle d'un air grave. Je vous l'ai dit, c'est une réunion privée.

— Je vais déplacer mon pick-up, ne vous inquiétez pas, déclara Clay, intrigué par la réaction de Grace.

— Ce n'est pas votre pick-up qui me pose problème, croyez-moi.

Sur ces mots, elle accéléra et disparut au coin de la rue.

— Que voulait-elle dire ? se demanda-t-il à voix haute.

— C'est la sorcière de Mimosa Key chevauchant son balai.

En entendant la voix de Lacey, il fit volte-face. Belle à couper le souffle, la jeune femme traversait la rue, faisant claquer ses hauts talons. Avec son débardeur noir moulant et sa jupe en jeans, elle était particulièrement torride.

Elle avait lissé ses cheveux blond vénitien et c'était la première fois qu'il la voyait maquillée. Son brillant à lèvres était très suggestif.

— Ce n'est donc pas un rendez-vous professionnel ?

Elle était juste assez provocante pour lui donner envie de la prendre dans ses bras, ce qu'il fit. Il ferma les yeux en sentant ses courbes se plaquer contre lui.

— Tu sens bon, fit-il.

— Ce n'est pas mon idée, je dois l'admettre.

— Ça me plaît, dit-il en effleurant de ses lèvres ses cheveux soyeux. Et ta coiffure aussi. C'est pour moi que tu t'es mise sur ton trente et un ?

— J'ai passé la journée avec mes copines au Ritz, et elles m'ont entraînée chez l'esthéticienne et dans les boutiques. Je me suis laissé bichonner. Y compris pour le parfum, ajouta-t-elle avec un clin d'œil.

— Tant mieux, dit-il en la prenant par la main. Car moi, pendant que tu te prélassais, j'ai passé la journée à travailler.

— J'ai travaillé, protesta Lacey. J'ai étudié les établissements hôteliers. Tu as dit qu'il faudrait un spa à Casa Blanca. Les filles et moi avons eu un tas d'idées. Jocelyn affirme que cela pourrait rapporter beaucoup, surtout si on donne dans le bio. Et toi, qu'as-tu fabriqué au cours de cette journée ?

— Je ne me suis pas verni les ongles, admit-il.

Elle émit un rire sensuel qui ne fit qu'intensifier son désir pour elle.

— Qu'as-tu donc fait ? s'enquit-elle.

— J'ai installé plusieurs écrans d'ordinateur dans mon appartement et j'ai réalisé les premiers plans d'une villa.

— Vraiment ? C'est...

Sa voix s'éteignit tandis qu'elle découvrait la présence d'un groupe de personnes, de l'autre côté de la rue.

— Que se passe-t-il ce soir ? demanda-t-elle, étonnée.

— Je n'en sais rien mais, d'après Grace et Gloria, il y a une soirée privée.

La jeune femme observa les voitures garées sur le parking.

— Pourquoi tous les membres du conseil municipal entrent-ils par l'arrière du supermarché ? demanda-t-elle, perplexe.

— Ils complotent peut-être un trafic de lait.

— Je n'ai pas entendu parler d'une réunion extraordinaire. D'ailleurs, elle aurait lieu à la mairie. Que t'ont dit Grace et Gloria ?

— Qu'il y avait une soirée privée, rien de plus. Si, ta présence avait l'air de les étonner.

— Grace Hartgrave est une vraie commère, déclara-t-elle. Quiconque s'approche d'elle est aussitôt corrigé par son mari, Ron. Elle ressemble beaucoup à Charity, sa mère. Elle a un avis sur tout et n'hésite pas à le donner. Gloria, elle, est plus conciliante.

— Elle semble un peu plus en retrait, confirma Clay.

— J'ai toujours apprécié Gloria, déclara Lacey en observant le petit groupe réuni devant la boutique. Je me demande ce qu'ils mijotent.

— Je n'en sais rien, mais je meurs de faim.

— Lacey, souffla une voix féminine. Lacey, viens voir.

Ils se tournèrent vers une petite femme frêle cachée derrière une fourgonnette.

— Quand on parle du loup…

Elle semblait terrifiée et agitait le bras furieusement, tout en scrutant les alentours. Intrigués, Lacey et Clay s'avancèrent.

— Qu'est-ce que tu fais là, Gloria ? demanda-t-elle.

Elle attira la jeune femme vers elle, les yeux écarquillés.

— Je vais sans doute avoir de gros ennuis. Enfin, tant pis. Écoute, il faut que je te dise quelque chose.

— Que se passe-t-il ?

— Tu es en mauvaise posture, Lacey. Ma famille, surtout ma cousine et ma tante, complote contre toi. Je ne supporte pas de les voir agir dans ton dos.

— Qu'est-ce qu'elles envisagent donc ?

Gloria sembla peinée, comme si elle en avait déjà trop dit.

— Il faut que tu…

Elle soupira, puis regarda une fois de plus autour d'elle.

— Ils ont tous rendez-vous dans l'arrière-boutique du supermarché. Une réunion secrète. Ce n'est pas officiellement un conseil municipal.

— Que cherchent-ils à faire ? s'enquit Lacey.

— Ils veulent t'empêcher de construire une maison d'hôtes, dans un premier temps. Mais tu n'es pas la seule. Ils s'opposent également à d'autres projets immobiliers. Tu es en première ligne.

— Pourquoi ? demanda Clay. Sur la base de quel argument ?

— La concurrence déloyale, répondit-elle. Ma cousine et son mari, Ron, refusent toute concurrence pour le Fourway Motel et tante Charity veut que Mimosa Key reste comme dans les années 1950.

— C'est ridicule, commenta Lacey.

— Pas à ses yeux. Tante Charity exerce un quasi-monopole. Quant à son espèce de plan cadastral… pff… je suis la seule de la famille à ne pas posséder un commerce. Au salon de coiffure où je travaille, je discute avec pas mal de gens et ils en ont assez de la mainmise de ma tante. Elle le sait et elle a peur, aussi s'efforce-t-elle de rallier le conseil municipal à sa cause.

— Jusqu'où peut-elle les influencer ? demanda Lacey.

— Ce soir, elle compte leur faire lire différents arrêtés municipaux et leur expliquer comment les appliquer à l'urbanisme de l'île. Ensuite, elle essayera d'obtenir une réunion extraordinaire afin de limiter à cinq chambres les nouvelles constructions hôtelières. Pour le Fourway Motel, il y a prescription, bien sûr. Il devra rester le seul motel de l'île. Elle tolérera quelques locations de longues durées, mais rien qui puisse nuire à son commerce ou à ceux de ses enfants.

— Qu'est-ce qu'on peut faire ? demanda Lacey à Clay.

— Empêcher cette réunion, répondit-il.

— Il le faut absolument, déclara Gloria. Tu dois te battre contre Charity. Sinon, elle fera un tas de promesses aux membres du conseil et tu ne pourras jamais les contrer.

— Il y a énormément de corruption dans ce secteur, grommela Clay. Elle ne serait pas la première à acheter des voix pour des questions d'urbanisme.

— On ne peut pourtant pas entrer et lui dire d'arrêter ses magouilles, objecta Lacey, perplexe. Tu ne connais pas Charity Grambling.

— Je connais ce milieu, répondit-il. Si on parvient à souligner les failles du système…

— Comment agir ce soir ? Je n'ai pas le fameux plan.

— J'en ai un exemplaire dans ma voiture, déclara Clay, en la prenant par le bras. Je l'ai emprunté à la bibliothèque de Mimosa Key après notre premier rendez-vous. Si celui dont elle dispose ne correspond pas avec les arrêtés municipaux officiels, on aura des arguments contre elle.

Gloria lui adressa un sourire radieux.

— C'est exactement ce qu'il vous faut, déclara-t-elle. Mais il vaut mieux que Lacey prenne la parole parce que les étrangers n'ont pas leur mot à dire à Mimosa Key.

— D'accord, fit la jeune femme en étreignant brièvement Gloria. Merci. Clay, il faut absolument aller chercher ces arrêtés et secouer un peu les membres du conseil.

Tandis qu'ils s'éloignaient, il la prit par les épaules et l'attira vers lui.

— J'aime bien ton esprit combatif. Ce doit être tes nouvelles chaussures.

— Ou ta présence.

En regagnant sa voiture, Clay ne lâcha pas de la main la jeune femme. Celle-ci ignorait comment contrecarrer les projets du conseil. En revanche, quand Clay la regardait avec ces yeux-là, elle se sentait capable de tout.

Peu lui importait de se mettre à dos les plus anciens habitants de Mimosa Key. Cette clique ne comptait d'ailleurs pas tous les membres du conseil municipal. Mieux valait se concentrer sur les nouveaux venus et croiser les doigts. Certains d'entre eux avaient certainement goûté ses gâteaux, c'était un atout en sa faveur, non ?

Munis de leur précieux document, ils traversèrent le parking du Fourway Motel.

— Lacey, souviens-toi que nous avons un seul objectif.

— Construire ?

Clay se mit à rire.

— Nous sommes si loin de poser la première pierre que ce n'est même pas drôle. Il faudra d'abord remplir un tas de formalités et obtenir un permis de construire. Ce n'est pas gagné.

— Et demain ?

— Non plus, répondit-il.

La jeune femme sentit son cœur se serrer.

— Mais s'ils organisent une réunion extraordinaire...

— Page quatorze, article trois, dit Clay en brandissant le document. Aucune décision d'urbanisme ne peut être prise lors d'une session extraordinaire du conseil sans une publication écrite au moins quinze jours au préalable de la part du demandeur.

— Tu as tout appris par cœur ? demanda Lacey, qui n'en croyait pas ses oreilles. Je n'y ai jamais jeté ne serait-ce qu'un coup d'œil.

— Tu devrais. Ces arrêtés sont passionnants, quoique totalement obsolètes. Au fait, les réunions secrètes du conseil n'existent pas. Page quatre, paragraphe cinq A, il est indiqué que si cinq membres du conseil municipal se trouvent ensemble dans une pièce, n'importe quel habitant de Mimosa Key a le droit d'intervenir et de prendre des notes, puis de les publier dans la *Mimosa Gazette* du lendemain.

— Tu es sérieux ?

Elle ralentit le pas et leva les yeux vers lui sans masquer son admiration.

— Quoi ? fit-il en s'esclaffant. Tu pensais que je n'étais pas un vrai architecte uniquement parce que je n'ai pas passé un maudit examen ? Je fais mon boulot. En tout cas, j'aime bien que tu me regardes comme ça. Tu es très sexy.

— Toi aussi.

— On verra ça plus tard, reprit-il avec un sourire charmeur. Pour l'heure, concentrons-nous sur notre objectif.

— Tu ne m'as toujours pas dit de quoi il s'agissait.

— De gagner deux semaines. S'ils veulent organiser une réunion extraordinaire demain, qu'ils le fassent, mais notre document affirme qu'ils ne peuvent rien décider lors de cette réunion, à part prévoir une autre réunion quinze jours plus tard. Nous mettrons à profit ces deux semaines pour trouver une faille légale qui nous permettra de construire ce que nous voulons. Et je crois l'avoir trouvée.

Il ouvrit la porte du magasin.

— Ah oui ?

Il ne put lui répondre car dix paires d'yeux se posèrent sur eux. Les membres de l'assemblée étaient assis en demi-cercle, affichant un air coupable.

— Lacey ! lança Charity en se levant, les mains sur les hanches.

Ses ongles écarlates ressortaient sur son pantalon blanc.

— C'est une soirée privée, déclara-t-elle.

— Mais non, rétorqua la jeune femme, un peu intimidée.

L'espace d'un instant, elle se revit, autrefois, lorsqu'elle entrait dans la cuisine et croisait le regard réprobateur de sa mère qui lui demandait : « Tu comptes aller à l'école dans cette tenue ? » Elle finissait toujours par douter de son choix et se changer.

— Je suis venue prendre des notes qui seront publiées dans la *Gazette*, expliqua-t-elle.

— Comment ? firent trois membres en chœur.

Elle balaya la salle du regard : Sam Lennox, le maire, George Masterson, l'un de ses adjoints, une dénommée Paula, qui avait été la voisine de Lacey, et un nouveau venu ayant un fort accent new-yorkais. Quatre personnes au total. Seulement quatre ?

— Pourrais-tu t'expliquer, Lacey ? demanda Sam Lennox, un homme raisonnable, même si Charity affirmait qu'il lui mangeait dans la main.

Lacey fit un rapide calcul. S'ils n'étaient que quatre, le plan ne fonctionnerait pas. Ils ne pouvaient menacer de prendre des notes, puis de les publier.

Elle posa alors les yeux sur Nora Alvarez, qui dirigeait l'équipe de nettoyage du motel. Elle avait été élue au conseil le mois précédent, sans doute grâce à un coup de pouce de Charity et Grace.

— C'est inscrit dans les arrêtés municipaux, affirma-t-elle. À la page…

— Quatre, intervint Clay.

— Paragraphe…

— Cinq A, dit-il.

Lacey le remercia d'un regard.

— En tant que résidente de Mimosa Key, j'ai le droit de participer à toute réunion d'au moins cinq membres du conseil municipal et de prendre des notes.

Elle se tourna vers Charity et lui adressa un large sourire :

— Nos ancêtres étaient intelligents et prudents.

— Je ne me rappelle pas avoir lu cette disposition, dit Nora en observant Charity à la dérobée.

Le maire se leva.

— En fait, Lacey a raison. Entre donc, et amène ton ami.

— Je vous présente Clay Walker. C'est l'architecte que j'ai engagé pour reconstruire ma propriété de Barefoot Bay.

Son projet devint soudain plus réel. Ils n'avaient pas signé de contrat, mais peu lui importait.

Ils s'installèrent en dehors du cercle. Après un silence gêné et quelques regards méchants de Charity, le débat reprit.

Lacey tenta de se concentrer, soutenant le regard des autres sans flancher. Celui de Gloria était fuyant. Grace et plusieurs autres toisèrent la jeune femme.

Charity resta debout, le dos tourné à Lacey et Clay.

— Comme je vous le disais avant cette interruption un peu cavalière, à la lumière des événements récents, nous devons nous réunir…

— Excuse-moi, Charity, coupa Lacey.

L'intéressée se retourna lentement et la foudroya du regard.

— Oui, mademoiselle Armstrong ? demanda-t-elle sur le ton d'une institutrice. Voulez-vous que j'épelle mon nom pour votre article ?

— De quels événements récents veux-tu parler ?

— De l'ouragan. Tu t'en souviens peut-être ?

Quelques rires fusèrent. Le jeune homme brun dont Lacey avait oublié le nom garda son sérieux.

— N'êtes-vous pas la personne qui s'est réfugiée dans votre baignoire avec votre fille ? demanda-t-il avec un accent du Bronx.

— En effet.

Une rumeur parcourut l'assemblée. Charity se crispa.

— Je peux continuer ? Il faut donc organiser une réunion extraordinaire dès demain pour étudier les restrictions d'urbanisme applicables aux nombreuses constructions proposées.

— Excuse-moi, Charity.

Elle émit un soupir exaspéré digne d'Ashley.

— Oui, Lacey ?

Clay désigna son dossier.

— Tu ne peux organiser une réunion extraordinaire concernant le cadastre avant deux semaines, et sans publication préalable, déclara Lacey en se levant.

— C'est faux, rétorqua Charity.

— Pas du tout. J'ai ici les textes des arrêtés.

Charity ramassa son propre dossier.

— Fais-moi confiance, je les connais. C'est mon père qui les a rédigés.

— Avec mon grand-père, précisa Lacey.

Elle prit le document, effleurant au passage les doigts de Clay.

— Si tu veux bien regarder page…

— Page quatorze, paragraphe trois, dit Clay.

Charity fut la seule à ne pas rire. D'une main tremblante, elle tourna les pages.

— Il n'y a pas de paragraphe trois, page quatorze, Lacey. Tu détiens sans doute une version antérieure des arrêtés.

La bibliothèque municipale pouvait-elle détenir un document obsolète ? Allait-elle se ridiculiser aux yeux de tous ?

— Cet ouvrage a été enregistré l'an dernier. Il s'agit bien de la dernière version, déclara Clay. C'est une dame du nom de Marian qui m'a procuré ces documents.

— Marian est la bibliothécaire, déclara quelqu'un. Elle ne se trompe jamais.

Rouge de colère, Charity persista :
— Eh bien, ma version n'est peut-être pas enregistrée, mais elle est précise et ne contient rien de ce que tu affirmes, Lacey.
— Fais voir, coupa Sam en tendant la main.
— Non, Sam. Il est dans ma famille depuis des années. Seuls les Vail et les Grambling ont le droit d'y toucher. Pour nous, c'est la Bible.
— Dans ce cas, ouvre-la et laisse-moi regarder, insista le maire. Lacey, apporte-moi le tien.
Lacey lui remit le document à la page quatorze, le cœur battant. Pourvu que Clay ne se soit pas trompé.
— J'aime bien tes chaussures, Lacey, déclara Grace. Tu sais comment on appelle ça ?
Elle l'ignora.
— Des appels au crime, souffla-t-elle, faisant rire ses deux voisins.
Sam prit l'ouvrage et le posa à côté de celui de Charity. Nul ne dit mot pendant un long moment. Enfin, Sam leva les yeux et rendit son bien à Lacey.
— Ce que je vais dire est officiel, déclara-t-il à Nora. En tant que secrétaire, je veux que tu notes que, pour une raison inconnue, ces arrêtés ne correspondent pas. Par mesure de précaution, nous allons publier un avis pour annoncer une réunion relative à l'urbanisme qui aura lieu dans quinze jours.
Sous les murmures étonnés, Lacey se tourna vers Clay d'un air triomphal.
— Nous nous reverrons demain pour fixer l'ordre du jour de cette réunion, ajouta Sam. Le conseil municipal peut approuver un ordre du jour mais, si un résident s'y oppose, on attend parfois un an avant la prochaine réunion d'urbanisme.
Un an ?
— Comment m'inscrire ? demanda Lacey.

George Masterson s'avança.

— Tout propriétaire d'un terrain désireux d'obtenir un permis de construire doit présenter les plans du projet afin que le conseil accepte de l'inscrire à l'ordre du jour de la réunion suivante.

Ils devraient fournir des plans pour le lendemain ?

— Ces plans doivent être détaillés à quel point ? s'enquit Lacey.

— Très détaillés, répondit Charity.

— Que voulez-vous dire par « très » ? demanda Clay.

Tous les regards se portèrent sur lui, y compris celui de Lacey. Il se leva et, d'un pas lent, gagna le centre du cercle, très sûr de lui.

Il ressemblait à un lion dont la malheureuse Charity serait la proie.

— Parce que, madame, si vous regardez page vingt-cinq, paragraphe huit, et si vous lisez avec attention…

Sa voix était si sensuelle que Lacey s'en trouva troublée, de même que les autres femmes de l'assistance, sans aucun doute.

— Vous verrez que le propriétaire doit fournir une description verbale du projet, présenter un calendrier, une estimation du budget et une déclaration d'intention d'améliorer la qualité de la vie sur Mimosa Key.

Lacey reprit espoir. Charity, elle, semblait sur le point de commettre un meurtre.

— Vous avez raison, jeune homme. Et quiconque entend transformer l'aspect de cette île à sa guise aura le plus grand mal à obtenir mon… l'approbation du conseil.

— Que veux-tu dire ? lui demanda Sam.

— Je veux dire, Sam, que la notion de qualité de la vie est subjective. J'espère que le conseil municipal le reconnaîtra en dépit des belles promesses de Lacey et de ce tatoué.

Clay réprima un sourire.

— Nous relevons le défi, madame, dit-il en prenant le livre des mains de Sam. Viens, Lacey. Nous avons du pain sur la planche.

Il la prit par la main et l'entraîna au-dehors. En passant, il se pencha vers Grace et murmura :

— Au fait, j'adore aussi ses chaussures…

17

Dès qu'ils eurent refermé la porte, Lacey faillit s'écrouler, tant elle était soulagée.

— On a réussi, fit Clay en la serrant contre lui. Tu as été formidable.

Ce compliment lui fit chaud au cœur. Quant à son étreinte, elle en eut le vertige.

— C'est toi qui as été génial, répondit-elle. Les pages, les paragraphes, ton discours, un vrai pro.

Il la souleva de terre et la fit tournoyer en riant de joie. Dès qu'il la reposa à terre, il l'embrassa à perdre haleine. Très vite, elle en voulut davantage, bien davantage. Sentant son désir, il l'enlaça et l'entraîna vers la voiture.

— Tu as encore faim ? demanda-t-il.

Elle n'osa lui avouer de quoi elle avait faim.

— On devrait peut-être acheter des plats à emporter. Nous avons beaucoup de travail ce soir.

— Bon, fit-il avec un soupir.

— Que veux-tu dire par là ?

— Que nous n'arriverons peut-être pas à travailler. Que nous risquons de perdre la tête.

— J'aime bien perdre la tête, murmura-t-elle en se penchant vers lui.

— Tu ne cesses de m'étonner, dit-il en la faisant pivoter vers lui. Tu n'as pas hésité à te jeter dans la fosse aux lions, à te battre, et maintenant, tu veux...

— Oui, je le veux.

Elle le désirait même au point d'oublier tout le reste.

— Tu es sûre ?

Cette question la déstabilisa. N'en était-il pas sûr, lui ? Ne venait-il pas de suggérer à Grace qu'il la désirait, ou bien se faisait-elle des illusions à son sujet ?

— Nous pourrions aussi aller dîner et discuter des plans autour d'une table.

— Ce serait une solution raisonnable, ajouta-t-elle.

— Mais je préfère ton idée, dit-il en l'embrassant derrière l'oreille.

Elle fut parcourue d'un frisson de désir qui se propagea dans tout son corps. Les filles avaient raison. Avec lui, elle pouvait passer du bon temps.

Clay ouvrit la portière passager.

— Tu es consciente que, ensuite, il n'y aura plus moyen de revenir en arrière, n'est-ce pas ? déclara-t-il.

Lacey dut remonter sa jupe pour monter à bord. Il l'observa un instant, puis posa une main sur sa cuisse. Elle leva les yeux vers lui et demeura immobile.

— Je ne veux pas revenir en arrière, dit-elle, les yeux rivés sur ses lèvres. Je veux aller chez toi.

Il ferma les yeux et caressa sa peau nue, puis soupira.

— Oui, murmura-t-il en se penchant vers elle. Oui.

Elle enroula les bras autour de son cou et l'attira vers elle pour l'embrasser. Sans hésiter, il insinua sa langue entre ses lèvres. Aussitôt, la jeune femme s'embrasa. La main de Clay remonta le long de sa cuisse jusqu'à ce que ses doigts effleurent un triangle de satin.

— Monte, Lacey, murmura-t-il en la poussant doucement dans la voiture. Dépêche-toi. Ou bien je vais perdre la tête en pleine rue.

Au cours du trajet, ils ne dirent presque rien. L'air était lourd, la tension palpable.

— Pourquoi as-tu changé d'avis ? demanda-t-il enfin.

— Mes copines m'ont conseillé de prendre du bon temps.

— Et elles t'ont habillée pour cette soirée ? fit-il en riant.

Elle hocha la tête.

— Elles ne sont donc pas en faveur de ton ex ?

— Je te l'ai déjà dit, je n'ai pas de sentiments pour David.

En tout cas, pas ce désir troublant, indicible.

— D'ailleurs, je doute qu'il reste très longtemps, ajouta-t-elle.

— Je l'ai vu à Barefoot Bay, aujourd'hui.

— Ah oui ? Qu'est-ce qu'il faisait là-bas ? demanda Lacey en se tournant vers lui.

— Il semblait inspecter les lieux. Il était au téléphone et prenait rendez-vous avec quelqu'un. Il m'a prévenu de garder mes distances avec toi, soit dit en passant.

— De quel droit ? Nous n'avons aucun lien, si ce n'est qu'il est le père d'Ashley.

— C'est tout de même beaucoup.

Arrivé en bas de l'immeuble, il coupa le moteur et se tourna de nouveau vers la jeune femme avec le plus grand sérieux.

— La famille, c'est ce qu'il y a de plus important, tu sais.

En décelant de la souffrance dans sa voix, elle se rappela qu'il rencontrait des difficultés au sein de la sienne.

— Je sais, mais David ne fait pas partie de ma famille.

— Il le voudrait pourtant.

Elle effleura sa joue d'une caresse.

— Un mot de plus sur David et tu vas casser l'ambiance, murmura-t-elle.

Il tourna la tête pour embrasser sa paume.

— Tu es belle au soleil couchant. Je pourrais te dessiner.

— Je préfère que tu m'embrasses, dit-elle en lui offrant ses lèvres.

Ce baiser fut plus doux, plus tendre. Sans un mot, ils descendirent de voiture.

— Tu as envie de te promener sur la plage avant de monter ? proposa-t-il.

— Non.

Il inséra la clé dans la serrure.

— Et si on commandait une pizza ?

— Non, répéta-t-elle en riant.

— Tu veux commencer à travailler sur le projet ?

— Surtout pas, répondit-elle en entrant dans l'appartement plongé dans la pénombre. Et toi ?

Il lui emboîta le pas et marqua une pause, une lueur indéchiffrable dans le regard.

— Tu n'avais pas quelque chose à me dire ? Si j'en crois ton texto…

— Plus tard, déclara-t-il en verrouillant la porte. Pour l'heure, je veux m'assurer que tu sais ce que tu fais.

— Je sais ce que je fais.

Il la prit par la taille avec mille précautions.

— Je tiens à éviter tout malentendu. Tu connais mon point de vue, n'est-ce pas ?

Pas d'engagement, pas de relation stable, pas de femme qui pourrait lui briser le cœur, songea Lacey.

— Oui.

Elle glissa les mains dans son dos et l'attira vers elle. Puis elle se hissa sur la pointe des pieds pour murmurer :

— Tu sais quel est ton problème, Clay Walker ?

— Non.

— Tu es trop raisonnable pour moi, surtout quand je porte des chaussures aussi provocantes.

Il ne fallut pas un mot de plus pour qu'il s'empare de ses lèvres et l'embrasse avec passion. Il l'entraîna dans l'ombre du couloir. Leurs lèvres se retrouvèrent tandis qu'une onde de chaleur montait en elle. Le moindre contact suffisait à l'embraser. Il caressa chaque parcelle de son corps, puis s'attarda sur ses seins de ses mains puissantes et expertes.

Elle étouffa une plainte de plaisir et se cambra pour mieux sentir son membre durci. Encouragé par sa réaction, il la plaqua contre le mur.

— On va dans ta chambre ? souffla-t-elle.

— C'est trop loin.

Ivres de désir, leurs corps se cherchèrent. Elle le serra contre elle de toutes ses forces.

D'un geste, il releva son T-shirt pour révéler son soutien-gorge en dentelle noire. Il la caressa à travers le fin tissu en l'embrassant entre les seins. Impatiente, elle le laissa le dégrafer d'une main fébrile, puis elle l'aida à la dévêtir pour exposer ses seins offerts.

— Laisse-moi te contempler.

Dès qu'elle ferma les yeux, il plaqua ses poignets contre le mur et prit avidement un mamelon entre ses lèvres. Lacey ne put réprimer un gémissement, suivi d'une longue plainte. N'y tenant plus, elle l'attrapa par les cheveux et le mit à genoux. Elle mourait d'envie de sentir cette bouche brûlante entre ses cuisses.

Il caressa sa peau nacrée en relevant sa jupe jusqu'à sa taille.

— Tes copines ont un goût exquis, commenta-t-il en découvrant ses dessous.

— C'est le choix de Zoé, précisa-t-elle avec un sourire.

— Je l'apprécie.

— Elle voulait que j'achète des dessous comestibles.

Il rit et déposa un baiser sur sa cuisse. Peu à peu, il remonta vers la dentelle noire.

— De mieux en mieux.

— Clay…

Frémissante, le souffle court, elle avait peine à s'exprimer.

— Embrasse-moi.

— J'en ai bien l'intention, répondit-il en écartant le triangle de dentelle pour dénuder sa toison qu'il taquina d'une main agile.

Puis, il lui ôta son sous-vêtement et déposa un chapelet de baisers brûlants le long de sa cuisse pour remonter lentement vers son sexe palpitant dont il explora les replis, alternant effleurements furtifs et caresses plus appuyées. La jeune femme fut emportée par une vague de plaisir indicible, au point d'avoir l'impression d'être soulevée de terre. Plus rien n'existait que ces sensations qui l'emportèrent tel un ouragan de sensualité. Elle se mit à trembler, totalement offerte. Bientôt, elle fut secouée de spasmes fébriles et s'abandonna à l'extase.

Haletante, elle glissa le long du mur vers le sol.

— Maintenant, je sais, souffla-t-elle.

— Tu sais quoi ?

— Pourquoi c'est si bon, répondit-elle en s'écroulant à terre, ivre de plaisir.

— On vient seulement de commencer à s'amuser.

Lorsqu'elle le regarda, elle sentit son cœur se serrer. Elle eut envie de tendre les bras vers lui. Elle ne s'amusait pas.

— Lacey, qu'est-ce que tu as ?

— Clay, je crois que je viens de faire une grosse bêtise.

Une très grosse bêtise. Clay aurait dû s'en douter.

— Ce n'est pas par hasard que l'on parle de perdre la tête dans ces moments-là, dit-il en lui caressant les cheveux. La raison n'a plus sa place. Et maintenant, tu regrettes, n'est-ce pas ?

— Pas vraiment, fit-elle avec un sourire penaud. Je suis juste un peu dépassée. Cette histoire m'effraie.

— Tu n'as aucune raison d'avoir peur. Je ne vais pas…

Se servir d'elle puis s'en aller ? C'était pourtant bien ce qui allait se passer. Il se servirait d'elle pour obtenir un contrat qu'il voulait par-dessus tout, et parce qu'il avait envie d'elle. Il ne voulait surtout pas s'engager avec une femme sérieuse, normale, une maman au cœur d'or. Il irait droit à la catastrophe.

— Tu as l'air contrarié, Clay.

— Un peu, admit-il en baissant la tête.

Elle tendit la main vers la ceinture de son pantalon.

— Rien ne t'oblige à me rendre la pareille, Lacey.

— Mais j'en ai envie.

— Tu viens de dire que tu avais commis une erreur.

— Je croyais juste passer un peu de bon temps, m'amuser.

— Désolé de t'avoir déçu, répondit-il avec un rire amer.

— Ce n'est pas ce que je voulais dire. Je pensais que ce ne serait qu'une aventure.

Il se releva lentement, sans lui lâcher la main.

— Je sais. Alors que s'est-il passé ?

— Tu me plais.

— C'est une terrible erreur.

— Tu en es sûr ? demanda-t-elle avec espoir. Je veux simplement travailler avec toi et, enfin, te voir ici, parfois. Mais je passerai mes nuits chez moi.

Elle avait une famille. Une fille qui avait besoin d'elle. Et un ex qui la désirait.

— Je suis dans un état, murmura-t-elle en passant une main dans ses cheveux.

— Tu es superbe, Lacey.

Il lui tendit son débardeur et elle remit sa jupe en place, laissant ses dessous sur le sol. Clay savait pourtant que c'en était terminé de leurs ébats, du moins dans l'immédiat.

— Tu veux boire quelque chose ?

— Un verre d'eau, répondit-elle en le suivant vers la cuisine.

Une porte-fenêtre donnait sur une petite terrasse surplombant les eaux sombres du même bleu que le ciel nocturne.

— J'ai des fruits et de quoi préparer un sandwich si tu veux, déclara-t-il en lui offrant une bouteille d'eau.

— Non, merci.

Touché par la détresse qu'il percevait dans son regard, il vint se placer dans son dos. Se trouver dans la même pièce qu'elle sans chercher son contact lui était insupportable.

— Ce complexe sera difficile à construire, dit-il.

— À cause des restrictions liées à l'urbanisme ?

— À cause de tes restrictions.

— Je crois t'avoir prouvé que je n'avais aucune restriction, répondit-elle en appuyant la tête sur son torse avec un soupir résigné. En tout cas, tu connais très bien le terrain, apparemment.

— Si tu commences à me titiller, je risque de perdre la tête, répondit-il à cette boutade.

Elle ne dit rien, mais son souffle tiède ne fit qu'attiser le désir de Clay. Il brûlait d'envie de caresser ses seins superbes, de la retourner, de relever sa jupe. Dans quelques secondes, il allait perdre le combat.

— Je t'ai contrarié, déclara-t-elle.

— Non. Mais demain, je risque de me présenter à la réunion dans un drôle d'état. Heureusement, je commence à m'habituer à la sensualité de Barefoot Bay.

— Vraiment ?

— Tu me rends fou, avoua-t-il. Depuis le moment où je t'ai croisée sur la plage.

— J'ai pourtant été une vraie mégère.

— Une mégère au corps de rêve, à la langue bien pendue, sans oublier tes cheveux.

— Je n'ai pas un corps de rêve, répondit-elle. J'ai au moins cinq kilos à perdre.

— Pas si j'en crois mes mains, dit-il en lui caressant la hanche. Tu es parfaite.

— J'ai sept ans de plus que toi.

— Tu te soucies trop des chiffres.

Il but une gorgée d'eau pour apaiser sa gorge sèche.

— Vois les choses en face, Lacey. Tu n'es pas une fille facile qui recherche quelques parties de jambes en l'air.

— Je ne suis plus une fille, Clay. Je suis une femme.

— Je sais. Tu as sept ans de plus que moi. Mais tu...

— Tu as tout aussi peur que moi, coupa-t-elle en se retournant. Tu utilises ta mauvaise expérience comme un prétexte. Tu redoutes l'échec, alors tu n'essaies même pas de t'engager dans une relation. On se ressemble beaucoup, finalement.

Clay chercha en vain une réponse. Elle avait peut-être raison.

— Écoute, je n'ai pas envie de me retrouver emprisonné dans une relation. Si tel est ton cas, tu devrais peut-être accorder une chance au type qui veut te récupérer.

— Je ne souhaite pas lui donner une autre chance, répliqua-t-elle d'un ton véhément. Je veux...

Ne le dis pas. Ne le dis pas.

— C'est toi que je veux. Rien que pour prendre du bon temps, ajouta-t-elle vivement. Je veux que tu sois à mes côtés quand j'affronterai le conseil municipal demain, que tu m'aides à remporter la bataille afin de construire ce complexe hôtelier. Voilà ce que je veux. Tu es partant ?

— J'aime bien quand tu t'énerves comme ça, répondit-il avec un sourire.

— J'en conclus que c'est oui ?

— Oui, mais je tiens à ajouter une condition à cet accord verbal.

Il posa les mains sur ses joues et l'obligea à le regarder droit dans les yeux, sachant que le moment était bien choisi pour lui avouer pourquoi il avait quitté le cabinet de son père.

Non. Pas ce soir. Ce serait trop. Lacey en profiterait pour mettre fin à cette soirée de rêve. Le lendemain, il pourrait se rendre sur le continent en quête des documents qui lui permettraient de se justifier aux yeux de la jeune femme.

— Tu m'angoisses, Clay. Pourquoi réfléchis-tu aussi longtemps ?

— Je cherche mes mots. Écoute-moi. Si cette histoire entre nous ne te convient pas, à un moment ou à un autre, que ce soit sur le plan personnel, professionnel ou physique, tu n'auras qu'un mot à dire et nous arrêterons.

— Cette histoire ? répéta-t-elle en riant.

— Je suis sérieux. Tu es d'accord ?

— Tu sais ce que tu fais, Clay ?

Non, c'était bien le problème.

— Quoi ?

— Tu accordes une porte de sortie à une femme qui a tendance à choisir la fuite.

— Je sais ce que je fais, assura-t-il en l'embrassant sur le front.

Du moins l'espérait-il.

18

— Voilà pourquoi la structure que je propose en tant que propriétaire mérite de figurer à l'ordre du jour de la prochaine réunion d'urbanisme de Mimosa Key, conclut la jeune femme avec un soupir de soulagement. Mesdames et messieurs, merci de votre attention.

Dans la suite de Jocelyn, au Ritz, trois spectatrices applaudirent avec enthousiasme.

— Tu vas cartonner ! s'exclama Zoé.

— J'espère, répondit Lacey.

Dans la matinée, elle était passée chercher deux présentoirs chez Clay. Il lui avait ouvert la porte vêtu de son seul caleçon, après une nuit passée à dessiner des plans, notamment celui du bâtiment principal. Ensuite, il était parti à Fort Myers se renseigner sur les permis de construire, de sorte que Lacey avait décidé de répéter sa présentation du projet devant ses amies.

— Tu ne vas pas parler du concept de villas individuelles ? demanda Tessa. C'est pourtant ce qui fait la spécificité du complexe.

— On préfère en révéler le moins possible et garder les détails pour la réunion d'urbanisme. Pour l'heure, le plus important, c'est d'être inscrit à l'ordre du jour. C'est déjà pas mal, non ?

— Absolument, admit Jocelyn. Cependant, ce sera plus grand que ça, non ?

Lacey poussa un soupir et s'assit sur le canapé à côté de Tessa.

— Ce n'est encore qu'un rêve. Je dois déjà acheter les deux terrains voisins, puis calculer combien il me reste d'argent. Je sais que Clay travaille gratuitement, mais il me faudra une sacrée somme dès le début des travaux. Je n'ose même pas songer à la façon d'obtenir ce financement.

— Hé, arrête de ne considérer que les obstacles, lui dit Tessa. Tu vas perdre courage.

— Je fais de mon mieux, répondit-elle avec un sourire.

Nul ne dit mot pendant un moment. Lacey remarqua un échange de regards entre ses amies.

— Qu'est-ce que vous complotez ? leur demanda-t-elle.

Zoé poussa un soupir :

— Allez, autant lui dire. Inutile d'attendre la fin de cette maudite réunion.

— Me dire quoi ?

— Non, objecta Jocelyn. Je suis encore en train de régler certains détails.

— Mais il faut qu'elle sache, insista Zoé.

— Cela peut l'aider pour sa présentation, tout à l'heure.

— Qu'est-ce que vous racontez ? demanda Lacey en se levant.

Trois visages faussement innocents se tournèrent vers elle.

— Nous voulons investir, avoua enfin Tessa.

— Investir ? répéta Lacey, bouche bée. Vous voulez investir dans Casa Blanca ?

— Jocelyn et Tessa, oui, intervint Zoé d'un air triste. Mes moyens ne me permettent que de t'apporter mon soutien moral.

— On veut te procurer un financement, expliqua Jocelyn. C'est notre vœu le plus cher.

Lacey se mit à trembler d'émotion, les yeux embués de larmes de gratitude.

— Vous feriez ça ? Comment est-ce possible ?

Tessa haussa les épaules.

— Billy et moi dirigions une entreprise rentable et les termes du divorce étaient très avantageux pour moi. Avec cet argent, je veux réaliser quelque chose d'extraordinaire. Lacey, je crois en toi. À condition que les produits soient bio, du moins dans la mesure du possible.

— Je tiens à faire du bio, assura Lacey.

— De plus, ajouta Tessa, il faudra un potager pour cultiver tes propres produits, un potager où je ferai pousser fruits et légumes.

Elle ne comprit pas tout de suite.

— Comment cela ?

— Je veux rester ici et t'épauler dans ton entreprise, Lacey. J'aimerais créer une sorte d'exploitation bio qui fournirait ton établissement en primeurs.

— Elle va donc quitter l'Arizona, dit tristement Zoé.

— Et s'installer à Mimosa Key, fit Lacey, dont le cœur battait à tout rompre à la pensée d'avoir Tessa à ses côtés. Ce serait merveilleux !

— Tu te rends compte que je vais faire la chasse aux pesticides et aux produits industriels ?

— Ils seront proscrits.

— Si tu comptes ouvrir dans un an, il faut commencer à préparer le sol disons, maintenant. Dans quelques mois au plus tard.

— Peux-tu assister à la réunion de ce soir ? demanda Lacey. Il faut que ce jardin bio fasse partie du projet que nous présenterons. Ce sera un atout important.

— Bien sûr que je viendrai.

— Et toi, Jocelyn, tu veux investir aussi ? demanda Lacey.

— Oui, mais plus discrètement. Je ne ferai rien pousser, je ne me montrerai pas. Je travaille sur un financement qui devrait te permettre de démarrer.

Lacey ne trouvait pas les mots pour exprimer ce qu'elle ressentait.

— Vous êtes les amies les plus merveilleuses qu'on puisse avoir, dit-elle d'une voix brisée par l'émotion.

— Et moi, je me démarque, comme toujours, renchérit Zoé. Je n'ai pas un sou et je ne peux pas laisser ma tante Pasha.

— Zoé, ta simple présence ici est suffisante, assura Lacey. Vous viendrez toutes avec moi, cet après-midi ?

— Non, pas moi, répondit Jocelyn en retrouvant son sérieux.

— Viens au moins à la mairie, implora Lacey.

— Bon, pour toi, j'irai à la mairie, concéda-t-elle.

— J'ai des associées ! s'exclama Lacey avec un cri de joie.

— Jocelyn la discrète, Tessa la bio, fit Zoé, sans oublier ce type au crayon magique.

— C'est justement le problème, admit-elle avec un soupir. Je n'arrive pas à le chasser de mes pensées.

— Quand comptes-tu nous raconter les détails croustillants de ta soirée ? demanda Zoé.

— Disons qu'il a aimé les dessous que vous m'avez choisis.

Comme elles étaient ses amies et associées, Lacey leur raconta tout. Enfin, presque.

La réunion ne passa pas inaperçue. Plusieurs dizaines de personnes étaient présentes dans la salle de la mairie de Mimosa Key. Charity et Patience présidaient, entourées de leurs partisans. Quelques visages familiers occupaient le premier rang, tandis que d'autres habitants étaient assis par deux ou trois. Certains discutaient devant la machine à café.

Dès que Lacey fit son entrée en compagnie de Jocelyn, Tessa et Zoé, le brouhaha des conversations cessa. Clay lui avait envoyé un texto indiquant qu'il les rejoindrait sur place, mais il n'était pas encore arrivé. Lacey s'en trouva un peu déçue. Ce retard la déstabilisa.

— Où est celle qui t'a donné le tuyau ? murmura Zoé.

Lacey chercha Gloria Vail des yeux.

— Elle n'est pas là.

— Elle repose sans doute au fond de la baie à l'heure qu'il est, les pieds coulés dans le béton.

— On n'en est pas encore là, fit Lacey en réprimant un rire.

Du moins l'espérait-elle, car Charity la fusilla du regard, tandis que Patti, sa sœur, se contenta d'un regard glacial.

Aucun membre du conseil municipal n'avait encore pris place autour de la table. Lacey accompagna ses amies dans la salle tout en guettant l'arrivée de Clay du coin de l'œil. Elle vit entrer un autre homme, dont le visage avait fait la une de la *Gazette* durant les années d'adolescence de Lacey.

Grâce à une belle carrière de sportif, Will Palmer était la vedette de l'île. Lacey n'avait plus entendu parler de lui depuis des années.

— Oh non, murmura Jocelyn en blêmissant.

— Quoi ?

— Mon téléphone vibre, répondit-elle en posant une main sur son sac, tête baissée.

— Jocelyn ? fit Will en s'approchant.

L'intéressée se leva vivement et s'éloigna.

— Il faut que je prenne cet appel, bredouilla-t-elle.

— Jocelyn, attends ! lança Will.

Elle se figea et implora Lacey du regard, puis elle se ressaisit et affronta le nouveau venu.

— Bonjour, dit-elle en lui tendant la main. Comment vas-tu, Will ?

— Très bien, répondit-il, étonné. Et toi ?

— Très bien. Si tu veux bien m'excuser un instant, ajouta-t-elle en brandissant son téléphone.

Elle s'éloigna, le laissant sur place.

— Salut, dit Lacey pour tenter de dissiper le malaise. Je ne sais pas si tu te souviens de moi, Lacey Armstrong.

— Bonjour, répondit-il poliment, son attention rivée sur Jocelyn.

Il avait changé. Il avait perdu son charme juvénile de jeune joueur de baseball, mais il était toujours svelte et fringant.

— J'ignorais que tu étais de retour à Mimosa Key, poursuivit-elle. Tu es en visite ou bien tu habites ici ?

— Je suis revenu vivre ici. En fait, je travaille pas mal, avec tous les chantiers. C'est d'ailleurs la raison de ma présence.

Les chantiers ? Will avait parcouru du chemin depuis le championnat de baseball.

— Quel genre de travail fais-tu ? J'espère engager du monde.

— Bien que spécialiste de la menuiserie, je peux tout faire : stuc, enduits divers.

— Je m'en souviendrai, déclara la jeune femme tandis que les membres du conseil prenaient place.

Une fois de plus, elle se tourna vers l'entrée de la salle en espérant voir Clay. Où diable était-il passé ? Il avait promis de revenir à temps de Fort Myers.

— Où est partie Jocelyn ? s'enquit Tessa en s'asseyant juste derrière Lacey. Elle avait l'air bien pressée.

— Elle est au téléphone.

Sam Lennox, le maire, actionna son marteau pour obtenir le silence. Lacey se tourna vers l'entrée et aperçut David, accompagné d'Ashley.

Il ne manquait plus qu'eux ! Comme si la tension n'était pas déjà à son comble. Ils allaient certainement afficher un air réprobateur face à Clay.

S'il finissait par se présenter un jour.

Ashley fit signe à sa mère. David l'entraîna de l'autre côté de l'allée centrale en adressant un clin d'œil à la jeune femme.

— Vas y, fonce, souffla-t-il.

— Bonne chance maman, ajouta l'adolescente. Je t'aime.

Lacey en eut le cœur serré. Ashley était l'être qui comptait le plus à ses yeux. Depuis combien de temps sa fille ne lui avait-elle pas dit qu'elle l'aimait ? Était-ce l'influence de David ?

— Où diable est Clay ? s'enquit Tessa.

— Excellente question, répondit Lacey en essayant de se concentrer.

Serait-elle capable de s'en sortir seule ? Si Clay ne venait pas, elle aurait une bonne excuse pour…

— Je déclare ouverte la réunion extraordinaire du conseil municipal de Mimosa Key, annonça le maire en actionnant de nouveau son marteau.

Lacey parcourut l'assemblée en quête d'un visage bienveillant.

Le maire habitait depuis longtemps sur l'île. Peut-être ne voudrait-il pas modifier le cadastre. En tant que politicien, il risquait d'être corrompu par Charity. Cependant, il visait une réélection. Le jeu en valait-il la chandelle ? Nora Alvarez était une employée de Charity, mais elle semblait juste et intelligente. Sans doute aimerait-elle trouver du travail chez Lacey.

— Qui est ce type tout droit surgi d'une série policière ? demanda Zoé à l'oreille de son amie.

— Il vient de New York, murmura-t-elle. Rocco quelque chose.

— Ami ou ennemi ?

— Je n'en sais rien.
— Et l'aigle déplumé ?
Lacey observa George Masterson.
— Je crois qu'il couche avec Charity.
— Beurk. Quelle vision d'horreur.
Lacey lui fit signe de se taire tandis que le maire évoquait les questions de fonds de roulement. George Masterson prit ensuite la parole pour établir l'ordre du jour de la réunion du 15 septembre en priant quiconque voulait s'inscrire de se présenter.
Le cœur serré, Lacey jeta un ultime regard vers l'entrée de la salle. À moins que quelqu'un ne lui pose une question trop technique, elle s'en sortirait seule, mais elle déplorait l'absence de Clay.
— Arrête de chercher des raisons de ne pas y aller, prévint Tessa.
— Ce n'est pas le cas, assura-t-elle. C'est juste que…
Elle posa les yeux sur Ashley, qui lui lança un sourire plein d'admiration. Quelle meilleure motivation ? Elle devait montrer à sa fille qu'elle était forte, autonome et qu'il fallait avancer dans la vie, même quand un associé faisait faux bond.
Elle se leva donc fièrement.
— Fonce, souffla Zoé.
Elle s'avança dans l'allée, suivie de plusieurs autres candidats au permis de construire. Ils n'en menaient pas large. À Mimosa Key, les choses ne changeaient pas facilement.
— Procédons par ordre alphabétique, suggéra le maire. Tu es la première, Lacey.
— Très bien, dit-elle d'un ton enjoué.
Elle disposa ses deux tableaux sur l'estrade, puis elle ouvrit sa mallette et posa son dossier devant elle. Si le règlement n'imposait qu'une description verbale, un dessin était toujours plus parlant.
Et Clay n'était toujours pas là.

— Bonjour, dit-elle dans le micro. Je m'appelle Lacey Armstrong et je souhaite être inscrite à…

— Objection ! lança Charity en fixant le maire. Gagnons du temps, Sam, et passons à la personne suivante.

Un murmure parcourut l'assemblée.

— Excuse-moi, Charity, mais je n'ai même pas eu l'occasion de présenter mon projet.

— C'est inutile. Ce n'est pas ton bâtiment qui pose problème.

— Qu'est-ce que c'est, alors ? s'enquit le maire.

— C'est la personne qui le construit.

— Qu'est-ce que tu racontes ? fit Lacey. Comment sais-tu qui le construit, d'ailleurs ?

— Parce que tout le monde sait que tu travailles avec le dénommé Clayton Walker.

— Clay Walker, corrigea-t-elle en se sentant rougir, car Ashley était dans la salle. Je ne vois pas le rapport.

Son nom ne figurait pas dans le dossier, et il ne se trouvait même pas dans la pièce. Soudain, la jeune femme fut saisie d'un terrible pressentiment.

— Moi non plus, intervint Paula Reddick. J'aimerais bien voir les plans, alors boucle-la, Charity.

— Pas question de me taire. Je ne permettrai jamais qu'une personne non qualifiée construise la moindre maison sur cette île.

Voilà donc de quoi il s'agissait. Les fameuses références professionnelles de Clay. Lacey guetta l'entrée, mais ne vit ni Clay, ni Jocelyn.

— Charity, si tu fais allusion aux diplômes de M. Walker, aucune loi ne les exige pour la conception…

— Je parle de sa… sa…

Elle fit signe à Patti, qui lui tendit des documents. Charity s'éclaircit la voix et chaussa ses lunettes.

— Sa mise en examen par le FBI pour usage de faux et tentative d'entrave à la justice dans un procès contre un recteur d'université de Caroline du Nord.

Sous le choc, Lacey crut que ses jambes allaient se dérober.

— Comment ? demanda-t-elle dans un souffle.

Ces mots terribles résonnaient dans sa tête : FBI, faux, justice.

— De quoi s'agit-il, au juste ? insista le maire. Qu'as-tu donc contre ce Clayton Walker ?

— Clay, corrigea Lacey. Il s'appelle Clay.

Du moins le pensait-elle. Elle n'avait jamais vu ses papiers, ni même un curriculum vitae ou une lettre de référence. Elle s'était contentée de se laisser charmer, puis de lui confier son projet. Et il n'était même pas là pour se justifier.

— Je parle de ceci, déclara Charity en brandissant les documents compromettants.

Un nouveau murmure parcourut l'assemblée. Lacey se tourna vers David pour l'observer à la dérobée. Il dit quelques mots à l'oreille d'Ashley, puis se leva et quitta la salle. Rouge de honte, Lacey sentit son front s'emperler de sueur.

Tessa et Zoé se tenaient par la main, visiblement solidaires de leur amie. Grace Hartgrave affichait un sourire satisfait. Quant aux autres, y compris certains clients de Lacey, ils semblaient pour le moins perplexes.

Enfin, Clay Walker brillait par son absence.

Charity agita ses documents sous les yeux des membres du conseil. Elle remit à chacun un exemplaire avec l'autorité d'une enseignante rendant des devoirs.

— J'en ai fait des photocopies. Ce document provient du bureau du procureur de Caroline du Nord. Sans doute t'es-tu laissé abuser par sa plastique avantageuse au point de ne pas mener ta propre enquête.

Comment était-ce possible ? Lacey avait effectué quelques recherches sur Internet qui ne lui avaient rien appris de particulier.

Sam feuilleta rapidement le dossier.

— Tu as vu, Lacey ? Il est indiqué que Clayton Walker, de Clayton Walker Architecture, a été mis en examen.

— C'est son père !

L'explication semblait soudain si évidente qu'elle faillit hurler dans le micro pour faire taire Sam.

— Il s'agit certainement de son père, Clayton Walker. Ils portent le même nom et exercent la même profession, mais ils sont très différents. Clay ne travaille plus pour lui. Ces papiers ne concernent pas l'homme qui m'a aidée.

— Il se trouve que si, fit la voix grave de Clay, à l'entrée de la salle. Ces articles me concernent bien.

19

L'espace d'un instant, Lacey crut défaillir, puis elle ne ressentit plus rien. L'esprit embrumé, elle observa cet homme qui lui avait donné tant de plaisir. Il était si beau, avec ses cheveux longs, ses larges épaules, ce regard d'azur.

Charity avait raison, elle avait succombé à son charme. Comment avait-elle pu être aussi stupide ?

— Mais toutes les charges ont été abandonnées, ajouta-t-il en s'avançant dans l'allée centrale. Ces informations sont obsolètes et j'ai été totalement blanchi. Je possède d'ailleurs un arrêté du tribunal qui en atteste.

— Une petite minute ! s'exclama Charity.

— Pardon ? fit Sam Lennox.

— Je vais vous expliquer, poursuivit Clay.

— Pas question, protesta Charity en tapant du pied. Page trois, paragraphe trois des arrêtés municipaux de Mimosa Key. À moins d'être résident de Mimosa Key, nul n'a le droit de s'adresser au conseil sans en avoir reçu l'autorisation. Vous ne l'avez pas, donc asseyez-vous.

Clay avança encore, les yeux rivés sur Lacey. Il émanait de lui à la fois des regrets et de la colère.

— Je n'ai jamais vu une loi aussi absurde, donc je vais m'exprimer quand même.

— Certainement pas ! cria Charity, écarlate. Ce que vous direz ne sera pas recevable.

— On n'est pas au tribunal ! s'exclama Lacey. Laisse-le parler, pour l'amour du ciel.

— C'est ainsi que nous gérons notre ville, intervint le maire.

— J'ai besoin de savoir, souffla-t-elle dans le micro.

Sa souffrance n'échappa à personne. Elle dévisagea Clay en quête de vérité, d'une explication, d'un signe.

Inutile de signer un contrat. Inutile d'inscrire mon nom sur le dossier. Inutile de contacter le cabinet de mon père, il est impitoyable.

S'était-il joué d'elle ?

— Désolé, jeune homme, reprit Sam. On ne peut modifier les règles établies. Je suppose que Lacey est au courant de cette histoire et qu'elle peut nous l'expliquer à votre place.

— Je parlerai moi-même, affirma Clay en s'arrêtant devant la table du conseil. Sachez que ce document est erroné.

— As-tu été mis en examen ? lui demanda Lacey.

— Non, mais j'ai fait l'objet d'une enquête et toutes les charges ont été abandonnées.

— Vous voyez ? jubila Charity en pointant un index accusateur vers Clay. Elle ne sait même pas qui est cet homme qui travaille pour elle. Elle ne sait rien de son passé et il va construire une horreur à Barefoot Bay. Faut-il le laisser anéantir la beauté sauvage de notre paradis ? Il n'en est pas question.

Un murmure parcourut l'assemblée.

— Vous n'avez pas le droit de vous adresser au conseil, monsieur, insista Lennox. Si vous ne partez pas, je vais devoir vous faire évacuer par l'agent de sécurité.

Clay n'allait quand même pas être emmené menottes aux poignets sous les yeux d'Ashley et de ses amies qui croyaient en elle ?

— Qu'as-tu à déclarer, Lacey ? demanda Charity.

Que dire ? Elle ne savait pratiquement rien de Clay et elle lui avait tout donné. Quelle idiote.

— Laissez parler cet homme ! lança Zoé depuis le fond de la salle. C'est l'Inquisition ou quoi ?

Quelques rires fusèrent, puis Clay leva une main.

— N'ayez crainte, je vais partir. Sachez que ces fausses allégations n'ont rien à voir avec le projet de Lacey Armstrong. Je ne dirai rien, mais laissez-la parler.

Il se tourna vers elle, l'air navré.

— Tu n'as pas besoin de moi. Tu y arriveras par toi-même.

Il fit un pas en arrière. Pourquoi ne lui avait-il pas parlé plus tôt de son passé ? Avait-il menti à propos de son père et de cette femme qui lui avait brisé le cœur ? Cherchait-il à cacher les véritables raisons qui l'avaient poussé à quitter le cabinet ?

Il tourna les talons et quitta la salle sous le regard de tous, y compris d'Ashley. L'adolescente venait de voir sa mère chuter pour la pire des raisons. Elle avait été dupée par un séducteur.

— Tu peux t'exprimer maintenant, Lacey, déclara le maire.

Une petite voix lui disait de se taire, de baisser les bras. Elle chassa pourtant ses vieux démons et puisa au fond d'elle-même ce qu'il lui restait de détermination pour ne pas laisser Charity Grambling avoir le dernier mot, pour ne pas fuir.

— Cette information n'a rien à voir avec ma requête de ce jour, déclara-t-elle. Si vous voulez bien regarder de plus près ma présentation, vous verrez qu'aucun cabinet d'architecture n'est cité. Je demande simplement à être inscrite à l'ordre du jour de la réunion d'urbanisme du 15 septembre, ce qui me laissera le temps de régler ces questions.

— Tu n'en auras pas le temps, intervint Charity.

Exaspérée, Lacey ferma les yeux.

— Je n'ai pas besoin de plus de temps, répliqua-t-elle.

— Cet homme est à la fois architecte et maçon ? demanda George Masterson.

— Je ne sais pas encore qui sera mon architecte, répondit-elle. Mais ce n'est pas le problème.

— Je suis d'accord, intervint Paula. Inscrivons-la et passons au suivant.

— Moi aussi, je suis d'accord, renchérit Rocco. Cet article trouvé sur Internet est contestable. Laissons-la présenter son projet, qu'elle engage qui elle veut et qu'elle se prépare à défendre son dossier le 15. Allez, enchaînons. Il y a un match des Yankees dans vingt minutes.

— Désolé, mais, au vu de cet article, je refuse, déclara Masterson.

— Je vous en prie, écoutez-moi jusqu'au bout, implora Lacey.

Elle fouilla sa mémoire en quête des quelques phrases qu'elle avait préparées sur son complexe, les emplois qu'elle entendait créer. Hélas, elle n'en trouva aucune. Elle ne pensait qu'à Ashley, assise sur la chaise libérée par son père. Tout son beau discours s'envola. Plus rien n'avait vraiment d'importance.

— Il y a six semaines, ma maison et mon entreprise ont été emportées par l'ouragan, raconta-t-elle posément. Nous avons réussi à nous en sortir ma fille et moi, en nous réfugiant dans la baignoire, sous un matelas.

L'assemblée retint son souffle. Encouragée par ce soutien tacite, Lacey poursuivit :

— Ce qui m'a motivée, cette nuit-là, ce fut l'espoir de réaliser un rêve qui changerait tout pour ma famille et pour cette île. Je ne vous demande qu'une chose, c'est de m'inscrire à l'ordre du jour afin que je puisse vous prouver que j'ai raison. J'aurai un architecte, un maçon, des ouvriers, le dossier sera conforme. Je vous demande simplement une chance de défendre ce projet.

Tous les membres du conseil la dévisagèrent.

— Votons, déclara Sam. Que ceux qui veulent que Lacey Armstrong soit inscrite pour la réunion du 15 lèvent la main.

Tous acceptèrent sauf George Masterson, mais la majorité suffisait.

— Merci, dit-elle en rassemblant ses plans.

Résistant à l'envie de faire une grimace à Charity, elle remercia Sam de lui tendre le document que Clay avait apporté pour se justifier. Sans le regarder, elle longea l'allée.

— Bien joué, maman ! lança Ashley lorsqu'elle arriva à sa hauteur.

— Bravo ! cria Zoé.

— Merci, dit-elle en serrant la main d'Ashley dans la sienne. Je reviens tout de suite.

Il n'était pas question qu'elle laisse Clay Walker partir sans une explication. Ensuite, il pourrait aller au diable.

20

Clay détestait le goût amer des regrets. Il passa une main dans ses cheveux en se maudissant. Comment avait-il pu être aussi stupide ? À l'autre extrémité du parking, il vit David Fox s'entretenir avec un homme en costume, à l'ombre des palmiers. Clay contourna le bâtiment, le temps de se ressaisir.

Il aurait dû parler à Lacey de cette histoire la veille, comme il avait prévu de le faire. Elle aurait compris. Pourquoi avait-il douté d'elle ? Il était désormais en possession du jugement qui le blanchissait. Hélas, la jeune femme avait été humiliée publiquement et elle voulait sans doute l'étrangler.

Il avait eu peur de la perdre, et c'était ce qui allait se passer. La porte de la mairie claqua si fort qu'il n'eut pas à se demander qui venait d'en surgir.

— Où es-tu ? demanda Lacey.

Il apparut au coin du bâtiment.

— Je suis là.

— Pourquoi ne m'as-tu rien dit ? demanda-t-elle, à la fois triste et furieuse, en brandissant le document qu'il avait obtenu à grand-peine.

— J'ai commis une erreur.

— C'est le moins que l'on puisse dire. Quand avais-tu l'intention de m'en parler ?

— Tout de suite, mais tu semblais douter de moi. J'avais l'intention de te le dire hier soir et, avec cette réunion d'urbanisme...

— Et quelques autres détails qui tombaient fort bien pour toi.

— Cela n'a rien à voir, répondit-il, piqué au vif.

— Ah non ? C'est une astuce vieille comme le monde, Clay. Il suffit de coucher avec une femme pour qu'elle ne...

— Arrête !

Il voulut la prendre par les épaules, mais elle esquiva son contact.

— Voilà pourquoi je suis allé à Fort Myers, aujourd'hui, poursuivit-il. Je voulais ce jugement avant de t'en parler. J'avais peur que tu ne trouves une excuse pour...

— À propos d'excuses, persifla-t-elle, tu es aussi coupable que moi. Pire, même. J'ai mes défauts, c'est vrai. En revanche, je ne mens jamais.

— C'était un mensonge par omission, et non délibéré.

Elle poussa un soupir.

— Je t'en prie. C'est pour ça que ton père t'a jeté de son entreprise ?

— Pas exactement.

— Alors pourquoi ?

Elle fit un pas vers lui, le regard noir. Il comprit à quel point elle était peinée. Voilà pourquoi il ne voulait pas vivre une relation.

— Je veux la vérité, insista-t-elle. Toute la vérité, Clay. Pas de vagues explications entre deux baisers et deux dessins. Que s'est-il passé ?

— J'ai voulu aider quelqu'un qui m'était cher, pour protéger ma famille et mon père, et cela m'a valu une enquête. J'ai ensuite été blanchi.

Elle réfléchit un instant, perplexe.

— Ce n'est pas assez précis.

Il ferma les yeux et hocha la tête.

— J'ai endossé la responsabilité quand mon ex a utilisé le nom de mon père de façon illicite pour falsifier des documents. Elle avait fait une énorme erreur de jugement. Je l'ai simplement sortie du pétrin.

— Pourquoi ?

— Cela m'a semblé la chose à faire, sur le moment. Elle était enceinte de huit mois et elle regrettait amèrement son faux pas. Elle m'a demandé de l'aider. Mal m'en a pris. Mon père a pensé que je l'avais trahi.

Il lui était facile d'incriminer son fils pour se donner bonne conscience.

— Pourquoi ne lui as-tu pas révélé la vérité ?

— J'avais peur qu'il ne quitte Jayna et je m'inquiétais pour l'enfant. Hélas, malgré le jugement en ma faveur, mon père a continué à croire en ma culpabilité.

— Pourquoi ?

— Parce qu'il se sentait ainsi moins coupable de coucher avec mon ex.

Elle le dévisagea d'un air sceptique.

— C'est la vérité, je te le jure, Lacey.

— Tu es toujours amoureux d'elle ?

Cette question n'avait rien d'étonnant, mais il ne s'attendait pas à ce qu'elle soit aussi blessée.

— Non. Je ne suis même pas certain de l'avoir été un jour.

— Dans ce cas, pourquoi avoir mis ta famille et ta carrière en péril pour elle ?

En vérité, il avait aidé sa famille en protégeant l'entreprise.

— Elle avait falsifié des documents et m'avait fait porter le chapeau. Si l'entreprise fermait, de nombreuses personnes auraient perdu leur emploi.

— Et qui a été jugé coupable, quand tu as été blanchi ?

— La société qui avait déposé plainte a fait faillite et le dossier était clos. Nul n'a été inculpé et j'ai quitté l'entreprise.

— Ton père ne t'a pas cru ? C'est inimaginable.

— Tu ne l'as jamais rencontré, répondit Clay sans masquer sa colère. Il a même persuadé quelques amis de la commission d'architecture de me refuser la permission de passer mes examens.

— C'est pour cela que tu n'inscris ton nom nulle part ? Que tu ne signes aucun contrat ?

— Je vais le faire, mais je voulais d'abord te persuader que j'étais à la hauteur du projet.

— Pourquoi est-ce si important ?

— Si je réussis un ouvrage dans son intégralité, je pourrai obtenir mon diplôme et créer mon agence.

Il la regarda droit dans les yeux.

— Et tu voulais me convaincre en couchant avec moi ?

— Non. C'est arrivé comme ça.

— Pas vraiment, non.

— Que tu me croies ou non, j'avais l'intention de te parler au cours du dîner. Je ne voulais pas que tu baisses les bras à cause de la réunion extraordinaire. Et je tenais à obtenir une preuve écrite de mon innocence.

Elle encaissa le coup sans rien dire.

— Que s'est-il passé après mon départ ? demanda-t-il.

— Je suis inscrite à l'ordre du jour, murmura-t-elle.

— J'en étais sûr. C'est formidable, Lacey.

Il eut toutes les peines du monde à se retenir de la toucher.

— Pourquoi n'as-tu pas été franc dès le départ ? Tu aurais pu m'expliquer que ce contrat était essentiel pour ta carrière. J'aurais compris.

Clay était rongé par les regrets.

— Lors de notre rencontre, sur la plage, tu semblais tellement méfiante que j'ai eu envie de faire mes preuves d'abord.

— Comme hier soir ? Tu voulais me prouver ce dont tu étais capable en me plaquant contre un mur ?

— Non, admit-il, touché en plein cœur.

— Comment veux-tu que je croie que tu n'as pas usé de tes charmes pour arriver à tes fins, en te disant que je n'oserais plus t'envoyer sur les roses ?

— C'est le cas ?

Elle ne répondit pas.

— Excusez-moi, connaissez-vous Lacey Armstrong ? fit une voix, sur le parking.

Un homme s'avança. Trapu, les cheveux grisonnants, vêtu d'un costume. Clay reconnut une personne avec qui David s'entretenait quelque temps plus tôt.

— C'est moi.

Son visage rougeaud s'illumina.

— Quelle chance, dit-il en lui tendant la main. Je suis Ira Howell, banquier à Fort Myers. Avez-vous présenté votre projet de propriété à Barefoot Bay ?

Lacey lança un regard en direction de Clay avant de répondre.

— Je n'ai pas présenté grand-chose, répondit-elle. Pourquoi ?

— Vous avez l'intention de construire sur les terrains des Everham et des Tomlinson, voisins du vôtre ?

— Oui, dit-elle, tendue. Pourquoi ?

— Vous n'êtes pas propriétaire de ces parcelles, madame.

— Je suis en train de les acheter. J'ai fait des offres.

— Ce n'est plus le cas. Mon client a conclu l'achat des deux terrains cet après-midi. Vous devrez revoir vos projets ou y renoncer.

— Les terrains sont vendus ? C'est impossible. Qui les a achetés ?

Clay comprit aussitôt. David Fox...

— Je ne peux vous le dire, mais les deux voisins ont signé cet après-midi, répondit le banquier.

Ce tordu de David Fox privait donc Lacey de ses terrains. Clay posa une main dans le dos de la jeune femme.

— Ce n'est pas possible, bredouilla-t-elle. Je n'en ai pas été informée.

— Je vous en informe, dit Howell en sortant une enveloppe de sa poche. Les propriétaires m'ont chargé de vous rendre votre acompte, avec les excuses de mon client.

— Qui est votre client, monsieur Howell ? demanda Clay, comme s'il ne s'en doutait pas.

— Il préfère rester anonyme.

Il remit l'enveloppe à la jeune femme et prit congé.

— Lacey, je sais qui t'a fait cela, déclara Clay.

— Qui ?

— David Fox.

— Je ne crois plus un mot de ce que tu me dis, répondit-elle en secouant la tête.

— Eh bien, tu devrais me croire, parce que j'ai raison. Il avait rendez-vous avec un certain Tomlinson à Barefoot Bay avec qui il s'entretenait au téléphone lorsque j'y étais. J'ai entendu sa conversation. Et je l'ai vu discuter avec ce banquier il y a dix minutes.

Il la prit par la main et l'entraîna vers le parking dans l'espoir de repérer Fox, mais il avait disparu.

— Ton ex est le client que protège ce banquier. Il a l'argent et la motivation, le besoin de te contrôler.

Elle voulut le faire taire.

— Je t'en prie, Clay. Va-t'en.

— Je l'ai entendu dire « Monsieur Tomlinson » au téléphone et je l'ai vu parler à Howell. Je te le jure.

— Maman, tu es là ?

Le visage de Lacey exprima soudain de l'effroi.

— Je veux que tu partes, murmura-t-elle.

— Partir ? Quitter l'île ? Non, il n'en est pas question.

— Lacey, tu es là ? lança à son tour une voix féminine.

— Va-t'en, répéta-t-elle en repoussant Clay. Je veux rester avec ma famille.

— Retrouve-moi ce soir à Barefoot Bay.

— Tu plaisantes ?

— Pas du tout. Je ne quitterai pas cette île. Jamais je n'ai reculé face à un obstacle. Surtout avec une femme à qui je tiens autant.

— Une femme ou un contrat ?

— Rejoins-moi ce soir à la plage pour en discuter. Ce n'est pas terminé, Lacey.

Le regard de la jeune femme affirmait pourtant le contraire.

21

— Tu es sérieuse, Lacey ? Tu accordes plus de foi à la parole d'un criminel notoire qu'à celle du père de ton enfant ? À un type qui prétend m'avoir entendu prononcer un nom au téléphone ?

David posa les pieds sur la banquette et croisa les mains derrière sa tête.

— J'ai l'impression que tu as des problèmes plus graves que ta volonté de me mettre tout ça sur le dos, reprit-il.

Lacey se tourna vers la cuisine où Tessa et Zoé préparaient le repas en compagnie d'Ashley. Depuis leur retour de la mairie, Lacey avait besoin de se détendre. Tessa et Zoé l'avaient raccompagnée car Jocelyn leur avait envoyé un texto les informant qu'elle retournait à son hôtel pour régler une urgence.

— Clay t'a entendu prononcer son nom, insista Lacey.

— Mais il ne m'a pas vu parler à quelqu'un.

— Pourquoi mentirait-il à ce propos ?

David éclata de rire.

— Pourquoi pas ? J'espère que tu es remise de tes velléités de cougar.

Ce commentaire ne fit qu'irriter davantage la jeune femme.

— Eh bien, tu n'es pas un menteur, David, mais je constate que tu n'as pas répondu directement à ma question. As-tu, oui ou non, rencontré M. Tomlinson à la plage le jour où tu as croisé Clay ?

Il poussa un long soupir qui n'était pas sans rappeler l'attitude d'Ashley quand elle était en mauvaise posture.

— C'est vrai, je l'ai rencontré.

— Pourquoi ?

— Je pensais t'aider.

— En quoi cette entrevue pouvait-elle m'aider ?

— En t'achetant ce terrain, répondit-il avec un soupir résigné.

— C'est ce que tu as fait ?

— Je voulais te l'offrir en cadeau pour t'épargner cette dépense supplémentaire et te montrer combien tu comptes pour moi et combien je tiens à m'impliquer dans ta vie et tes projets.

Pourquoi ne parvenait-elle pas à croire en sa sincérité ? Il l'avait tellement menée en bateau.

— Dans ce cas, je peux te le racheter.

— Non, je n'ai pas conclu la vente, Lacey. C'est ce que j'essaie de t'expliquer.

— Alors qui l'a acheté ? insista-t-elle, exaspérée.

— Je ne sais pas. Tomlinson m'a dit qu'il avait reçu une offre très intéressante qu'il ne pouvait négliger. J'ai cru que c'était toi.

— Tu ne lui as pas demandé de qui émanait cette offre ?

— Si, parce que j'espérais négocier. Il m'a répondu que ce client gardait l'anonymat et passait par la banque. J'ai donc laissé tomber et j'ai cherché d'autres moyens de te convaincre.

Son regard exprimait juste assez de contrition et d'espoir. Il était très fort, crédible et direct. D'une certaine façon, il était plus franc que Clay.

Oublie Clay. Hélas, elle n'y arrivait pas.

— Pourquoi ne m'en as-tu pas parlé ? Pourquoi n'as-tu pas simplement demandé à devenir investisseur ? Pourquoi agir derrière mon dos ?

— Je voulais te faire une surprise, vous montrer, à Ashley et toi, que je suis sincère dans mon désir de recréer notre famille. Je suis très sérieux, tu sais.

Elle se prit le visage dans les mains. Pourvu qu'Ashley n'entende pas cette conversation.

— Je ne t'ai jamais menti, Lacey, dit-il en se levant pour souligner ses propos.

— Je sais, concéda-t-elle.

S'il avait de nombreux défauts, celui-là n'en faisait pas partie. Lorsqu'elle lui avait annoncé qu'elle était enceinte, il avait réagi honnêtement. Elle ne pouvait en dire autant de Clay Walker.

— J'ai essayé de te le dire. Je voulais te le dire, ajouta-t-il en s'avançant vers elle. Mais tu étais tellement préoccupée.

— Ne me raconte pas que les circonstances t'ont empêché d'être franc avec moi. J'en ai assez entendu pour aujourd'hui.

— Donc tu t'es remise de ce type ?

— Je n'ai jamais été accro à lui, crois-le ou non.

— Bien sûr que je te crois.

Sans crier gare, David s'agenouilla devant elle, comme s'il allait la demander en mariage.

— Écoute, dit-il d'un air implorant, je n'ai pas acheté ces terrains. Pourquoi te l'aurais-je caché ? Je ne veux pas t'empêcher de construire cet hôtel ou ce complexe. Je tiens seulement à faire partie du projet.

— Et moi aussi, déclara Ashley en surgissant de la cuisine, Zoé sur les talons.

— Ashley, j'essaie d'avoir une conversation privée avec David.

— Il s'appelle Fox, répliqua l'adolescente en s'asseyant par terre à côté de son père.

— Qu'elle m'appelle comme elle veut, du moment qu'elle m'appelle, déclara David en souriant.

Ashley se mit à rire et, l'espace d'un instant, Lacey eut l'impression qu'ils formaient une vraie famille avec le père cherchant à faire naître un sourire sur les lèvres de la mère, sous le regard complice de l'enfant.

Elle sentit une douleur sourde monter en elle, le désir inassouvi de cette vie de famille dont David l'avait privée en partant pour la Patagonie. Cela n'aurait sans doute pas marché, entre eux, de toute façon.

— Maman, tu pleures ?

— Ashley, souviens-toi de ce que je t'ai expliqué, déclara David en prenant sa fille par les épaules. Tu dois comprendre que ta mère est sous pression en ce moment.

Voilà qu'il donnait des leçons de vie à leur fille. Il était trop tard. Ce n'était pas ce que Lacey voulait. Elle voulait…

Clay.

— Quand avez-vous parlé de ça ? s'enquit-elle d'un ton amer.

— En jouant aux échecs hier soir, répondit la jeune fille. Quand tu étais sortie.

Naturellement. Lacey eut soudain des remords.

— On discute beaucoup tous les deux, ajouta Ashley avec fierté. Maman, ne m'en veux pas d'avoir écouté, mais il n'a pas cherché à t'entuber pour ce terrain. Il veut sincèrement une seconde chance d'être aimé, tu sais.

— Ne dis pas « entuber », prévint David.

— Et ne parle pas d'« aimer », rétorqua Lacey.

Sur le canapé, le téléphone de la jeune femme se mit à vibrer.

— Ce doit être Jocelyn, dit-elle en s'en emparant.

Clay : « Je t'attends à Barefoot Bay. »

En proie à un tourbillon d'émotions contradictoires, elle ne sut que penser. Comment un homme qui l'avait dupée pouvait-il lui manquer à ce point ?

L'avait-il vraiment utilisée ? Ses explications tenaient debout. Elle s'était donnée à lui de son plein gré parce qu'il avait quelque chose de différent, d'extraordinaire.

— Maman ?

— Lacey ?

Elle émergea de ses pensées pour se concentrer sur ces deux personnes qui lui demandaient de former une famille avec eux, cette famille qu'elle souhaitait. Si elle aimait sa fille d'un amour inconditionnel, elle ne ressentait rien pour David. Méritait-il néanmoins une seconde chance ?

Et il y avait Clay…

Il fallait absolument qu'elle sache quoi faire.

— Que dit Jocelyn ? s'enquit Tessa depuis le seuil de la cuisine.

— J'espère qu'elle n'a pas repris l'avion pour Los Angeles, renchérit Zoé. Je lui en voudrais à mort.

— Ce n'était pas Jocelyn, répondit Lacey en effaçant le texto. Ashley, tu n'es pas en âge de comprendre la situation, mais je me rends compte à quel point il est important pour toi que David et moi soyons amis. Sache que nous le sommes.

— Cela signifie que vous allez arrêter de vous disputer ?

— On ne se dispute pas, assura David en tendant une main vers Lacey. On discute. Tu me crois, maintenant ?

— Je ne sais pas, répondit-elle franchement. Qui d'autre aurait l'argent et la motivation nécessaires pour acheter ces terrains à mon nez et à ma barbe ?

— Pour l'argent, je ne sais pas, mais pour ce qui est de la motivation, je commencerais par cette mégère de Charity, la mal nommée.

Ashley se mit à rire.

— Si je découvre la vérité, tu me croiras ? ajouta David.

— Je suppose que oui.

— Très bien, répondit-il, apparemment satisfait. Qui a envie de jouer au Monopoly ?

— Moi ! s'exclama Ashley en se relevant d'un bond.

— Je vais te dépouiller, menaça David.

Derrière eux, Zoé fit une moue dubitative.

— Écoute, Lacey, Jocelyn ne répond pas sur son portable, déclara Tessa. Et elle a pris notre voiture de location. Tu peux nous reconduire à l'hôtel ?

— Bien sûr, répondit-elle avec un sourire plein de gratitude.

— Elles peuvent dormir ici, proposa David. Inutile que tu sortes seule aussi tard.

— Elles n'ont qu'à prendre la voiture de grand-père, renchérit Ashley, soudain très raisonnable.

Non. Lacey avait besoin de s'évader, de parler avec ses amies, ne serait-ce que trois quarts d'heure.

— Leurs affaires sont à l'hôtel et, franchement, David, j'ai envie de voir Jocelyn. Je m'inquiète pour elle.

Ce n'était pas un mensonge. Elle ignora la vibration de son téléphone et le rangea dans son sac sans regarder l'écran.

— Ce ne sera pas long, promit-elle en embrassant sa fille.

Elle perçut une nouvelle vibration. Un autre texto. Elle devinait sans peine qu'il venait de Clay Walker, l'homme qui obtenait toujours ce qu'il voulait.

— Combien de temps ? demanda l'adolescente.

Si elle se rendait à la plage pour parler à Clay ?

— Une heure ou deux au maximum.

Mais elle n'avait pas l'intention de commettre une erreur aussi stupide.

— David est sans pitié, déclara Tessa dès qu'elles se retrouvèrent seules.

— Je sais, répondit Lacey en démarrant en trombe. Vous le croyez, vous ? Vous croyez Clay ?

Tessa se garda de répondre et poussa un soupir.

— Je ne suis pas bien placée pour en parler.

— Je peux regarder sur ton téléphone ce que disait Jocelyn ? demanda Zoé en prenant le sac de son amie.

— Tu peux regarder, mais je crois que c'était Clay. Il veut qu'on se voie à Barefoot Bay.

Les autres se turent.

— Je pensais y aller.

Toujours pas un mot.

— L'une d'entre vous va-t-elle m'en dissuader ?

Silence.

— D'accord, fit Lacey en riant. Vous ne me donnez aucun conseil parce que certaines décisions doivent être prises soi-même, c'est cela ?

Elles échangèrent un regard affligé.

— Ou alors, reprit-elle, vous pensez que rejoindre Clay à Barefoot Bay ce soir est une idée tellement débile que vous en restez sans voix.

— Bingo, fit Zoé en posant le téléphone portable devant elle.

— Alors, que faire ? Laisser tomber ? Ne plus lui parler et ne jamais savoir pourquoi il n'a pas été honnête ?

— S'il a menti une fois, il peut recommencer, déclara Zoé les bras croisés, le visage fermé.

— Tu le sais d'expérience ? demanda Tessa non sans sarcasme.

Zoé se tut. Ses amies avaient cherché à savoir pourquoi le médecin qu'elles avaient croisé à l'hôtel l'avait fait pleurer. Sans succès. Zoé restait désespérément muette sur le sujet. Comme Jocelyn, qui dissimulait une grande souffrance.

— On est amies, oui ou non ? demanda Lacey. On devrait tout se dire, vous ne croyez pas ?

Zoé croisa enfin son regard dans le rétroviseur.

— Une véritable amie ne conseille pas à une amie de sortir avec un menteur.

— Je ne parlais pas de Clay, mais de ce médecin marié.

Ses yeux lancèrent des éclairs.

— Je n'ai pas l'intention de rejoindre ce médecin marié à la plage, Lacey. On ne peut plus avoir de jardin secret ?

Ses paroles résonnèrent dans l'espace confiné de l'habitacle. Si elles ne se disputaient jamais, certaines choses devaient être mises au point, non ?

— Je ne comprends pas ces secrets, avoua enfin Tessa, un peu frustrée. On pourrait peut-être t'aider, Zoé. Vous avez toujours su combien je souffrais de ne pas tomber enceinte, chaque mois. Lacey nous a tout raconté sur Clay, enfin, je crois.

— Presque tout.

— Eh bien moi, je pense que tu devrais aller à la plage, déclara Tessa. Pour lui parler. Il ne faut pas que cette histoire s'arrête sans une discussion franche. C'est pour cela qu'il t'attend.

— Non, ce n'est pas pour ça qu'il l'attend, protesta Zoé.

— Vous avez toutes les deux raison, déclara Lacey. Je crois que je devrais y aller tout simplement parce qu'il y a quelque chose en lui qui me fait énormément de bien.

— Tu parles. Il t'a ensorcelée, oui, railla Zoé. Un ou deux mensonges, et ce sera reparti.

— Comment te faire confiance, toi ? lança Tessa à Zoé. Tu ne veux rien nous dire.

Lacey secoua la tête et regarda au loin.

— C'est plus que physique entre nous, persista-t-elle.

— C'est ce que je...

Zoé s'interrompit et se mit à rire :

— C'est ce que pensent toutes les femmes, Lacey.

— Je sais, admit-elle. Bien sûr, il y a une attirance réciproque. Mais j'ai aussi tissé des liens avec lui. Je veux dire par là qu'il a un bon fond qui me fait espérer que... Enfin, je reste persuadée que c'est un homme bien.

— Je suis d'accord avec toi, déclara Tessa. Je trouve que tu devrais le voir.

— Et toi, Zoé ? s'enquit Lacey en regardant dans le rétroviseur.

— Tu devrais le faire languir un peu plus longtemps.

— Laissons Jocelyn trancher.

— D'accord, fit Zoé en se tournant vers la vitre.

— Zoé ? Tu es sûre de ne pas vouloir en parler ? demanda Tessa.

— Il n'y a rien à raconter. J'ai connu ce type dans une autre vie. Je me suis fait avoir. Aucun intérêt. Laissez tomber.

Lacey et Tessa obéirent. Zoé ne prononça plus un mot jusqu'à ce qu'elles entrent dans la suite de l'hôtel. Jocelyn était en train de poser ses vêtements en piles sur le lit, à côté d'une valise ouverte.

— Qu'est-ce que tu fabriques ? demanda Zoé en ôtant un chemisier de la valise. Tu ne peux pas partir comme ça.

— J'ai une urgence avec un client, répliqua-t-elle en récupérant son chemisier des mains de son amie.

— Comment ça, une urgence ? intervint Tessa. C'est encore cette folle de Coco Kirkman ?

— Ou bien il s'est passé quelque chose cet après-midi pendant la réunion qui t'a mis dans tous tes états ? enchaîna Lacey.

Jocelyn se figea et ferma les yeux, puis elle replia son chemisier avec soin de ses mains tremblantes.

— La seule personne à être dans tous ses états est en effet Coco, ma cliente, et comme elle me paie bien pour la rassurer et la ramener à la raison, je retourne au boulot.

— Vraiment ? fit Tessa. Tu dois partir ?

Elles se tournèrent vers Lacey en quête de son approbation, de son soutien. Elle ne dit mot. Jocelyn se remit à l'œuvre.

— Je sais ce que tu as envie d'entendre, déclara Lacey. Tu voudrais que je te dise : « Quel dommage, tu vas nous manquer, mais fais comme tu le sens, Joss. » Je préfère te poser une question.

Jocelyn hésita un instant.

— Je t'écoute.

— Pourquoi as-tu quitté la réunion si brutalement ?

Plusieurs secondes s'égrenèrent avant qu'elle ne réponde :

— Coco m'a appelée à l'aide. Alors j'ai dû m'occuper de mes réservations.

Elle leur cachait quelque chose, mais comment insister ? Où se situait la limite de l'amitié ?

— Ne crois-tu pas que tu devrais ignorer cette requête de ta cliente pour affronter ce qui te rend vraiment malheureuse ?

— Et toi, ne ferais-tu pas mieux de régler tes propres problèmes avant de m'en inventer ?

Lacey venait donc de franchir la limite.

— Oh non, gémit Zoé. La journée a été dure. Si on arrêtait les interrogatoires pour laisser tout le monde faire ce qu'il veut ?

— C'est ce que font les amies, non ? dit Tessa en s'asseyant à côté de Lacey. Tu nous dis la vérité, Jocelyn ? Tu pars vraiment à cause de Coco Kirkman ?

Jocelyn poussa un long soupir.

— Oui, dit-elle d'un air peiné. Mais j'avoue qu'elle tombe à pic parce que j'ai envie de partir.

— À cause de Will Palmer ? demanda Lacey.

— Qui est-ce ? s'enquit Zoé en se redressant. Ce beau gosse qui était assis dans la rangée de Lacey ? Je l'ai remarqué.

— Non, rien à chercher du côté de Will Palmer, répondit Jocelyn avec véhémence, elle qui ne souffrait jamais à cause d'un homme.

Sauf de son père.

— Mes problèmes n'ont rien à voir avec lui, dit-elle en s'asseyant lourdement sur son lit. Écoutez, les filles, je ne vous demande pas de me mentir en affirmant que vous comprenez. J'ai simplement besoin d'espace.

Elle avait toujours eu besoin d'espace, et ses amies avaient respecté ce souhait. Ce n'était peut-être pas une bonne idée.

— Et voilà, gémit-elle en se levant. J'ai mis du désordre dans mes piles de couleurs.

— Un jour, il faudra qu'on t'apprenne que le noir, le beige, le blanc et le gris ne sont pas des couleurs, commenta Zoé.

Jocelyn secoua la tête, les yeux embués de larmes.

— Excusez-moi.

Elle se précipita vers la salle de bains, laissant ses amies pétrifiées. Tessa prit Lacey par les épaules.

— Tu te rends compte, nos deux meilleures amies ne nous disent pas tout.

— Doit-on tout dire ? Qu'est-ce qui nous oblige à nous dévoiler ?

Tessa haussa les épaules et Zoé secoua la tête. Lacey se contenta de regarder la porte de la salle de bains.

— Qui est ce Will Palmer ? s'enquit Tessa.

— Ce n'est pas lui le problème, répondit Lacey. Du moins je ne le crois pas. Vous vous souvenez comme elle était bizarre avec son père lors des funérailles de sa mère ? Je crois que cela a un rapport avec lui. Je ne sais pas s'il faut insister.

— Merci, souffla Zoé. Elle nous dira ce qu'elle voudra quand elle sera prête.

Zoé également, songea Lacey.

— Voilà ce qu'est l'amitié, dit-elle.

— Quoi ? demanda Tessa.

— Savoir attendre.

La porte de la salle de bains se rouvrit. Le visage de Jocelyn affichait une expression plus posée.

— Au fait, dit Zoé, il faudrait que tu nous départages, Joss. On vote pour savoir si Lacey devrait se rendre à la plage pour voir son beau gosse l'architecte.

— Tu es au courant de ce qui s'est passé ? lui demanda Lacey.

— Les filles m'ont envoyé des textos, répondit-elle. Pourquoi irais-tu ?

À quoi bon le leur dire ? Sa décision était prise.

— J'ai le sentiment de pouvoir vivre autre chose avec lui. Et je n'ai jamais autant voulu quelqu'un. Je tiens vraiment à lui.

Zoé leva les yeux au ciel.

— D'accord, je cherche des arguments pour justifier une action. C'est aussi idiot que d'en chercher pour éviter de faire quelque chose.

Jocelyn ne répondit pas immédiatement. Elle remit de l'ordre dans ses vêtements.

— Je pense que tu dois faire ce que tu veux sans te soucier de notre opinion.

— Mais j'ai besoin de votre avis.

— Tu as besoin de notre approbation, reprit Jocelyn. Et tu l'auras quoi que tu fasses. Quelle que soit ta décision, on sera là pour te féliciter ou te ramasser. C'est ça, l'amitié. Même quand on ne comprend pas bien.

Les autres ne la contredirent pas.

— Que vas-tu faire ? demanda Tessa.

— Je vais y aller. Et ensuite, je…

— Tu vas te jeter dans ses bras ? hasarda Zoé.

— Tu vas le jeter ? dit Jocelyn.

Lacey se contenta d'en rire.

— D'une façon ou d'une autre, quelqu'un va se brûler les ailes.

22

Allongé sur le sable, au bord de l'eau au point d'être léché par les vagues, Clay avait l'impression de s'enfoncer peu à peu.

Au sens propre comme au sens figuré.

Il était là depuis si longtemps que ses yeux s'étaient accoutumés à l'obscurité. Il distinguait même la Voie lactée dans toute sa splendeur. La pleine lune luisait dans un ciel limpide sur les eaux argentées de la baie.

Perdu dans ses sombres pensées, il s'était résigné à ce que Lacey ne viendrait pas. Une vague l'enfonça davantage dans le sable. S'il comprenait les raisons de Lacey, cela ne changeait rien à la réalité. Il était naturel qu'elle préfère rester en famille.

Il se leva, décidé à se changer les idées. Il ôta sa chemise trempée et la jeta sur le sable humide. Puis il se dévêtit entièrement.

Dans le plus simple appareil, il se jeta dans les vagues et resta un instant sous l'eau. Il remonta pour respirer profondément l'air salé et balaya des yeux le terrain de Lacey.

Elle était là…

Elle coupa le moteur de sa voiture et fit claquer la portière. Sans doute ferait-elle le tour de sa propriété pour voir s'il l'attendait.

Pourquoi ne bougeait-il pas ? Si elle venait vers lui, si elle lui pardonnait, si elle le rejoignait dans l'eau, il risquait de dire des bêtises qu'il regretterait le matin venu.

Des bêtises comme : Lacey, je tiens à toi.

Depuis quand ? Sans doute depuis qu'il avait lu la douleur sur son visage, en entrant dans la salle de la mairie. Il avait compris qu'elle comptait pour lui.

Elle portait la même robe. Dans la pénombre, il la vit s'asseoir sur la table. Dans quelques instants, elle distinguerait sans doute les vêtements gisant sur le sable et sa voiture garée près de la haie.

Elle baissa la tête et fondit en larmes. Qu'avait-il donc fait ? Il avait brisé la femme la plus honorable qu'il ait rencontrée depuis des années.

Il sortit de l'eau, ramassa ses vêtements mouillés et les enfila en marchant. Elle ne l'entendait pas à cause du bruit des vagues. De peur de l'effrayer, il se mit à siffloter un air de *Casablanca*.

Elle cessa de pleurer, mais ne regarda pas dans sa direction.

Très lentement, elle leva alors les yeux. En s'approchant, il distingua son visage, ses yeux rougis, ses lèvres tremblantes.

— De toutes les plages…

— Arrête ! fit-elle en secouant la tête.

— Je regrette vraiment ce qui s'est passé, dit-il en résistant à la tentation de la toucher.

— Pas autant que moi, répliqua-t-elle en séchant ses larmes.

Ils se dévisagèrent un long moment.

— Tu as parlé à David ? demanda-t-il enfin.

— Ce n'est pas lui qui a acheté les terrains, répondit-elle. Il a rencontré Tomlinson parce qu'il voulait me faire cadeau de sa parcelle. Tomlinson avait déjà une offre, sans doute par l'intermédiaire de la banque, alors il a renoncé.

Clay n'en croyait pas un mot, mais le moment était mal choisi pour accabler l'ex de Lacey.

— Quelle est ta théorie ? s'enquit-il.

— Il va essayer de trouver qui est l'acheteur.

— Je trouverai, moi.

— Comment ? demanda-t-elle.

— Et lui, comment va-t-il s'y prendre ? demanda Clay.

— Comme d'habitude, en payant. Quel est ton plan ?

— Ma sœur a des relations, répondit-il. Elle obtiendra facilement ce genre d'informations.

— Par des moyens légaux ? fit-elle avec dédain.

— Oui. Écoute, je n'ai rien fait d'illégal. J'ai commis des erreurs, oui, j'ai été lâche, aussi. Mais je ne t'ai jamais menti, sauf par omission. Et je n'ai jamais violé la loi. J'aurais dû te parler dès le début. Au nom de l'amour et par loyauté, j'ai commis de terribles erreurs.

Elle le regarda fixement, recroquevillée sur elle-même. Il cherchait tant le pardon dans son regard qu'il n'osait pas admirer ses jambes nues.

— Je reste l'homme qu'il te faut… pour ce contrat.

— Je sais que tu n'as pas envie d'entendre ça, mais je ne peux pas…

— Me pardonner ?

Elle secoua la tête.

— M'accorder une seconde chance ?

— …

— Me faire confiance ? Je comprends, tu sais.

— Je ne peux pas m'empêcher de te désirer.

— C'est pour cela que tu pleures ?

— Je pleure parce que je croyais que tu étais parti et que je me sentais comme une imbécile d'être venue.

— Nous sommes tous les deux des imbéciles, dit-il en tendant les bras vers elle.

Elle eut un mouvement de recul imperceptible.

— Mes amies ne sont pas toutes d'accord, tu sais.

— Je n'en doute pas, fit-il en s'asseyant à côté d'elle.

— Surtout Zoé. Pourtant, elle t'a toujours défendu. Je ne voulais pas venir. C'est à n'y rien comprendre. En arrivant ici, j'ai cru que tu étais parti et cela m'a rendue très malheureuse.

— J'ai fait très fort, aujourd'hui.

— Oui. Et pourtant, tu me plais vraiment.

— Vraiment, répéta-t-il en l'embrassant sur le front.

— On dirait que tu m'as jeté un sort, et ça me fait peur.

— Il ne faut pas avoir peur. Nous sommes tous les deux méfiants, voilà tout.

— Dans ce cas, tu as peur, toi aussi, n'est-ce pas ?

— Je me demande où je mets les pieds, avoua-t-il.

Elle le dévisagea, l'implorant d'en dire davantage. Hélas, il était incapable d'exprimer ce qu'il ressentait pour elle. Il n'en savait rien lui-même.

Elle ferma les yeux et posa son front sur le sien.

— En général, je sais juger les autres. Je suis capable de repérer une planche pourrie à des kilomètres. Et je ne suis pas de celles qui suivent les voyous. Mon cœur me dit que tu es un homme bien.

— Je ne le suis pas.

— Et mon corps...

— Je sais ce que te dit ton corps.

— Mes copines pensent que je devrais te laisser tomber.

— Tu veux savoir ce que j'en pense ? demanda-t-il en prenant son visage entre ses mains.

Il garda pourtant le silence, et allongea la jeune femme sur la table.

— Tu me laisseras tomber plus tard, murmura-t-il avant de l'embrasser avec tendresse.

Il lui laissa le temps de s'accoutumer au poids de son corps contre elle, à la sensation de leurs bouches qui se cherchaient, au contact de son ventre contre le sien.

Elle lui agrippa les bras comme si elle avait peur de tomber, puis lui caressa le dos, tout le dos, de haut en bas.

— Tu es tout mouillé et couvert de sable.

— Je sors de l'eau, souffla-t-il en l'embrassant dans le cou.

— Ah oui ?

— D'abord, je me suis allongé sur le sable, expliqua-t-il tout en lui déboutonnant sa robe pour révéler son soutien-gorge en dentelle blanche.

— Qu'est-ce que tu faisais dans le sable ?

Il dénuda un sein et le caressa.

— Je pensais à toi.

— Tu pensais à ça ?

Très vite, la robe s'ouvrit. Il l'embrassa entre les seins, sur le ventre.

— Non, je ne pensais pas au sexe.

— Alors que maintenant ?

— Maintenant...

Il dégrafa les derniers boutons et déposa un chapelet de baisers brûlants autour de son nombril.

— ... Je me dis que j'avais très envie de...

Elle crispa les doigts sur les épaules de Clay et se cambra pour mieux s'offrir à ses lèvres sensuelles. N'y tenant plus, il la dénuda totalement.

— De quoi ?

Il se redressa, le souffle court.

— Viens.

Il la prit dans ses bras et la porta sur le sable, vers l'océan. La jeune femme rejeta la tête en arrière dans un geste d'abandon.

Il la déposa enfin dans l'eau et l'admira au clair de lune.

— Tu es si belle, Lacey.

Elle se contenta d'un sourire.

— Je pense que tu ne fais rien à la légère, surtout pas l'amour.

— Tu as peut-être raison.

Lorsqu'ils atteignirent le banc de sable, Clay serra la jeune femme contre son torse et s'empara de ses lèvres. Il la pencha en arrière pour admirer ses cheveux flottant à la surface de l'eau.

Folle de désir, elle se mit à caresser chaque parcelle de sa peau hâlée, enivrée par ses mots d'amour et ses gémissements sourds.

Elle ressentait un désir fou, ainsi qu'une autre émotion sous-jacente, tandis que leurs corps ne formaient plus qu'un, immergés jusqu'à la taille. Il la prit par les cuisses pour la soulever. Elle sentit entre ses jambes l'intensité vibrante de son désir.

Une émotion fugace envahit la jeune femme, mais elle disparut dès qu'il la retourna en la tenant fermement par les hanches. Il s'insinua entre ses cuisses tout en lui caressant les seins. Une impression de déjà-vu submergea Lacey.

— C'est bon, Lacey ?

— Oh oui.

Cet aveu lui fit presque autant de bien que la caresse de ses mains sur ses seins.

Elle se sentait défaillir sous ses caresses vigoureuses et irrépressibles. Elle le sentait si proche. Elle eut l'intuition d'un tournant dans sa vie mais chassa vite ces pensées troublantes pour laisser le plaisir monter en elle.

— Clay, si tu continues, je vais…

Il plia les genoux afin qu'elle puisse s'asseoir sur ses genoux, sans cesser ses frottements sensuels. Elle se mit à gémir.

— Tu es prête ?

Incapable de prononcer un mot, elle se contenta de hocher la tête.

— Tu veux que je vienne en toi ?

— Oh oui.

Il la fit pivoter vers lui. Ils se retrouvèrent les yeux dans les yeux, bouche contre bouche.

— On y est.

Une fois encore, elle crut entendre un écho du passé, une mise en garde aussi bien qu'une promesse.

Sans fermer les yeux, sans un mot, sans un baiser, il la pénétra totalement, le souffle court, puis il entama un lent mouvement de va-et-vient.

Le temps n'existait plus. Leurs sensations évoluèrent. Les mains de Clay se figèrent, il cessa de l'embrasser, même leurs souffles s'arrêtèrent tandis qu'ils se concentraient sur la fusion de leurs corps.

Elle posa la tête sur son épaule et épousa son rythme. Elle se rapprochait de l'extase. Soudain il se figea et la regarda droit dans les yeux.

— Maintenant, chérie.

Et tout explosa dans la tête et le corps de la jeune femme.

Elle se rappela alors quand elle avait ressenti la même chose. Exactement la même sensation de joie, de force, d'énergie. Le seul moment de sa vie où une force irrépressible l'avait chamboulée, ne lui laissant que de l'espoir.

L'ouragan.

Hélas, elle n'avait pas souscrit d'assurance contre les peines de cœur.

23

Il était à peine sept heures quand le téléphone de Lacey se mit à bourdonner. Un texto la sortit d'un rêve sensuel. Ce ne pouvait être que Clay. La veille, il l'avait suivie en voiture jusque chez elle pour s'assurer qu'il ne lui arrivait rien, et ils s'étaient embrassés longuement sous le porche avant de se quitter. Elle s'était couchée vers deux heures du matin, après un dernier texto lui souhaitant bonne nuit.

Aussi s'attendait-elle à un nouveau message de lui :

C'était Zoé : « Rejoins-nous à l'aéroport pour dire au revoir à J. Si tu n'es pas avec ton architecte. »

« J'arrive », répondit-elle en souriant.

Un quart d'heure plus tard, elle entra dans la chambre d'Ashley sur la pointe des pieds pour lui laisser un petit mot. Elle prit le temps d'observer sa fille endormie. Elle brûlait d'envie de lui caresser la joue.

Malgré ses formes et ses traits, c'était encore une enfant. Elle lui effleura la tempe d'un baiser.

Soudain, son cœur se serra en songeant à cet amour unique qu'elle n'avait jamais ressenti pour personne d'autre. Un amour pur et inconditionnel. Elle regarda autour d'elle. Les étagères étaient presque vides. L'ouragan avait emporté tous les souvenirs d'enfance de sa fille. Il restait néanmoins la licorne en peluche de Zoé.

Si un homme entrait dans la vie de Lacey, comment s'entendrait-il avec Ashley ? La réapparition de David mettrait-elle en péril le fragile équilibre de leur relation mère-fille ? Et si c'était Clay, y trouverait-il sa place ?

Elle avait tellement envie qu'il s'intègre au sein de la famille. En se rapprochant de lui, s'éloignerait-elle d'Ashley ?

Des larmes lui montèrent aux yeux. Elle pleurait sans cesse ces derniers temps. La jeune fille se retourna et poussa un soupir.

— C'est toujours toi que j'aimerai le plus, ma princesse, murmura Lacey.

— Je rêve ou tu viens de m'appeler princesse ? demanda Ashley, sortie de son sommeil.

Lacey se mit à rire.

— Oui.

S'attendant à ses reproches, Lacey sourit.

— Je t'aime, maman, dit Ashley en l'enlaçant.

— Moi aussi, je t'aime, répondit-elle en tâchant de cacher ses larmes.

— Oh non, tu pleures encore ? Pourquoi tu n'arrêtes pas de pleurer, ces derniers temps ? demanda Ashley, complètement réveillée à présent.

— Je n'en sais rien.

Face à ce moment de tendresse inattendu, Lacey s'allongea sur le lit, oubliant un instant Jocelyn à l'aéroport.

— Qu'est-ce que tu as, maman ?

— Tu ne me dis jamais que tu m'aimes, répondit-elle, et voilà que j'entends ces mots à plusieurs reprises, ces derniers jours.

— Papa m'a conseillé de te le dire plus souvent.

Ce n'était pas ce que Lacey avait envie d'entendre.

— C'est gentil de sa part.

Et un peu manipulateur, aussi, songea-t-elle.

— Oui, c'est gentil. Pourquoi es-tu habillée ? Où vas-tu ?

— À l'aéroport. Hélas, Jocelyn retourne à Los Angeles.

— Oh non, fit la jeune fille, sincèrement déçue. Elle reviendra ?

— Je ne sais pas. Tu veux m'accompagner ? On pourra passer la journée ensuite sur le continent, avec Zoé et Tessa.

Elle espérait ainsi apaiser son sentiment de culpabilité après son retour tardif de sa soirée avec Clay.

— Je ne peux pas. Je vais faire de la plongée avec papa.

De la plongée ? Il n'en était pas question.

— Sûrement pas. Tu te rends compte à quel point c'est dangereux ?

— Il était certain que tu réagirais ainsi. Il voulait te l'annoncer en douceur.

Lacey détestait leur façon de comploter dans son dos. Une petite voix lui disait qu'elle n'était pas assez présente.

— Il voulait t'en parler à ton retour hier soir, dit Ashley en la dévisageant. Tu as passé la nuit ici, n'est-ce pas ?

— Ashley !

— Enfin, tu n'as pas passé la nuit au Ritz, avec tes copines ? ajouta-t-elle vivement, alors qu'elles savaient toutes les deux à quoi elle avait fait allusion.

— Je suis rentrée tard, effectivement, répondit-elle.

— Tu étais avec lui, n'est-ce pas ?

— Tu veux parler de Clay ?

Elle refusait de mentir à sa fille.

— Maman, ce n'est pas l'homme qu'il te faut. Quand vas-tu t'en rendre compte ? Tu l'as pourtant dit toi-même, alors qu'il essayait d'obtenir ce contrat en se promenant à moitié nu sur la plage.

— Tu as retourné ta veste, Ashley. Je croyais que tu le trouvais mignon.

— Eh bien, c'est un menteur.

— Pas du tout.

— Tu le défends après ce qui s'est passé à la réunion d'hier à la mairie ? Maman, qu'est-ce qui te prend ?

— Il faut considérer les choses sous plusieurs angles. Charity le décrit comme le diable en personne mais cela ne suffit pas. Il va travailler pour moi.

— Quoi ? s'exclama Ashley, incrédule. Maman ! fit-elle en attrapant sa licorne en peluche. Comment peux-tu apprécier ce type ?

Elle l'appréciait beaucoup trop.

— J'aime son travail.

— C'est ça, railla l'adolescente. Et que faisiez-vous hier, à la plage ?

— Comment sais-tu que j'étais à la plage ?

— Cette nuit, je me suis levée et il y avait du sable dans le couloir.

— Tu joues les détectives, maintenant ?

— J'ai tort ?

Elle regrettait de ne pouvoir mentir à sa fille.

— On a... discuté de ce qui s'est passé, de cette accusation injuste. Il voulait rendre service à quelqu'un. Il m'a fourni des explications précises et je l'ai écouté.

— Tu appelles ça des explications ? Si j'en faisais autant, je serais punie à vie.

— D'abord, ce n'est pas ce que tu crois.

Ashley ne pouvait même pas imaginer ce qu'il s'était passé la veille.

— Ensuite, j'ai presque trente-sept ans.

— Et lui vingt-neuf. Tu ne vois pas que c'est dégoûtant ?

— Question de point de vue, répondit Lacey en esquissant un sourire.

— C'est dégoûtant.
— Écoute.
Lorsqu'elle voulut lui prendre la main, la jeune fille eut un mouvement de recul.
— Je suis une adulte et je peux sortir avec qui je veux.
— Pourquoi pas avec papa ?
— Je n'ai pas de sentiments pour… Peux-tu éviter de l'appeler comme ça ?
— Pourquoi pas ? C'est mon père, non ? rétorqua-t-elle avec une telle fierté que Lacey en eut le cœur serré. Je sais qu'il a été absent, mais j'ai décidé de lui pardonner et de repartir sur de nouvelles bases.
— Tu fais preuve de maturité, néanmoins…
— Pourquoi n'en fais-tu pas autant ?
— Lui pardonner ? Je ne lui en veux plus. Je lui ai pardonné, répondit-elle en pesant ses mots.
À la moindre maladresse, leur conversation risquait de partir en vrille.
— Je comprends son choix de partir à l'aventure au lieu de se fixer.
Elle aimait trop Ashley pour évoquer cette séparation.
— Pourquoi ne pas lui accorder une seconde chance ? Pourquoi ne peux-tu pas l'aimer ? gémit-elle. Ma vie serait parfaite.
Oh non, songea sa mère.
— Je ne peux pas me forcer à aimer un homme pour qui je ne ressens plus rien.
— Tu es accro à Clay Walker, voilà tout.
— Je ne crois pas. Tu sais, j'aimerais bien que, toi, tu accordes une chance à Clay. Parle-lui, apprends à le connaître.
Ashley croisa les bras.
— Seulement si tu donnes une chance à papa, déclara-t-elle d'un air boudeur.
— Il a eu sa chance il y a quatorze ans.

Ashley ne dit rien, puis une autre idée lui vint :

— Et si tu venais plonger avec nous ? Papa a dit que nous pourrions aller au fleuve, l'Itcha quelque chose.

— L'Ichetucknee. Désolée, tu n'iras pas. Deux étudiants sont morts en plongeant dans ces grottes l'an dernier.

— Pas avec une sécurité.

Elle rejeta les couvertures et se leva d'un bond pour consulter son ordinateur.

— Regarde plutôt ces vidéos. Papa figure sur l'une d'elles. C'est cool. Il a plongé dans le monde entier, en Indonésie et en Afrique.

Comment David osait-il lui faire miroiter de telles activités ?

— Tu n'iras pas, un point c'est tout.

Ashley se tourna vers sa mère et l'observa avec dédain.

— Pourquoi tu dis toujours ça ? Tu pourrais venir avec nous. Mais tout ce que tu veux, c'est être avec ce pauvre type alors que papa cherche à te reconquérir.

Lacey s'efforça de garder son calme.

— Ce n'est pas vrai, dit-elle en se maîtrisant. Je te propose de passer la journée avec moi.

— Non, merci. Papa et moi, on va faire de la plongée.

— Pas question.

— Tu ne peux pas m'en empêcher.

— Si, elle peut, déclara David, apparaissant tout d'un coup sur le seuil de la chambre. Ta mère a l'autorité parentale et elle doit signer une autorisation. Si elle dit non, c'est non.

Atterrée, Ashley fondit en larmes.

— Tu refuserais ? Tu m'empêcherais de passer la plus belle journée de ma vie uniquement pour que tu puisses « voir » ce type ?

— Ce n'est pas la question, gronda David à bon escient, car Lacey était à court d'arguments.

— C'est la vérité.

Lacey se leva.

— Ce qui est vrai, c'est que tes réflexions sont inappropriées. Tu n'iras pas faire de la plongée et tu ne quitteras pas cette maison pendant trois jours.

— Maman ! pleura l'adolescente.

— Tu dois accepter cette punition, Ashley, dit David en s'écartant pour laisser passer Lacey. Tu dois apprendre à assumer les conséquences de tes actes.

Lacey sortit et longea le couloir, prête à entendre une nouvelle tirade, mais Ashley gardait le silence. La présence de David avait-elle à ce point changé la jeune fille au point qu'elle accepte une punition sans discuter ?

Dans la cuisine, elle se massa les tempes à la perspective d'une querelle avec sa fille.

— Tu as bien fait, déclara David qui l'y avait suivie.

Irritée, pleine de rancœur, elle eut envie de lui rétorquer qu'elle s'était débrouillée sans lui pendant des années.

— Merci de m'avoir soutenue, dit-elle simplement.

— C'est ce que font tous les parents, non ?

Oui. Les parents qui élèvent ensemble leurs enfants et dont le père ne s'enfuit pas en Patagonie.

— Je suis désolée d'avoir contrarié tes projets de plongée.

— Ce n'est pas grave. On ira quand tu seras prête. J'aimerais bien que tu nous accompagnes.

Elle se tourna vers lui.

— Je ne ferai pas de sorties en famille avec toi, David. Je ne changerai pas d'avis et cela n'a rien à voir avec ma vie personnelle. Je ne suis pas intéressée, c'est clair ? Tu peux être son père et nouer des liens avec elle. Je ne t'en ai jamais empêché. Mais je suis catégorique, je ne me remettrai jamais en couple avec toi. Arrête de lui mettre des idées de famille dans la tête. Cela ne se fera pas et elle sera forcément déçue et me tiendra pour responsable.

Il demeura immobile, à la regarder.

— Si elle doit être déçue, c'est parce que je n'ai pas assumé mes responsabilités envers elle.

Cet aveu la stupéfia et la laissa sans voix, alors qu'elle avait des choses à lui dire.

— La vraie révélation dans ma vie, ce ne sont pas mes aventures au Chili, ce sont ces moments passés avec un être intelligent, superbe, curieux…

— Je te répète que…

— … avec ma fille, conclut-il en fermant les yeux. J'ai beaucoup d'affection pour toi, Lacey, mais la seule que j'aime dans cette maison, c'est Ashley. Et je veux pouvoir faire partie de sa vie et rattraper un peu le temps perdu. C'est tout ce que je demande, je te le jure.

Elle le croyait. Comment priver sa fille de cet amour ?

24

Lacey ouvrit le dernier tiroir en espérant un miracle. Aussitôt, elle poussa un long soupir de soulagement.

— Il y a un Dieu, murmura-t-elle en sortant un moule à gâteaux antiadhésif. Celui-ci est parfait pour un gâteau au chocolat. Je vais pouvoir en commencer un deuxième.

Dans le salon, elle entendit Clay rire doucement, un rire qu'elle adorait depuis une dizaine de jours, et presque autant de nuits.

— Qu'y a-t-il de drôle avec ce gâteau au chocolat ? demanda-t-elle en se redressant.

— Ce qui est drôle, c'est toi, répondit-il. Tu parles toute seule. Tu t'en rends compte, j'espère.

— Ce gâteau a une grande importance, Clay.

Elle posa son moule sur le comptoir et fit quelques pas de côté pour le regarder :

— Cette fête est organisée par Julia Brewer en l'honneur du futur bébé. C'est la femme de Scott Reddick, le fils de Paula Reddick, qui est membre du conseil municipal. Nous devons lui faire bonne impression.

Elle guetta sa réaction au mot « nous » qui semblait survenir très souvent depuis dix jours.

L'architecte posa son crayon et lui sourit d'un air radieux.

— Je ris parce que tu parles toute seule en préparant un gâteau, mais je fais sans doute la même chose dans mon bureau.

Le salon de son appartement de location était en effet devenu comme son bureau. En l'espace de quelques jours, ce logement impersonnel s'était transformé en un véritable cabinet d'architecte.

Plusieurs ordinateurs étaient allumés, affichant des plans, des toitures, des élévations, des poutres. Des photos d'édifices marocains étaient affichées un peu partout. Une grande table occupait presque la moitié de la pièce.

— Je me réjouis d'avoir trouvé un moule digne de ce nom dans cette cuisine, car je n'ai pas envie de retourner chez moi chercher le mien, et je dois livrer ce gâteau cet après-midi.

— Approche, dit-il en la dévisageant, le regard pétillant.

Elle obéit. Il était perché sur son tabouret, devant une grande feuille de papier. Elle enroula les bras autour de sa taille.

Il l'embrassa dans le cou. Elle se blottit contre lui, appréciant sa chaleur familière.

— Qu'est-ce que tu fais ? demanda-t-elle en observant le dessin posé devant lui.

L'ensemble ressemblait à une carte.

— C'est le réseau routier.

— Quoi ?

— Les voies d'accès à Casa Blanca. Mais j'attends des nouvelles de ma sœur à propos des terrains. Elle pense obtenir les renseignements aujourd'hui sur le nom de l'acheteur. Elle doit m'appeler.

— Et si jamais nous ne le savons pas ? Qu'allons-nous présenter à la réunion ? Deux projets différents en fonction de la surface du site ?

— Nous tiendrons compte des deux terrains voisins, dit-il. Nous trouverons un moyen de les récupérer. Ce n'est qu'un obstacle de plus.

Clay n'avait pas peur des obstacles. Grâce à son père, il était capable de tout.

— Il faut vraiment présenter un plan des routes d'accès lors de cette réunion ?

Il ne leur restait plus que dix jours pour monter un dossier solide. Lacey eut envie de retourner dans sa cuisine, histoire de se défouler en préparant son précieux gâteau. Elle resta néanmoins dans les bras de Clay. Aussitôt, son angoisse disparut. Un petit miracle de plus.

— Ne t'inquiète pas, dit-il. Je me chargerai de cette partie de la présentation.

— Je m'inquiète pour tout, avoua-t-elle. Y compris pour mon glaçage au chocolat, ainsi que pour ma génoise.

Il l'embrassa tendrement dans le cou.

— Je les adore, assura-t-il en glissant une main le long de son épaule puis de son bras. J'adore tout.

— Très original, railla-t-elle en frémissant. Et pas question de faire des folies de nos corps avant que j'aie terminé… Oh non.

— Quoi ? fit-il en s'écartant.

— J'ai oublié le papier sulfurisé. Je n'aurais pas dû accepter une commande aussi délicate. Enfin, j'aurais dû préparer le gâteau chez mes parents, où j'avais tout sous la main, sauf…

— Sauf quoi ?

— Sauf que ce n'est pas chez moi, c'est chez ma mère. Elle n'a sans doute pas de papier sulfurisé non plus.

— Il y a un magasin à cinq minutes d'ici.

Clay se leva et l'enlaça.

— Détends-toi, tout va bien se passer. Tu vas terminer ce gâteau et nous bouclerons ce dossier. On pourra même s'offrir une petite sieste. Nous finirons ce que nous avons commencé ce matin, quand tu es arrivée avec tout ton matériel de pâtisserie.

En proie à une grande confusion, elle naviguait dans un état où elle se sentait à la fois heureuse, déçue, apeurée et pleine d'espoir à la fois.

— Ma maison me manque, avoua-t-elle.

Loin de se moquer d'elle, Clay parut la comprendre, au contraire.

— Je voudrais tant avoir une maison à moi, avec mes propres affaires, reprit-elle. J'aimerais t'emmener chez moi et non chez mes parents, où mon ex rôde en permanence. Je n'ai même plus de chambre. C'est vraiment difficile, tu sais.

— Je sais. Tu t'en sortiras, tu verras.

— Tu crois ? Je mets tant d'énergie dans ce projet. Ce sera un lieu où les gens viendront en vacances. Mais cela sera-t-il un bon foyer pour Ashley ?

— Chut. Je sais comment te rendre le sourire. Suis-moi.

Il se dirigea vers le couloir. Elle lui emboîta le pas.

— Faire l'amour ne chasse pas les tourments, Clay.

— Allez, viens. Je veux te montrer quelque chose.

— Je devine ce que tu veux me montrer, mais ce n'est pas la solution à tous les problèmes. Il faut que je finisse mon gâteau.

— Je t'en prie, viens avec moi dans la chambre.

— Non.

Il réprima à grand-peine un sourire.

— Très bien, alors attends-moi ici. Je voulais te faire la surprise après la réunion du conseil. Je crois que le moment est bien choisi.

Elle le regarda s'éloigner, puis le suivit pour jeter un coup d'œil dans la chambre. Il cherchait quelque chose sous le lit.

Il sortit un rouleau dont il ôta l'élastique. Puis il déroula le plan sur le lit.

— J'ai travaillé là-dessus pour toi, dit-il.

C'était un bâtiment de style similaire à ce qu'il avait prévu pour Casa Blanca, mais plus grand que les villas, plus intime, plus chaleureux, comme…

— Une maison ?

— Un foyer pour Ashley et toi.

— Oh, Clay, murmura-t-elle, émue.

— Tu vois le petit coin qui se trouve en bordure du terrain de Tomlinson, sur la plage ? On pourrait la construire à cet endroit, vers le sud-ouest. Tu aurais une vue sur Barefoot Bay et le complexe, tout en étant à l'abri des regards.

C'était parfait. Trop, peut-être.

— Comment vais-je financer cette construction ?

— Il suffit d'être créatif, répondit-il. J'ai parlé à ma sœur des différentes possibilités de crédit. Elle doit me rappeler aussi pour cela.

— Tu as parlé à ta sœur de ma maison ?

— Bien sûr. Nous sommes très proches. Il ne me reste qu'elle.

— Tu as…

Elle faillit dire : « Tu m'as, moi », mais elle se ravisa.

— Ça m'impressionne. C'est incroyable.

— Ce n'est que la façade, dit-il en s'approchant. Voici la vue arrière.

— C'est encore plus joli. C'est un balcon ?

— Je me disais que ce pourrait être la chambre d'Ashley. Elle aurait un étage entier. Quant au rez-de-chaussée, nous pourrions l'aménager à notre guise.

Nous. Tout était donc possible ? Ses yeux s'embuèrent de larmes, au point que sa vision se troubla. C'était trop d'émotion.

— Je me disais que nous pourrions…

Elle le fit taire d'un baiser passionné.

— J'en conclus que le projet te plaît, dit-il en riant.

— Il me plaît. Et toi aussi tu me plais.

Il rit de plus belle.

— Je croyais que tu ne voulais pas faire l'amour avant de t'être occupée de ton gâteau.

— Il faut d'abord que je m'occupe de toi, dit-elle en se lovant contre lui.

Elle glissa les mains vers sa ceinture et entreprit de lui ôter son bermuda. Ivre de désir, elle le repoussa à terre tandis qu'il lui enlevait son débardeur. Dès qu'il glissa une main sous le fin tissu de son soutien-gorge, elle s'embrasa.

— Attends, souffla-t-il contre ses lèvres. Je viens d'entendre la sonnerie de mon téléphone.

— Laisse la boîte vocale, répondit-elle en le retenant par le bras.

— C'est Darcie, insista-t-il en l'embrassant sur le bout du nez. Elle n'a que dix minutes à me consacrer, aujourd'hui. Je reviens dans une minute. Je saurai peut-être qui a acheté ces terrains et comment obtenir ce crédit pour la maison. Ensuite, on fêtera ça tout l'après-midi.

Lacey sourit en le regardant s'éloigner vers la pièce voisine. Avec un soupir, elle observa de nouveau les plans. Comment avait-il deviné ce qu'elle désirait au plus profond d'elle-même ? Il avait le don de la comprendre. Elle aperçut soudain d'autres rouleaux nichés à côté d'un fauteuil.

Tandis que Clay s'exprimait par monosyllabes au téléphone, elle en prit un par curiosité. En déroulant la feuille, elle vit un dessin représentant… Ashley ?

Faisant fi de ses scrupules, elle l'observa de plus près. Oui, c'était bien un portrait de sa fille, qui souriait.

Clay avait inscrit le mot : famille.

Famille ? Considérait-il Ashley comme…

Que représentaient les autres dessins ? Clay parlait toujours, mais elle ne comprenait pas le sens de ses paroles. Elle préféra ne pas dérouler les autres feuilles. En revanche, elle se promit de lui poser la question.

Ensuite, elle lui montrerait à quel point il la rendait heureuse.

25

Clay s'écroula sur son tabouret, puis il prit un crayon et se mit à gribouiller pour ne pas déverser sa colère sur sa sœur.

— Donc, tu n'as rien de plus précis qu'une entreprise basée dans le Delaware ?

— Et il en existe des milliers, répondit Darcie, tout aussi frustrée. Je n'ai qu'une boîte postale. Ils paient cash, donc pas de traces d'un crédit. J'ai cru obtenir un nom grâce à un contact à Washington. Hélas, la piste n'a rien donné. Tu as un plan B ?

— Une version réduite du projet, répondit-il. Sans ces deux terrains, on devra renoncer à beaucoup de choses.

— Comment ça, *on* ? Pourquoi ne dis-tu pas « ma cliente » ? Enfin, tu veux les informations sur le financement de cette résidence ?

— Sans savoir si on a les terrains… Envoie-moi ça par mail.

— D'accord, mais…

— Mais quoi ? demanda-t-il, impatient.

— Il faut que je te dise quelque chose.

— Quoi ?

— Papa a eu un AVC.

Clay se figea.

— Un quoi ?

— Un accident vasculaire cérébral. Jayna m'avait demandé de ne pas t'en parler.

— Que s'est-il passé ?

Il se leva et alla ouvrir la baie vitrée donnant sur le balcon.

— Il n'y aura sans doute pas de séquelles. Il était au volant quand c'est arrivé.

— Au volant ?

— Oui. Heureusement, il n'a pas eu d'accident. Jayna l'a aidé à se garer. Elliott était dans la voiture. Bref, papa a eu un malaise. Pendant un moment, il n'arrivait même plus à parler. Une ambulance est arrivée et…

— Il est à l'hôpital ? Darcie, pourquoi ne m'as-tu pas appelé ?

— Jayna m'a dit…

Il frappa du poing sur la rambarde du balcon.

— Nom de nom ! C'est mon père. J'ai le droit de savoir s'il est malade.

— Je ne pensais pas que tu t'en soucierais.

Lui non plus.

— Tiens-moi au courant de l'évolution de son état, d'accord ?

— Il est en observation. Jayna est à son chevet.

— Elle surveille sans doute ses comptes en banque.

Il regretta aussitôt ces paroles amères. Darcie se contenta d'un soupir, comme si elle était au-dessus de ces différends. Clay était le seul à traîner son passé comme un boulet.

— Il faut que je te laisse, Clay. Si j'ai du nouveau sur ces terrains, je t'appelle.

Il demeura un instant à observer l'horizon, les eaux scintillantes de la baie. Il n'osait penser au pire. Mais si son père mourait alors qu'ils étaient brouillés ? Clay porterait ce fardeau à jamais. Que faire ? Lui pardonner ? Pas question.

— Clay, tu reviens ?

— J'arrive.

Il avait besoin de chaleur et de réconfort. Il trouva Lacey assise en tailleur sur le lit, penchée sur les plans. Elle ne leva pas la tête tant elle était fascinée par la maison.

— Tu sais ce que je préfère, au rez-de-chaussée ? demanda-t-elle.

Il n'en avait que faire, en cet instant. Il n'avait aucune envie de parler de plans, de maisons, de familles, de pères. Il avait besoin d'aide, et Lacey pouvait la lui apporter.

Les poings crispés, il demeura figé.

— Qu'est-ce que tu as ? demanda-t-elle enfin, les yeux pétillants. Qu'a dit Darcie ?

— Rien.

— Rien ? Tu sais qui a acheté les terrains ? Oh non, ce n'est pas David, j'espère.

Il secoua la tête et jeta les plans à terre.

— Non, on ne sait pas encore. Viens.

Il tendit les bras vers elle.

— Clay, tu veux la jouer homme des cavernes ?

— Oui.

Il la fit basculer sur le lit et l'embrassa à perdre haleine.

— Qu'est-ce qui t'arrive ? demanda-t-elle en se dégageant de son emprise.

Il était penché sur elle, ivre d'un désir brut.

— Lacey, grogna-t-il, ne le prends pas mal, mais je n'ai pas envie de parler.

Il prit sa main dans la sienne et la posa là où elle constaterait qu'il avait d'autres idées en tête.

— Je vois.

Voyait-elle vraiment que ce désir charnel lui permettait d'apaiser la peur qu'il ressentait face à ses propres sentiments pour elle ?

— C'est bien avec ta sœur que tu viens de discuter ? poursuivit-elle pourtant.

— On n'a pas le nom de l'acheteur, répondit-il, la gorge nouée. Et…

Mon père va peut-être mourir, songea-t-il. *Dis-lui.*

— Elle m'envoie les renseignements sur le crédit.

— Et cela te met dans cet état ?

— C'est toi qui me mets dans cet état.

Il l'embrassa un peu plus doucement.

— C'est toi qui as commencé. À moi de terminer.

Ensuite, il lui révélerait la nouvelle que lui avait annoncée Darcie. Quand Lacey serait nue dans ses bras et qu'il lui aurait tout donné.

— D'accord, dit-elle en l'embrassant dans le cou, avant de remonter vers sa bouche pour l'embrasser avidement.

Aussitôt, il se mit à caresser ses seins dressés afin de se noyer dans le plaisir et ne plus penser à rien.

Elle se cambra dans un soupir. Très vite, il sentit monter la fièvre en lui, avec son besoin d'apaiser cette pulsion irrépressible.

— Clay, dit-elle en le repoussant pour l'obliger à la regarder.

Déterminé à poursuivre ses caresses un peu brusques, il esquiva son contact.

— Clay, que se passe-t-il ?

Soudain, il se rendit compte qu'il pleurait et releva lentement la tête.

— Mon…

— Quoi ? demanda-t-elle doucement.

Pourquoi n'arrivait-il pas à formuler une simple phrase ?

— De quoi s'agit-il ? Du projet ? De ta famille ?

Elle venait de lui ouvrir la porte et il ne parvenait pas à franchir le seuil. Il s'allongea sur le dos et se couvrit le visage. S'il lui disait, il savait ce qui se passerait. Elle lui dirait d'aller en Caroline du Nord, de se réconcilier avec son père, de lui pardonner, puis de tourner la page. Tourner la page et vivre une relation amoureuse épanouissante avec une femme merveilleuse.

Depuis quand pensait-il à l'amour ?

— Et si on préparait un gâteau ? suggéra-t-elle.

— Pardon ?

— C'est ce que je fais, quand je suis stressée. Je pourrais t'apprendre à réaliser mon fameux glaçage au chocolat.

— Maintenant ?

— Si on arrive à impressionner Julia, on est capables de tout. Même de surmonter le tourment qui te ronge.

Face à tant de tendresse et de sollicitude, il fut envahi d'une onde de chaleur.

— Plus tard, dit-il en glissant de nouveau les mains sous son débardeur. Ce qui me ronge, ce sont tes vêtements.

Elle se contenta de lui caresser le visage.

— Tant d'idées se bousculent dans ta tête. Si tu me parlais, je pourrais t'aider.

— Je t'en prie, souffla-t-il, les yeux fermés, en l'attirant vers lui.

— Quoi ? Tu veux faire l'amour ? s'enquit-elle, penchée vers lui.

— Je te veux, toi, répondit-il en lui ôtant son débardeur.

Cette vérité le frappa de plein fouet.

— Tu peux m'avoir, murmura-t-elle en s'offrant à ses baisers.

Sous son corps, elle se mit à onduler en rythme contre lui, le souffle court. Elle enroula les jambes autour de sa taille. Lorsqu'il s'agenouilla pour les débarrasser des derniers obstacles qui se dressaient entre eux, il ne pensait plus à rien. La tête rejetée en arrière, les yeux fermés, il s'enfouit en elle et il se laissa emporter par le plaisir. Plus rien n'existait que cette femme enivrante qui bientôt le rejoignit dans l'extase.

— Clay… murmura-t-elle plus tard en le caressant doucement.

— Mmm ?

— J'ai besoin de savoir quelque chose.

Naturellement. Elle voulait sans doute savoir en quoi cette conversation téléphonique l'avait bouleversé, ce qu'il ressentait pour elle, depuis quand il éprouvait de véritables sentiments.

— Je ne sais pas si je peux encore te dire ce que tu veux savoir, Lacey, dit-il lentement. Mais je vais essayer.

— Que sont ces dessins, là-bas ?

— Tu les as regardés ?

Elle hésita, puis secoua la tête.

— Pas vraiment. Je cherchais du papier.

— Je peux t'en donner, si tu veux.

— Que sont ces dessins ?

— Quelques idées.

— De quoi ?

Il pesa chaque mot.

— Des idées de ce que j'ai envie de construire dans l'avenir.

— Ces idées comprennent Ashley ? répondit-elle, perplexe.

— C'est personnel, bougonna-t-il.

— Si ma fille est concernée, cela me concerne aussi.

— Je te l'ai dit. Je représente des visions qui me viennent. J'ai une imagination trop fertile.

— Tu as eu une vision d'Ashley armée d'un marteau ?

— Je pense qu'elle jouera un rôle dans la construction du complexe et de la maison. Pas toi ?

— Je l'espère, admit-elle.

— Il n'y a rien de plus dans ces dessins. Des souvenirs qui n'ont pas encore eu lieu, en quelque sorte.

— Que vois-tu d'autre ? demanda-t-elle, hésitante, à la fois inquiète et pleine d'espoir.

— En ce moment, j'essaie de voir comment réaliser un glaçage au chocolat. Et si tu me montrais, ensuite, on pourrait revenir ici, faire l'amour par exemple.

Cette fois, sa vision était très claire.

26

Plus tard, Clay arrêta la voiture devant la maison de Julia Brewster. Lacey observa la fourgonnette garée dans l'allée.

— On dirait que Paula Reddick, la conseillère municipale, est là. Tu veux entrer pour la charmer ?

— Non. Il faut que j'appelle ma sœur. Tu n'as qu'à leur livrer le gâteau. Attends, je vais t'aider à le sortir.

S'ils avaient passé un après-midi de rêve, Clay n'avait toujours pas avoué à la jeune femme ce qui le tourmentait. Peut-être ne lui faisait-il pas confiance ? Ou alors était-ce un détail insignifiant... qui l'avait néanmoins fait pleurer.

Et s'il s'agissait de Jayna ?

Ce n'était pas le moment pour elle de céder à une jalousie rétrospective. David ne vivait-il pas sous son toit ?

Clay ouvrit la portière et prit le gâteau.

— Il est très réussi, commenta-t-il.

— J'espère qu'il va leur plaire. Les affaires ne sont pas florissantes depuis l'ouragan.

Julia ouvrit la porte avant même qu'elle ne frappe.

— Salut, Lacey. Alors, ce gâteau ?

— Il est pas mal, je crois.

— Pas mal, en effet.

— Je dois avouer que je suis satisfaite.

— Je parlais du type qui t'attend dehors, railla Julia.

Clay était au téléphone, près de la voiture.

— Ah, c'est Clay, mon…

Amoureux, petit ami, fiancé.

— Mon architecte.

— Eh bien. Il peut me construire une maison quand il veut.

— Lacey ne fait pas construire une maison, déclara Paula Reddick en les rejoignant sur le seuil, mais un complexe hôtelier haut de gamme.

— On en est encore au stade du projet, corrigea Lacey. Bonjour, Paula.

— Ne t'inquiète pas, Lacey, répondit-elle avec un sourire. J'aime bien l'idée. Tu as mon vote, même si Charity Grambling me maudira à jamais.

— Merci, dit-elle en tendant le gâteau à Julia. Garde-le au réfrigérateur jusqu'à demain.

— Je vais te chercher ton chèque.

Au moment de refermer la porte, Paula lui demanda :

— Tu as résolu la question de son passé obscur ?

— Il n'est pas si obscur, expliqua Lacey. Clay est blanc comme neige.

— Il m'a l'air un peu canaille quand même. Enfin, comment comptes-tu résister à la campagne que mène Charity ?

— Quelle campagne ?

— Tu devrais faire un tour en ville. Il y a un groupe d'opposants à ton projet et elle les a à sa botte.

— Merci, dit Lacey à Julia lorsqu'elle lui remit son chèque. Je vais aller voir ce qu'il se passe, Paula.

— Tout est réglé ? s'enquit Clay en rangeant son téléphone.

— Peut-être pas encore. Allons en ville.

Sur le chemin, elle lui relata la mise en garde de Paula. Dès qu'ils atteignirent la boutique du marchand de glaces, elle repéra un tract en vitrine sur lequel était inscrit :

Sauvons Mimosa Key !

Réunion du conseil municipal le 15 septembre à 10 heures

Ne bétonnons pas notre plage !

— Gare-toi, Clay. Je vais demander à Bernadette Icey de l'enlever.

En entrant dans la boutique, elle remarqua un groupe d'adolescents attablés dans un coin. Elle ne connaissait aucun d'entre eux, sauf... sa fille.

— Que fais-tu là ? lui demanda-t-elle en s'approchant d'elle.

Ashley se leva d'un bond.

— On est venus manger une glace. Et toi ?

Elle avait les yeux pétillants et les joues rouges. De toute évidence, elle ne s'attendait pas à la croiser. Elles s'éloignèrent un peu du groupe.

— Qui est-ce ? s'enquit Lacey en désignant ses camarades.

— Des copains. Certains habitent pas loin de chez nous, alors on fait connaissance.

— Où est Meagan ?

— Maman, Meagan est si...

— C'est Tiffany Osborne, là-bas ?

Ashley lui fit signe de se taire.

— Ne prononce pas son nom sur ce ton. Elle n'est pas débile, tu sais.

Lacey n'en était pas si certaine.

— Je voudrais enlever ce tract qui est en vitrine. Bernadette est là ?

— Non. C'est lui, le responsable, là-bas.

Derrière le comptoir, un adolescent pianotait sur son clavier.

— Dans ce cas, il ne verra pas d'inconvénient à ce que je fasse ça.

Elle arracha le tract.

— Va chercher tes affaires, Ashley.

— Pourquoi ? Je veux rester.

— Parce que je ne connais pas ces jeunes.

L'argument était léger, mais Lacey avait un pressentiment. D'autant plus que sa fille ne semblait pas décidée à lui présenter ses amis.

— Hé, Ash, lança un garçon voûté portant une frange. Ramène ta fraise.

— Arrête, Matt, répondit la jeune fille en rougissant face à l'hilarité générale.

— Prends tes affaires, on s'en va, répéta Lacey. Vite.

— Maman, pourquoi ?

— Parce que j'ai besoin de ton aide pour arracher tous les tracts affichés en ville.

— Qu'est-ce que c'est que ça ? s'enquit Ashley en lisant le document.

— Prends tes affaires, on y va.

— Qu'est-ce qu'il fiche là ? demanda l'adolescente en apercevant Clay dans la voiture. Je croyais qu'on serait toutes les deux.

Lacey ignora sa question.

— Je ne veux pas que tu traînes avec ces jeunes.

— Maman, ils sont sympas, je te jure.

— Ils ne me plaisent pas.

— Tu ne les connais pas.

— Tu n'as qu'à les amener à la maison.

— On n'a pas de maison.

Lacey et Clay échangèrent un regard.

Ils trouvèrent une quinzaine de tracts au centre de Mimosa Key, à la devanture des magasins et sur les réverbères. Ashley était de plus en plus ulcérée.

— C'est tellement injuste ! s'exclama-t-elle en arrachant un tract de la rambarde du quai, au port. Je savais que Charity était une garce, mais pas à ce point.

— Charity et ses partisans voient notre projet comme une concurrence potentielle. Ils ont le droit de s'exprimer. Nous sommes en démocratie, répondit Lacey.

— J'aimerais bien les voir s'ils avaient tout perdu.

— Vous savez quoi ? fit Clay, j'ai une idée.

— Tu veux qu'on forme une équipe et qu'on riposte par nos propres tracts ? répondit Ashley. Mes copains me soutiendraient.

— J'ai les plans sous mon siège, reprit-il. Si on allait jeter un coup d'œil à Barefoot Bay ? Ashley, tu viens avec nous ?

— Où ça ?

— Tu verras, dit-il. Je crois que tu vas adorer.

Elle ne discuta pas. Ils descendirent de voiture et marchèrent vers le nord.

— Que cherche-t-on ? s'enquit l'adolescente. Encore des tracts ?

Clay ralentit le pas.

— Et toi, que cherches-tu ? lui demanda-t-il.

— Tu veux me piéger ?

— Non, je suis sérieux. Que te manque-t-il dans la vie ?

— Un petit copain. Et maman vient de me priver de toute chance d'en avoir un en m'obligeant à quitter mes amis.

— Si ce Justin Bieber était ton petit ami…

— Maman, Matt est bien mieux que Justin Bieber.

— Réponds à la question de Clay. Que te manque-t-il ?

La jeune fille se figea soudain d'effroi.

— Oh non, ne me dites pas que vous allez vous marier, tous les deux.

Lacey sentit un trouble étrange monter en elle, tandis que Clay riait de bon cœur. C'était si improbable qu'il ne prenait même pas cette hypothèse au sérieux.

— Réponds-moi, insista-t-il.

— Eh bien, en dehors de toutes les fringues que j'ai perdues, ma console, mes peluches et mes photos de classe, je voudrais bien avoir une chambre à moi.

Clay dut comprendre son désarroi, car il posa une main sur son bras et l'entraîna vers la bordure de la propriété des Tomlinson.

— Absolument, Ashley. Il te faut un chez toi.

— Je croyais que vous vouliez construire un complexe hôtelier.

— En effet, assura Clay, et nous le ferons. Cependant, nous voulons aussi construire autre chose. À condition que nous puissions récupérer ces deux terrains, mais je sais que nous y arriverons.

— Quoi ? fit Ashley en dévisageant sa mère. Que voulez-vous construire ?

— Ceci, répondit Clay en déroulant le plan dans l'herbe. Ta maison.

— Une maison ? Pour nous ?

— J'espère qu'elle te plaira, déclara Clay avec un sourire.

— Ouah, c'est génial ! s'exclama-t-elle. Maman, tu as vu ça ? On pourrait y vivre ?

— On va essayer, dit Lacey, pleine d'espoir, malgré ses craintes.

— C'est ma chambre ? s'écria l'adolescente. Et j'aurai ma propre salle de bains ?

Comment Clay avait-il su ? L'espace d'un instant, Lacey crut que sa fille allait se jeter au cou de Clay.

— C'est magnifique, non ? fit-elle avec gratitude.

Dans un moment pareil, Lacey se disait qu'elle pourrait aimer Clay. Peut-être était-ce déjà le cas ?

— Regarde la cuisine, maman. Tout cet espace pour ta pâtisserie.

Ce commentaire lui fit chaud au cœur.

— Ta mère est une sacrée pâtissière.

Pensait-il toujours à l'aspect charnel de leur relation alors qu'elle se prenait à rêver d'amour ? Un peu gênée, elle osa enfin le regarder. Son regard était tout ce qu'il y a de plus chaste.

— Mon père aussi est un très bon cuisinier, renchérit Ashley. Il va adorer. Il vient de m'envoyer un texto pour me dire qu'il préparait des steaks pour ce soir. Tu pourrais venir dîner. N'est-ce pas, maman ?

Aussi surpris que Lacey par cette invitation, Clay se leva.

— Bien sûr, répondit la jeune femme.

— Génial. On pourra montrer cette maison à papa. Il va l'adorer. Cela le convaincra peut-être de rester, ajouta-t-elle, pleine d'espoir.

Lacey en eut le cœur serré. David ne resterait pas, mais comment l'expliquer à sa fille ? Clay scrutait l'horizon, perdu dans ses pensées.

Et qui persuaderait Ashley que Clay ne resterait pas non plus ?

— Tu veux venir, Clay ? demanda-t-elle.

— Non merci. Il faut que je travaille. Le 15 septembre approche.

— Une autre fois, alors. Maman, Zoé et Tessa viennent dîner.

Peut-être les deux femmes la ramèneraient-elles à la raison avant qu'elle ne tombe dans le précipice de l'amour.

27

Après une longue baignade dans les eaux tièdes du golfe du Mexique, Clay passa au supermarché pour acheter de quoi grignoter pendant sa soirée de travail. Derrière le comptoir trônait Gloria Vail, qui s'était jusque-là révélée plus une alliée qu'une ennemie. Elle discutait avec un homme qui s'écarta vivement d'elle dès que Clay entra dans le magasin. C'était le shérif en uniforme, pistolet au ceinturon.

— Bonjour, lança Gloria.

Sentant le regard appuyé de l'homme de loi, Clay lui répondit d'un signe de tête et alla chercher une bouteille de soda. Le shérif fit mine de se concentrer sur les barres chocolatées.

Clay, qui n'avait pratiquement rien avalé de la journée, opta pour un sachet de chips.

— Comment ça va ? s'enquit la commerçante.

— Bien, répondit-il, attiré par le fumet des hot-dogs. Je meurs de faim.

— Ne mangez pas ça, prévint Gloria. C'est infect.

Le shérif se mit à rire.

— Elle a raison, déclara-t-il. Charity vend les pires hot-dogs de toute l'île, voire de Floride.

— Merci pour le tuyau, répondit Clay en posant ses chips sur le comptoir. C'est la deuxième fois que vous me donnez un conseil avisé.

— Ne dites rien à ma tante. Je serais déshonorée à vie.

— Tu as peur d'elle ? déclara l'imposant shérif.

— Mais non. Enfin si, parfois. Il y a de quoi, non ?

— Elle est redoutable, admit Clay.

— Vous vous connaissez tous les deux ? demanda le shérif en toisant le jeune homme d'un œil soupçonneux.

— Clay Walker, dit-il en tendant la main.

— C'est l'architecte dont je t'ai parlé. Il travaille sur la propriété de Lacey, à Barefoot Bay.

— Slade Garrison, répondit-il avec une poignée de main vigoureuse. Il paraît que vous donnez du fil à retordre à Charity depuis peu. Vous êtes devenu un héros, par ici.

— Vraiment ? demanda Clay, abasourdi.

— Les nouvelles vont vite à Mimosa Key, déclara Gloria. J'ai même entendu dire que vous aviez déchiré les arrêtés municipaux en mille morceaux avant de les jeter au visage de Charity.

— Je regrette de ne pas avoir eu cette idée.

— Je vous comprends, dit-elle. Les gens apprécient que quelqu'un ose enfin lui tenir tête. Et bravo à Lacey pour son inscription à l'ordre du jour.

— Doit-on s'attendre à des coups bas ? demanda Clay.

— Pas que je sache, répondit Gloria en encaissant ses emplettes.

Le carillon de la porte tinta. Ils entendirent une conversation entrecoupée de rires. Le silence se fit. En se retournant, Clay découvrit Charity Grambling accompagnée de sa fille Grace et d'un homme pour le moins trapu.

— On s'est fait voler, Slade ? s'enquit l'homme en se dirigeant vers l'armoire réfrigérée.

Le shérif croisa les bras.

— Si tu prends une bière, Ron, je te conseille de rentrer à pied, rétorqua-t-il.

— C'est Grace qui conduit et elle est sobre comme un chameau, répondit-il en riant.

Charity foudroya Clay du regard.

— J'espère que vous allez arrêter de distribuer ça, déclara-t-elle en posant quelques feuilles froissées sur le comptoir.

Sauvez la maison d'Ashley Armstrong !

Votez « oui » lors de la réunion d'urbanisme.

Ashley avait donc mis son idée en pratique.

— J'ai dû empêcher ces petits sauvageons d'en afficher devant le Motel, gronda Grace. Slade, tu devrais filer au stade pour les arrêter.

— Afficher un tract n'est pas interdit, que je sache, fit Clay.

— Je croyais que vous connaissiez nos arrêtés municipaux par cœur, répliqua Grace.

— Il n'est pas interdit de distribuer des tracts, dit Charity en prenant place derrière le comptoir. En revanche, fumer du cannabis est illégal. Alors, shérif, au lieu de traîner dans mon magasin sans avoir le courage d'inviter Gloria à dîner, tu devrais m'embarquer toute cette racaille.

— Tu en es sûre, Charity ? demanda le shérif, soudain grave.

— Certaine. Ces jeunes traînent à l'endroit où les jeunes se réunissaient déjà pour fumer quand j'étais au lycée. Et ne me demandez pas en quelle année. Tu n'as qu'à y aller. Tu verras bien.

Clay prit ses achats et quitta le magasin avec un signe de tête. Que faire ? Appeler Lacey pour l'avertir ?

Arriverait-elle au terrain de football à temps pour sortir Ashley de ce pétrin ?

Au volant de sa voiture, il vit Slade et Gloria sortir à leur tour. Le shérif posa une main sur le bras de la jeune femme. Pourvu qu'il prenne son temps pour lui demander son numéro de téléphone. Il fallait qu'il aille chercher Ashley.

De peur d'attirer l'attention, il ne démarra pas sur les chapeaux de roues. Dès le premier carrefour, il fila vers le lycée et se gara en bordure du terrain de sport.

La fête battait son plein. Une vingtaine d'adolescents étaient réunis dans les effluves de cannabis.

— Vous avez vu Ashley Armstrong ? demanda Clay à un couple enlacé.

— Elle est avec Tiffany et Matt.

Lacey avait bien deviné. Ignorant les regards réprobateurs, il repéra vite l'adolescente au sein d'un petit groupe.

— Allez, disait-elle, il faut afficher ces tracts.

Un garçon élancé jeta à terre une cigarette allumée et enlaça la jeune fille d'un bras possessif.

— Allez, Ash, on les a affichés tes satanés tracts. Maintenant, on va s'éclater.

— Je suis sérieuse, rétorqua-t-elle en le repoussant. On n'a couvert que la moitié de la ville.

Le garçon la prit par la taille.

— Les gars, Ashley a besoin d'un petit joint, je crois.

— Non, Matt. Dégage.

Clay intervint sans tarder.

— Hé, toi. Lâche-la, tu as compris ?

Tous les regards se tournèrent vers lui. L'adolescent obéit.

— Qu'est-ce que tu fais là ? lui demanda Ashley en blêmissant.

Clay résista à la tentation de l'emmener. Elle ne semblait pas avoir fumé, mais le shérif n'allait pas tarder à arriver.

— Je te ramène à la maison, et tout de suite.

Elle ouvrit la bouche pour protester, puis elle lança un regard embarrassé à Matt.

À côté d'elle, une fille, perchée sur des talons trop hauts, les cheveux longs et les yeux rouges, devait être Tiffany, la fauteuse de trouble.

— Vous êtes le copain de la mère d'Ashley, non ? fit-elle. Ma mère et ses amis parlaient de vous deux, justement.

— Ash, tu veux que j'appelle les flics ? fit Matt. Ce type a l'air de chercher la bagarre.

— Inutile, ils sont déjà en route, déclara Clay.

— Ah oui ? fit Matt.

— Slade Garrison sera là dans une minute.

— C'est sûr ? demanda Ashley, alarmée.

— Absolument. Alors tu peux partir maintenant et je te ramène à la maison, ou bien appeler ta mère depuis le poste de police, à toi de voir.

— Il dit n'importe quoi, Ashley.

— D'accord, on y va, répondit-elle en ignorant Matt.

Elle le suivit sans même dire au revoir aux autres. Au moment où ils allaient monter en voiture, ils virent un gyrophare dans la pénombre. Les adolescents détalèrent comme une nuée de moineaux.

— Monte, ordonna Clay en la poussant dans l'habitacle.

Il se mit au volant et démarra le moteur. Soudain, un bruit sourd à l'arrière fit sursauter la jeune fille.

— Ashley, aide-moi à sortir de là !

— C'est Matt, dit-elle en se retournant. Mon copain.

— Il ne se conduit pourtant pas comme tel.

— Tu peux le raccompagner ? implora Ashley.

Il hocha la tête. Aussitôt, Ashley ouvrit la portière.

— Monte derrière, Matt. Vite.

Le jeune homme se glissa derrière Clay. Dans le rétroviseur, Clay constata qu'il était terrorisé.

— Merci, souffla-t-il. Une ordure a dû nous dénoncer.

— Dis-moi où tu habites et ferme-la.

Nul ne dit mot durant tout le trajet, à part pour indiquer le chemin à Clay. Ils s'arrêtèrent devant une petite maison, non loin de chez les parents de Lacey.

— Merci de m'avoir ramené, dit l'adolescent en ouvrant la portière.

— Attends une minute, fit Clay en descendant pour l'empêcher de filer. J'ai quelque chose à te dire.

— Quoi ? fit-il d'une voix inquiète.

Clay crispa les poings et se pencha vers lui.

— Si jamais tu poses une fois de plus la main sur Ashley Armstrong, tu le regretteras.

— Je...

— C'est clair ?

— Elle ne me plaît pas, de toute façon.

— Dans ce cas, laisse-la tranquille.

— D'accord.

Clay ne broncha pas, mais Matt se précipita chez lui. En remontant en voiture, Clay s'attendait à la colère d'Ashley.

— Quel ringard, murmura-t-elle, les lèvres tremblantes.

— Tu mérites bien mieux, déclara Clay avant de démarrer.

— Je les croyais sympas. Je me suis trompée. Tu vas le dire à maman ?

— Il le faut.

— S'il te plaît, ne le lui dis pas. Elle sera tellement déçue.

— Tu as fumé ?

— Non, je te le jure. Jamais. C'est hors de question. Ils m'ont fait flipper. Je suis contente que tu sois venu.

Contre toute attente, ces paroles le touchèrent.

— Promets-moi de ne plus traîner avec cet abruti.

— D'accord, fit-elle en riant.

— C'est toi qui as imprimé ces tracts ? demanda-t-il en désignant la pile posée dans le vide-poches.

Elle hocha la tête.

— Et si on en affichait quelques-uns, sur le chemin du retour ?

— Bonne idée, répondit-elle.

Il se gara près du supermarché. Armés d'un rouleau de ruban adhésif, ils collèrent des tracts sur tous les poteaux et les devantures. Ashley n'oublia pas l'enseigne du Fourway Motel.

— Grace Hartgrave va avoir une crise, dit-elle.

— N'oublions pas les pare-brise des voitures.

— C'est génial ! s'exclama l'adolescente. Clay, je peux te poser une question ?

— Je t'écoute.

— Tu veux avoir des enfants ?

Il s'interrompit.

— Je ne sais pas encore, avoua-t-il en se demandant où elle voulait en venir.

— Parce qu'il faudrait que ma mère ait un autre bébé avant d'être trop vieille.

— Elle devrait, en effet, répondit-il. C'est une très bonne mère.

— Je sais, fit-elle en repoussant ses cheveux de son visage. Mon père veut un autre enfant.

Il s'en sortait tellement bien avec l'enfant qu'il avait déjà, songea amèrement Clay.

— Ne le prends pas mal. Si maman ne se conduisait pas comme ça à cause de toi, à faire la folle, elle et mon père se remettraient ensemble.

— Tu le crois vraiment ?

— Je le sais, fit-elle en levant les yeux au ciel. Quand elle doit te voir, elle est heureuse, elle chantonne, elle se pomponne.

Clay réprima un sourire.

— Quel mal y a-t-il à être heureuse ?

— Aucun. Mais quel mal y aurait-il à ce qu'elle soit mariée avec mon père ?

— On n'a presque plus de tracts. Je vais te ramener à la maison, dit-il en guise de réponse.

— Tu vois ? Tu ne sais pas quoi répondre. C'est parce que tu sais que j'ai raison. Tu m'as fait la leçon à propos de Matt. Et si j'en faisais autant pour toi ? Ma mère pense que tu es, disons, amoureux d'elle.

Amoureux d'elle.

— Elle ne cesse de me répéter que mon père va la quitter. Et c'est aussi exactement ce que tu comptes faire, n'est-ce pas ?

À long terme, oui.

Ou pas.

— N'est-ce pas ? insista-t-elle.

Il poussa un long soupir.

— Il faut d'abord construire ce complexe.

— Je crois qu'elle a vraiment envie d'avoir un autre enfant.

Ils n'en avaient jamais parlé. Ils ne se connaissaient que depuis quelques semaines et leur relation était purement physique. Lacey était effectivement en âge d'avoir d'autres enfants.

— Mon père en veut un aussi. J'adore l'idée d'avoir un frère ou une sœur. D'agrandir la famille.

Il le savait.

— Mon père n'a pas été le meilleur des pères, c'est sûr, mais il a eu une... révélation.

— Moi aussi, ça m'est arrivé.

— Ah oui ? Qu'as-tu décidé de faire ?

— J'ai décidé de voler de mes propres ailes.

— Tant mieux pour toi, dit-elle en posant une main sur la portière. Désolée d'être aussi pénible. Je voulais que tu saches à quoi t'en tenir.

Il n'en avait aucune idée, en réalité. Il avait des sentiments pour une femme à laquelle il ne pouvait donner tout ce qu'elle voulait.

— Rentrons à la maison, Ashley.

— Ce n'est pas ma maison. Grâce à toi, j'en aurai peut-être une bientôt, ainsi qu'une famille.

Clay ne pouvait intervenir que pour la maison.

Penchées sur la table basse, Lacey, Zoé et Tessa admiraient les plans.

— Je n'arrive pas à croire qu'il ait fait cela pour toi, commenta Tessa. Quelle sollicitude.

— Je sais, soupira Lacey. J'ai été très touchée. Je l'aime, ce projet.

— En réalité, c'est lui que tu aimes, corrigea Zoé.

Elle s'empourpra.

— Vous croyez que c'est possible ?

— Tout est possible, assura Tessa en lui prenant la main. Tu dois savoir ce que tu ressens au fond de ton cœur.

— Quand je suis avec lui, je suis heureuse, je me sens belle, forte, sexy.

— Qui veut du vin ? demanda David en surgissant de la cuisine.

Les trois amies échangèrent un regard entendu. David se méprit et regarda sa bouteille.

— Vous voulez passer au rouge pour les steaks ?

— Je vais mettre la table, annonça Tessa.

— Je m'en occupe, dit Lacey.

— Non, non, continue à décorer ton palais. Fox et moi allons le faire.

— Merci. Pas de vin pour moi, David. Zoé ?

Elle secoua négativement la tête et désigna le plan.

— Je préférerais une plus grande baignoire. Je crois que tu vas beaucoup t'en servir.

David et Tessa disparurent dans la cuisine.

— Oh oui, acquiesça Lacey, une baignoire pour deux.

— Écoute, fit Zoé en désignant la cuisine. Tu les entends rigoler ?

— Oui.

— Tu as remarqué qu'ils riaient sans arrêt tous les deux ?

— Tessa et David ? Elle ne peut pas le voir.

— Tu n'as jamais entendu parler de l'ironie du sort ?

— Pas comme tu l'entends sans doute.

— David pourrait avoir ce bébé qu'il désire grâce à la personne qui a un désir d'enfant, à savoir Tessa.

— Mais ce serait…

Lacey en demeura bouche bée.

— Le comble.

— Impossible. Elle ne supporte pas sa présence et elle est stérile.

Le rire de Tessa leur parvint de plus belle.

— Tu as raison, elle ne peut pas le voir, railla Zoé, les bras croisés. Tu as vu comme elle s'est précipitée pour l'aider, histoire de se retrouver seule avec lui. Quant à sa stérilité…

— La petite amie de Billie est enceinte. Il est donc capable d'avoir des enfants.

— Parfois, c'est un problème d'incompatibilité, fit Zoé en haussant les épaules. Une histoire d'acidité, je crois.

— Comment le sais-tu ?

— Hier soir, j'ai parlé avec ma tante Pasha. Elle l'a lu dans la mousse de bière.

— Un peu comme dans le marc de café ? fit Lacey en riant.

— Exactement.

— Et que dit ta vieille tante qui se croit médium ?

— D'abord, fit Zoé, elle ne se croit pas médium, elle l'est. Elle est gitane. Ensuite, elle n'est pas si vieille. Entre soixante-dix et quatre-vingts, je dirais.

— Bon, qu'a-t-elle prédit ? insista Lacey.

— Elle ne prédit pas, elle…

— Zoé !

— Elle a dit que la graine de Tessa allait germer à Barefoot Bay.

— Lui as-tu parlé du projet de Tessa de créer un potager autour du complexe ?

— Elle ne parlait pas d'un légume, je t'assure.

— D'accord, mais Pasha n'a jamais rencontré David.

— Précisément. Et figure-toi qu'elle a vu une tête de renard dans la mousse. Renard comme Fox.

— C'était peut-être une tête de loup. La mousse est parfois trompeuse.

— Vas y, moque-toi de ma tante.

— Ce serait trop facile. Tu lui as parlé de David ?

— Bien sûr.

— Tu l'as dit à Tessa ?

— Je pense qu'il vaut mieux garder le secret.

Lacey but une gorgée de vin.

— Il y a pas mal de secrets, ces derniers temps.

En voyant deux phares surgir dans l'allée, elle se leva.

— Je parie que c'est Ashley, dit-elle en se levant. Elle est allée afficher des tracts dans toute la ville avec ses amis. La mère de Meagan devait la ramener. Je commençais à…

Sur le seuil, elle s'arrêta net.

— C'est la voiture de Clay.

Pourquoi était-elle soudain envahie de bonheur ? Parce qu'elle était en train de tomber amoureuse de lui. Son enthousiasme fut de courte durée en voyant sa fille descendre de voiture.

— Salut, maman.

— Comment vous êtes-vous retrouvés tous les deux ? demanda-t-elle.

Clay jeta un coup d'œil rapide en direction de la jeune fille et glissa les mains dans les poches de son jeans.

— J'ai croisé Ashley en ville en train d'afficher des tracts, alors je l'ai ramenée.

— Tant mieux.

Ashley semblait pâle, nerveuse.

— Où est Meagan ?

— Euh, elle n'est pas venue.

Clay arriva à sa hauteur. Lacey attendit un baiser ou une étreinte furtive, mais il semblait aussi emprunté qu'Ashley.

— Qu'est-ce que vous avez ?

— Ashley était…

Il encouragea l'adolescente du regard.

— Maman, je traînais avec cette bande que tu n'apprécies pas. Ils ont eu des problèmes. Heureusement, Clay est venu me chercher. Je suis désolée.

Lacey ne réagit pas, même si elle brûlait d'avoir le fin mot de l'histoire.

— Tu n'as rien ? demanda-t-elle à sa fille.

— Non, ça va. On a affiché le reste des tracts, donc on n'a pas totalement perdu notre temps.

— Rentre. Je voudrais parler à Clay.

— D'accord. Bonsoir, Clay. Et merci.

Elle s'éloigna sans demander son reste.

— C'est grave ? demanda Lacey.

— Tu avais raison, à propos de ces jeunes. Cela dit, je crois qu'elle a eu assez peur pour ne plus les fréquenter. Elle te fournira les détails.

— J'y compte bien.

Elle avait envie de tendre les bras vers lui, mais il restait distant.

— Tu vas bien ? lui demanda-t-elle.

— Lacey, j'ai encore beaucoup de travail avant la présentation du dossier.

— Je sais.

— Je vais m'y remettre. Dès que possible, je t'appelle pour commencer les répétitions.

Elle aurait tellement voulu entendre autre chose.

À quoi s'attendait-elle, alors qu'elle refusait ses propres sentiments ? Il fallait dire la vérité, mais pas ce soir.

— Quand m'appelleras-tu ? demanda-t-elle, furieuse d'avoir l'air de le supplier.

— Bientôt, promit-il avec un sourire qui fit battre le cœur de la jeune femme. Tu sais bien que je ne peux pas me passer de toi très longtemps.

Le savait-elle ?

— Moi non plus.

Elle ne put se retenir de poser une main sur son torse pour sentir la chaleur de son corps. Son cœur battait aussi fort que le sien.

— Tu es certain que tout va bien ?

— Je ne suis plus sûr de rien, avoua-t-il avec un mouvement de recul. Quand j'y verrai plus clair, tu seras la première à le savoir.

28

À 1 h 30 du matin, telle une adolescente rebelle, Lacey quitta la maison sur la pointe des pieds, ses sandales à la main. Aux aguets, elle passa par la porte de la cuisine. Il ne fallait pas que David ou Ashley la surprennent alors qu'elle se rendait à un rendez-vous amoureux sur la plage.

La brise nocturne lui caressa la peau. Réprimant un frisson, elle envoya un texto à Clay :

« Je te rejoins dans cinq minutes ! »

Le point d'exclamation était peut-être excessif, mais elle ne put s'en empêcher, elle était heureuse.

Au bout de deux longues journées solitaires, il avait fini par la contacter, à minuit passé. Sans doute voulait-il simplement libérer ses pulsions. Elle avait besoin de le voir, de lui dire ce qu'elle ressentait avant la réunion d'urbanisme.

Nue sous sa robe de coton, ivre d'impatience, elle courut sur le sable.

Elle était vraiment mordue. En atteignant l'allée de planches, elle remarqua sa voiture, dont les phares étaient éteints. Au clair de lune, elle décelait le profil de Clay, au volant. Elle se faufila vers la portière du passager.

— Tu dormais ? le taquina-t-elle.

Il se tourna vers elle, un sourire un peu distant aux lèvres.

— Salut, dit-il en posant les yeux sur son décolleté.

Il tendit la main pour la faire monter à bord.

— Tu es… juste comme je t'imaginais.

— Quand ?

— À chaque instant, avoua-t-il sans lâcher sa main.

Elle se blottit dans ses bras, impatiente de l'embrasser.

— Tu m'as manqué, murmura-t-elle.

— Toi aussi.

Il l'embrassa d'abord avec douceur, mais il succomba rapidement à sa passion et s'empara de ses lèvres avec avidité.

— Comment avance ton travail ? demanda-t-elle, hors d'haleine.

— J'ai fini.

Il passa un doigt sur les lèvres frémissantes de la jeune femme.

— On peut répéter la présentation demain et être prêts pour après-demain.

— Tu aimes le résultat ? s'enquit-elle.

— J'aime…

Lacey retint son souffle.

— J'aime un tas de choses dans ce projet.

— Mais pas tout ? insista Lacey, un peu déçue.

— Il reste quelques changements à effectuer. Ce qui m'inquiète, c'est que nous ne sommes pas certains d'avoir les deux terrains supplémentaires.

— Tu disais qu'il valait mieux faire comme si c'était le cas.

— Je le pense toujours. Je redoute quand même un coup tordu de la part du conseil.

— On s'en sortira, assura-t-elle en se penchant pour l'embrasser. Alors, on va à la plage ?

Elle songeait naturellement à l'intimité de Barefoot Bay, là où elle comptait exprimer ses sentiments pour lui.

— Restons ici, répondit-il.

Encore une déception.

— La température risque de chauffer dans l'habitacle, fit-elle en riant.

— Peut-être.

Lentement, il glissa une main dans son décolleté et prit un sein dans sa paume.

— J'en ai tout le temps envie, souffla-t-elle en se cambrant.

Il l'embrassa encore et posa la main sur sa cuisse nue.

— Avec toi, j'ai vraiment l'impression d'être une adolescente, et non une mère de famille.

Il ne dit rien, mais ôta sa main, affichant une expression indéchiffrable.

— Tu as déjà songé à avoir un autre enfant ? demanda-t-il de but en blanc.

Cette question la déstabilisa.

— Un autre enfant ? Mais, pourquoi ? balbutia-t-elle, soudain envahie d'une douce chaleur.

Il haussa les épaules d'un air faussement désinvolte.

— Je me demandais... Enfin, tu...

— C'est vrai que je ne rajeunis pas, reprit-elle, amusée. Cependant, je ne suis pas encore trop vieille.

— Ce n'est pas ce que je voulais dire, et tu le sais très bien. Je pensais...

Elle sentit renaître l'espoir. Avait-il envie d'être père ? Avait-il compris à son contact que la vie de famille lui apporterait le bonheur ?

Lacey ne put réprimer un sourire.

— Si tu tiens à le savoir, oui, je me verrais bien recommencer, être une encore meilleure mère, cette fois.

— Tu es déjà formidable, assura Clay.

— Meilleure que la mienne, c'est sûr. Néanmoins, j'ai des progrès à faire. J'ai besoin du soutien d'un bon père.

— David souhaite un autre enfant, non ?

— C'est ce qu'il prétend, mais je ne vois pas pourquoi nous en discutons tous les deux. Qui te l'a dit ?

— Je suis observateur.

— Pourquoi évoques-tu le sujet ? demanda-t-elle.

Elle avait besoin de lui avouer son amour.

— J'ai pas mal réfléchi, dit-il en regardant au loin.

— À quoi ? demanda-t-elle, le cœur battant.

— À des choses...

Elle eut soudain envie de l'obliger à la regarder. À mesure que les secondes s'égrenaient, Lacey sentait s'envoler tout espoir.

— Je pense que tu aimeras les plans, dit-il enfin.

— Tu parles de Casa Blanca. Je suis impatiente de les voir, et de les présenter.

— Et ensuite ?

Il la regarda enfin.

— Ensuite, on construit un complexe touristique, dit-elle un peu vivement, celui que tu as dessiné, avec des villas et une maison. C'est bien ça ?

Silence.

— N'est-ce pas, Clay ? insista-t-elle, saisie d'un terrible pressentiment.

— Tu devrais faire appel à quelqu'un d'autre.

Éberluée, elle se contenta de le fixer.

— Tu as désormais de quoi démarrer le chantier et moi de quoi obtenir mon diplôme. Tu pourras me consulter en Caroline du Nord au cas où.

— Te consulter ? Tu veux être mon consultant ?

Elle qui comptait lui déclarer sa flamme. Elle eut soudain envie de s'enfuir en courant, mais se contenta de crisper rageusement les poings.

— Comme tu voudras, lâcha-t-elle amèrement.

— Lacey.

— Quoi ? Que voulais-tu que je te dise ? Génial, Clay, je te consulterai à distance ?

— Je veux que tu obtiennes ce que tu veux.

— C'est toi que je veux.

— Je ne peux pas te donner… soupira-t-il.

— Quoi ? Tu ne peux pas me donner de l'amour ?

Entre eux, la tension était palpable. Au désespoir, Clay ferma les yeux.

— Je vais faire un tour, annonça-t-elle.

Furieuse, elle descendit de voiture et foula les planches à longues enjambées. Au bout de quelques mètres, Clay la rattrapa et la saisit par le bras.

— Écoute, Lacey, c'est mieux pour nous deux.

— Ah oui ? Désolée, je préfère juger moi-même de ce qui est mieux pour moi. Ton départ pour la Caroline du Nord ne l'est pas. David Fox ne l'est pas. C'est toi que je veux.

— Tu en es certaine ?

Il voulut l'attirer vers elle, mais elle se dégagea de son emprise.

— Que dire pour te convaincre ? Je ne suis pas amoureuse de lui. Je n'ai aucune envie d'avoir un autre enfant avec lui, quoi qu'il raconte ou quoi que prétendent certains.

— Il faut que tu en sois certaine, car je ne peux pas te donner cela.

— Je ne t'ai jamais dit que je voulais un enfant.

— Je suis incapable de te donner tout ce que tu veux, ni l'amour que tu mérites. Je ne suis pas… J'ai…

— Je sais que tu as des problèmes à régler, des souffrances, une rupture. C'est la vie, Clay. Toi, tu t'en sers comme…

Elle ne put s'empêcher de rire face à l'ironie de la situation.

— Comme excuse pour ne pas tomber amoureux, ne pas avoir de famille.

Il se tourna vers l'océan pour fuir son regard.

— Peut-être.

— Eh bien, pas moi, dit-elle en l'obligeant à lui faire face. Je n'ai plus peur, je ne veux plus me cacher derrière le passé. Je suis en train de tomber amoureuse de toi.

— Lacey.

— J'attends. Non pas que tu me dises la même chose, mais d'être submergée de douleur parce que tu ne vas pas me le dire.

Il la dévisagea en silence.

— Pas de problème, reprit-elle d'un ton faussement enjoué. Car je ressens au moins quelque chose, de la souffrance et de l'amour.

— Tu as vraiment de la chance. Tu sais ce que je ressens, moi, dans mon cœur ?

Elle secoua négativement la tête.

— Rien du tout, ajouta-t-il.

— Tes sentiments sont peut-être en sommeil. Il suffit de les réveiller.

Sans attendre sa réponse, elle fit quelques pas sur le sable. Soudain, elle entendit le bourdonnement du téléphone de Clay.

— Quelqu'un t'envoie un texto ? À deux heures du matin ?

Il consulta l'écran. Quoique troublé, il ne lut pas le message et empocha l'appareil, le regard vague. Lacey ressentit de la jalousie pour cette personne qui avait réussi à détourner son attention. Lassée, elle monta en voiture, retenant ses larmes pour ne pas pleurer devant lui. Voyant qu'il s'attardait, elle regarda dans le rétroviseur.

Clay lisait son message. Immobile, au clair de lune, il passa soudain une main dans ses cheveux et leva les yeux vers le ciel, affichant la même expression torturée qu'après sa conversation avec Darcie, lorsqu'il avait pleuré.

Il ne la rejoignit pas immédiatement. Lacey ne put s'empêcher de penser à Jayna. Était-il encore amoureux de son ex ? Et s'il n'avait pas parlé à sa sœur, mais à Jayna, ce jour-là ? Enfin, il se mit au volant. Ils roulèrent en silence jusqu'à la maison des parents de Lacey.

— Écoute, Clay, dit-elle lorsqu'il s'arrêta, la réunion a lieu après-demain. Restons concentrés. Pour le reste, on verra plus tard.

— Je rentre chez moi, annonça-t-il. Il le faut.

Que répondre à cela ? De toute évidence, il n'était pas d'humeur à discuter et partirait dès la fin de la présentation.

— Je te raccompagne à ta porte, dit-il en jetant son téléphone à côté de son siège, avant de sortir.

Presque malgré elle, Lacey jeta un coup d'œil furtif sur l'écran : c'était Jayna Walker.

Clay lui ouvrit la portière. Aussitôt, la jeune femme fit mine de ramasser son sac. Il avait les yeux embués de larmes. Apparemment, une femme avait le don de le faire pleurer, et ce n'était pas elle.

— Je ferai la présentation seule, décréta-t-elle.

— Quoi ?

— J'affronterai le comité d'urbanisme sans toi.

— Comme tu voudras, répondit-il contre toute attente.

— Très bien, fit-elle, la gorge nouée par l'émotion.

Clay était à des milliers de kilomètres, avec Jayna.

— Je prendrai le dossier demain matin, poursuivit-elle. Tu veux bien…

— Je laisserai la clé derrière la boîte aux lettres.

Autrement dit, il comptait partir sans tarder.

— Au revoir, Clay.

Elle entra vite par la cuisine sans se soucier de réveiller David ou Ashley. Elle resta un moment appuyée contre la porte, le temps de reprendre son souffle. Puis elle laissa échapper un sanglot.

— Maman ?

Attablée dans la cuisine, Ashley guettait son retour comme une mère attend une adolescente. Lacey crut entendre les réprimandes de sa propre mère :

Je t'avais bien dit qu'il ne valait rien.

Je t'avais prévenue de ne pas sortir avec lui.

Tu as le don de choisir des garçons infréquentables.

— Qu'est-ce qui se passe, maman ? demanda la jeune fille en se levant dans le silence.

— C'est Clay, il s'en va.

— Oh non ! Je suis désolée.

— Ce n'est pas ta faute.

— Mais maman, tu pleures ?

Elle se leva et tendit les bras vers elle.

— Je sais que tu détestes me voir pleurer. Excuse-moi. Je... Je me sens si stupide.

— Tu ne l'es pas.

Elle s'essuya les yeux et retint un rire amer.

— Quand on se donne à un homme et qu'il vous abandonne, c'est que l'on est trop stupide pour mériter d'être heureuse.

Ashley la serra dans ses bras.

— Tu n'es pas stupide et tu mérites d'être heureuse.

— Oui, je sais.

Hélas, elle venait de renoncer à ce bonheur sans même se battre.

29

— Qu'est-ce qu'on attend ? demanda Tessa, appuyée sur le comptoir de la cuisine. Il a dit qu'il fichait le camp. Allons chercher le matériel et commençons à répéter la présentation.

— Je n'ai pas envie de le croiser, répondit Lacey.

— Moi si, intervint Zoé. J'ai envie de l'écraser avec ma voiture, ce sale menteur, ce tricheur.

— Il n'a pas triché, corrigea posément Lacey. Il n'y avait rien d'officiel entre nous. Je me suis bercée d'illusions, voilà tout.

— Un détail, railla Zoé.

— Tu lui cherches encore des excuses, ajouta Tessa. Où est David ?

— Je l'ai laissé emmener Ashley faire de la plongée.

— Quoi ? s'exclama Tessa en posant sa tasse. Je pensais que tu étais contre cette idée.

— Ils m'ont eue à l'usure. Et il s'agit d'une grotte pour les débutants. J'ai confiance en lui. De toute façon, j'avais besoin de cette journée pour répéter ma présentation.

Et me remettre de ma rupture, songea-t-elle amèrement.

— Ce qui m'inquiète le plus, avoua-t-elle, c'est qu'elle dise à son père que Clay m'a fait pleurer, hier soir. Il va lui tirer les vers du nez et croire qu'il a une chance avec moi.

— C'est le cas ? demanda Tessa.

— Pas du tout.

— Alors, viens, insista Tessa. On y va. Et si on croise Clay, tant pis. Tu sais ce qu'il pense, désormais.

— Il pense à la femme de son père, commenta Zoé avec une grimace.

— Vous avez raison, dit Lacey en prenant son sac. On y va.

Assise à l'arrière tandis que Zoé conduisait, la jeune femme s'efforça de ne pas penser aux moments partagés avec Clay, surtout lorsqu'elles arrivèrent sur le parking de la résidence de Hisbiscus Court.

— Tu vois ? La voie est libre, déclara Zoé. Tu te sens mieux ou pas ?

— Je me sens vide.

Elles frappèrent à la porte sans obtenir de réponse. La clé se trouvait là où il l'avait promis. À l'intérieur de l'appartement, les éléments du dossier étaient posés sur la table de la cuisine, les plans et la maquette. Tout le reste, notamment les ordinateurs, avait disparu.

Elle longea le couloir jusqu'à la chambre à coucher. Le placard était vide, le lit était intact, comme si personne n'y avait jamais dormi. Il ne restait plus aucune trace de son passage.

— C'est rude, commenta Zoé.

Tandis que Tessa s'affairait à emballer le matériel dans la voiture, Lacey se tourna vers Zoé :

— Que s'est-il passé pour toi ?

— Tu es tombée amoureuse d'un homme qui n'était pas pour toi. Une histoire vieille comme le monde, éluda Zoé.

— C'est ce qui t'est arrivé avec Oliver ? insista Lacey.

— Hélas, oui, admit-elle en blêmissant. Bon, je vais chercher le reste. Tu peux faire tes adieux à la scène du crime.

Lacey poussa un long soupir, se disant que Clay lui avait au moins permis de comprendre ce dont elle était capable. Machinalement, elle remonta le couvre-lit. Soudain, son pied heurta quelque chose.

Il avait oublié ses dessins.

Elle ramassa un rouleau et, s'assurant qu'elle était bien seule, ôta l'élastique pour dérouler la feuille sur le lit.

Elle ressentit une certaine ivresse en reconnaissant leur plage, sa propre silhouette allongée sur le sable, sa robe ouverte, ses seins exposés.

Des souvenirs de choses qui n'étaient pas encore arrivées.

Elle prit un autre rouleau, ils étaient dans l'eau, nus, enlacés. La tête rejetée en arrière, en pleine extase. Lacey osait à peine regarder le dessin suivant. Ashley brandissait un marteau tandis que Clay tenait la planche qu'elle était en train de clouer.

— Qu'est-ce que tu regardes ? lança Zoé depuis le salon.

— Je ne sais pas trop.

— D'autres documents liés au projet ? s'enquit Tessa en entrant dans la chambre. Mais c'est Ashley !

— Un jour, il m'a dit qu'il aimait visualiser des scènes et les dessiner dans l'espoir qu'elles se produisent.

— Dis-moi, il a vraiment un superbe coup de crayon, commenta Zoé en s'approchant à son tour.

— Il espérait donc partager des moments comme ceux-là avec Ashley ? fit Tessa. Ce n'est pas ce à quoi aspire un homme qui fuit tout engagement.

— Voyons les autres, suggéra Zoé.

Lacey leur montra le suivant. Tessa retint son souffle tandis que Zoé semblait incrédule.

— Quelle imagination, commenta-t-elle.

— On dirait vraiment un mariage au bord de l'eau, admit Tessa.

— Une femme aux cheveux blond vénitien, reprit Zoé. Tiens, monsieur le maire.

Le visage de Sam Lennox était flou à cause d'une tache. Une larme, peut-être ? Clay avait-il pleuré en dessinant la scène de leur mariage ?

— Regardez les demoiselles d'honneur, déclara Zoé.

— Oh, je suis très belle ! s'exclama Tessa. Je savais bien que je l'appréciais, ce type.

— Il y en a un autre, Lacey, dit Tessa. Montre !

— J'ai peur.

— Allez, fit Zoé. D'abord, l'amour, puis le mariage et ensuite ?

C'était Lacey, nue, heureuse et enceinte d'au moins huit mois.

Cette fois, ce fut elle qui versa une larme. Tessa posa une main sur son épaule.

— On l'a peut-être mal jugé, admit-elle.

Elle enroula les dessins qui révélaient ce que Clay avait dans la tête. Et pourtant, il était parti.

— Qu'est-ce que tu vas faire ? lui demanda Zoé.

— Je vais garder ces dessins. J'ai perdu un tas de souvenirs concrets, avec l'ouragan. Ce sera bien d'en avoir de nouveaux, même s'ils ne se réalisent jamais.

— Je me demande pourquoi il les a laissés ici, fit Tessa.

— Ils n'avaient pas assez d'importance à ses yeux pour qu'il les emporte, répondit Lacey en les enroulant. Ce n'était que des gribouillages pour lui.

— Il voulait peut-être que tu les trouves, reprit Zoé.

Lacey rit à travers ses larmes. Comme la vérité pouvait parfois être cruelle.

Quatorze heures après son départ de Mimosa Key, Clay se gara sur le parking du Duke Raleigh Hospital et se précipita vers les soins intensifs. Darcie l'attendait. Elle l'embrassa vivement et le poussa vers la porte à double battant. La dernière fois qu'il avait vu Clayton senior…

Un homme prend ce qu'il veut. Ne t'ai-je donc rien appris ?

Les paroles de son père résonnaient encore à son esprit. Pourtant, un homme ne devait pas prendre la femme de son fils.

— Vas-y, Clay, dit Darcie en sentant son hésitation. On ne peut pas entrer tous les deux en même temps. Jayna est à son chevet. C'est la première chambre à droite.

Il s'avança et regarda à travers la vitre. Son père était si pâle qu'il semblait mort. Le sang de Clay se glaça dans ses veines. À son entrée, Jayna leva la tête, les yeux rougis.

— Il sera content que tu sois là.

Clay en doutait fortement, mais il contourna le lit sans prêter attention aux écrans dont les voyants clignotaient en rythme. Il était vivant et respirait grâce à un appareil.

— Il s'en rend compte ?

— Il sait, assura-t-elle.

Clay se pencha et constata que la partie gauche du visage de son père semblait affaissée.

— Il est conscient ?

— Ils disent qu'il est dans le coma. Toutefois, je sens qu'il nous entend. Prends-lui la main.

Clay ne parvint pas à toucher la main inerte. L'espace d'un instant, il s'imagina que Lacey était là. Cette pensée le réconforta, mais elle était douloureuse, aussi. Si elle était là, elle lui dirait de prendre la main de son père.

N'était-ce pas pour cela qu'il ne lui avait pas avoué que Clayton avait eu un AVC ? Parce qu'elle l'aurait incité à pardonner, ce qu'il se refusait à faire ? Il prit donc la main noueuse qui ne l'avait jamais frappé. Son père avait su le maltraiter autrement.

— Parle-lui, Clay. Tu verras bien.

— Bonjour, papa, souffla-t-il.

— Il a du mal à réagir. Si tu continues à lui parler, il te serrera la main. N'est-ce pas, Clayton ?

La main du vieil homme demeura immobile.

— Tu vois ? fit-elle avec enthousiasme. Tu as senti ?

Il n'eut pas le cœur de la décevoir.

— C'est peut-être le bon moment pour lui dire quelque chose d'important. Ce que tu veux.

Comme : Je te pardonne d'avoir été la pire ordure qui soit, un sale type, sombre et jaloux ?

— Moi, je lui ai raconté qu'Elliott avait bu son lait tout seul ce matin, reprit la voix de Jayna. En entendant le nom d'Elliott, il m'a serré la main.

Naturellement. Il ne pouvait rivaliser avec Elliott.

Clay se pencha, ne sachant que dire.

— Je lui ai expliqué ce que tu avais fait pour moi, murmura Jayna. S'il t'en voulait, c'était pour se sentir moins coupable. Tu en es conscient, n'est-ce pas ?

Clay haussa les épaules.

— Cela n'a plus d'importance, maintenant.

— Et si tu lui parlais en privé ? suggéra la jeune femme.

Elle embrassa son mari sur le front tout en caressant doucement ses cheveux blancs. Clay ne put s'empêcher d'être frappé par sa tendresse. Elle l'aimait donc sincèrement.

Alors que lui, la chair de sa chair, il le haïssait.

— Je reviens, chéri. Écoute ce que Clay a à te dire. C'est important.

Jayna quitta la chambre et referma la porte. Clay demeura dans un silence que seul rompait le bruit des appareils. Mais il ne dit mot. Pourquoi ne parvenait-il pas à énoncer cette simple phrase : Je te pardonne, papa ?

Parce qu'il ne pardonnait pas. Et s'il ne pardonnait pas, c'est qu'il n'était qu'un pauvre type rongé par la rancœur, incapable d'aimer. Clay était le seul à détenir la clé de son cœur. Pourquoi ne laissait-il pas Lacey y entrer ?

— Papa, j'ai rencontré la femme de ma vie, dit-il en fermant les yeux pour mieux la voir. Et ce n'est pas n'importe qui, tu sais. Elle a du cœur, elle est déterminée, douce, intelligente. Elle a une fille qui se cache derrière une carapace. Papa ?

Toujours pas de réaction. Son père ne l'entendait pas. Peu lui importait, d'ailleurs.

— J'ai dessiné un projet pour elle, sur une île du nom de Mimosa Key, en Flor…

Il sentit alors une légère pression sur sa main.

— Papa ?

Sans doute s'était-il mépris.

— Bref, j'ai aussi dessiné un complexe hôtelier.

Cette fois, il ressentit une pression plus forte. Sur l'écran, il vit que le cœur de son père battait plus fort.

— Papa, tu m'entends ?

Devait-il appeler quelqu'un ? Il se pencha davantage.

— Donc, ce projet portera le nom de Casa Blanca. Je me suis inspiré d'Henri Prost, que tu admires tant.

Le vieil homme crispa de nouveau la main. De toute évidence, il réagissait à l'évocation de son architecte favori.

— Tu veux que j'appelle le médecin ?

Pas de réaction.

— Tu veux que je continue à te parler ?

Rien.

— Tu veux que Jayna revienne ? Tu es en train de te réveiller ? Tu veux parler, papa ?

Cette fois, le vieil homme serra la main de son fils dans la sienne.

— Papa ?

Rien.

— C'est à propos de ce projet ?

Clayton serra sa main. À un moment pareil, il voulait lui donner des conseils en tant qu'architecte ?

— Ce projet se situe sur une plage. Pour être honnête, c'est toi qu'elle cherchait à contacter.

Les doigts de Clayton se crispèrent, son cœur battit plus fort.

— Papa, tu connais ce terrain ?

Clayton battit des paupières.

— Tu cherches à me dire quelque chose ?

Son rythme cardiaque s'emballa.

— Est-ce que tu… ?

— Clay, que se passe-t-il ? demanda Jayna en surgissant dans la pièce, suivie d'une infirmière.

— Tout le monde dehors ! cria cette dernière.

Clay lâcha la main de son père et s'écarta.

— Qu'est-ce qu'il a ?

— Un autre AVC. Il faut appeler le médecin. Sortez !

Jayna l'entraîna dans le couloir. Il était tiraillé entre chagrin et culpabilité. Était-il à l'origine de cette crise ?

Alors, il comprit.

Mais pourquoi ?

Derrière la vitre, il observa le vieil homme en espérant pouvoir lui poser la question de vive voix.

30

D'une voix assurée, Lacey conclut sa présentation assez fort pour que Zoé l'entende depuis la cuisine, où elle débouchait déjà une bouteille pour fêter la victoire.

— J'espère que le conseil appréciera le potentiel du projet et m'accordera un permis de construire.

Si Tessa applaudit des deux mains, Lacey se contenta de secouer la tête.

— Quoi ? fit Tessa. Tu étais géniale, pleine d'assurance.

— Merci, mais…

— Et si on arrosait ça ? suggéra Zoé.

— Attends. Il faut que je trouve un autre nom.

— Pour le complexe ? demandèrent ses amies à l'unisson.

— Casa Blanca me dérange un peu. Clay et moi l'avions choisi ensemble, et puisqu'il n'est plus là, je préfère changer de nom.

— Il était parfaitement adapté, pourtant.

— Je sais, Tessa.

Munie d'une gomme, elle commença à effacer les deux mots qui la troublaient tant.

— Pour l'instant, le projet n'a pas de nom. J'en trouverai un le moment venu.

Lorsque son portable se mit à sonner, elle s'efforça de ne pas montrer son espoir que ce soit Clay.

— Désolée pour toi, fit Zoé en lui tendant l'appareil. Ce n'est qu'Ashley.

— Ça se voit tant que ça ? demanda Lacey en levant les yeux au ciel.

— Oh oui, répondit Zoé. Demande-lui comment se passe la plongée. David s'est peut-être noyé.

— Zoé ! fit Lacey en riant. Allô, Ashley ? Comment ça va ?

— C'est moi, David.

Le ton de sa voix l'inquiéta.

— Que se passe-t-il ?

— C'est Ashley, il y a eu un accident, fit-il d'une voix brisée.

— Quel genre d'accident ?

Elle l'entendit à peine tant l'angoisse montait en elle. Ses deux amies l'entourèrent aussitôt.

— Elle s'est cogné la tête.

— Quoi ? Elle va bien ?

— Elle est à l'hôpital.

Lacey se sentit défaillir.

— Dis-moi qu'elle va bien ! s'écria-t-elle.

— Elle est inconsciente, mais en vie.

En vie ?

— Oh non, David !

Tessa s'empara du téléphone.

— Où es-tu, David ? Dis-moi comment y arriver.

Lacey se mit à trembler de tous ses membres. Zoé s'efforça de la rassurer tandis que Tessa se précipitait vers la voiture.

Zoé boucla la ceinture de Lacey en maugréant.

— Attends, tu vas avoir besoin de tes papiers d'assurance, d'une pièce d'identité.

— Mon sac à main est sur la table de la cuisine.

— J'y vais.

— Attends, Zoé. Prends aussi la licorne en peluche d'Ashley, dans sa chambre.

— Bonne idée.

— Qu'est-ce qu'il a dit de plus ? demanda-t-elle à Tessa tandis que Zoé s'éloignait.

— Qu'elle est inconsciente, c'est tout. Elle s'est cogné la tête sur la paroi de la grotte. Elle respire sans assistance, mais elle a perdu connaissance.

Zoé revint et prit Lacey par les épaules pour tenter de la calmer.

— Tenez bon, les filles. On y sera dans deux heures environ, annonça Tessa.

— Deux heures ! s'écria Lacey. Et si elle...

— Chut, fit Zoé. Tiens bon.

Elle s'en voulait d'avoir cédé sur un moment de faiblesse.

En arrivant, elle se précipita vers les urgences. Zoé la rejoignit et prit la parole à sa place.

D'abord, elle vit David, dans la salle d'attente, la tête dans les mains, les yeux rougis, fou d'angoisse et de chagrin. Lacey pensa au pire.

— Ashley est... ?

Avant qu'il ne puisse lui répondre, une infirmière les rejoignit.

— Vous êtes la mère d'Ashley ?

Elle ne put que hocher la tête, le cœur battant à tout rompre.

— Suivez-moi. Vous êtes de la famille ? demanda-t-elle à Zoé, qui secoua la tête. Dans ce cas, restez avec lui.

— Je suis son père, répondit David.

— En fait, fit Lacey, je veux la voir seule.

L'infirmière l'emmena dans un couloir.

— Je vous en prie, dites-moi comment elle va.

— Elle est réveillée. Depuis un moment. Elle souffre d'une commotion cérébrale. On lui a administré un sédatif. Le coup était assez violent, mais elle s'en tirera avec un gros mal de tête. La voici.

En voyant sa fille allongée sur un lit d'hôpital, des tuyaux dans les bras, un pansement sur la tête et les yeux fermés, Lacey retint son souffle.

— Allez-y doucement, prévint l'infirmière.

Elle hocha la tête et se força à ne pas se jeter sur Ashley. Dès qu'elle posa une main sur son épaule, l'adolescente ouvrit les yeux.

— Coucou, ma princesse, murmura-t-elle en étouffant un sanglot.

— Maman, ne sois pas fâchée.

— Je ne suis pas fâchée. Je suis simplement heureuse que tu sois vivante. Je ne te dirai même pas : « Je t'avais prévenue. » Comment te sens-tu ?

Elle glissa la licorne à côté d'elle, sous le drap.

— Ça va. J'ai mal à la tête, mais j'ai su indiquer mon nom, ma date de naissance et ma couleur préférée.

— Laquelle ?

— Le vert pomme. Maman, pardon.

Elle se mit à pleurer.

— Chut.

Lacey lui caressa la joue.

— Ne t'excuse pas.

— Je n'aurais pas dû y aller.

— Je t'avais donné mon autorisation. Ce n'est pas comme si tu avais filé à mon insu.

— Mais c'est ma faute. Je suis bien punie.

Lacey posa une main sur sa tête. Pouvait-elle souffrir de séquelles qui n'auraient pas été diagnostiquées ?

— Garde tes forces. On va te ramener à la maison.

— J'ai poussé Clay à te quitter, avoua-t-elle, les yeux fermés.

— Qu'est-ce que tu racontes ?

— Le soir où il est venu me chercher au terrain de football. Je ne t'ai pas tout raconté. J'ai dit à Clay…

— Quoi ?

— Que nous serions de nouveau une famille s'il s'en allait.

Lacey observa longuement la jeune fille.

— Ce n'est pas pour cela qu'il est parti, répondit-elle en songeant au texto qu'il avait reçu de Jayna à deux heures du matin.

— En gros, je lui ai demandé de partir, alors qu'il était tellement gentil, gémit Ashley.

— Ce que tu lui as dit ou non n'a rien à voir avec son départ. Soucie-toi plutôt de ta santé.

— Je crois qu'il t'aime vraiment.

— On en reparlera plus tard, dit Lacey pour ne pas la tourmenter davantage.

— Je l'ai dit à papa et il a dit…

Lacey était curieuse de connaître le rôle de David dans cette histoire. Sans doute se réjouissait-il d'être débarrassé d'un rival.

— Il a dit qu'il ferait mieux de s'en aller et de te laisser vivre ta vie, poursuivit Ashley d'une voix brisée. Maman, je ne veux pas qu'il parte, mais je veux que tu sois heureuse.

— Je le serai quand tu seras totalement remise. À présent, repose-toi. Je t'aime.

Elle l'embrassa sur le front.

— Moi aussi, maman. Désolée.

— Je t'assure que tu n'as rien fait de mal.

Dès que l'adolescente se fut rendormie, Lacey rejoignit Tessa et Zoé dans la salle d'attente pour les rassurer, puis elle sortit retrouver David, qui prenait l'air.

Appuyé contre un mur, il avait les yeux fermés au soleil.

— Quoi que tu puisses me dire, tu as raison, déclara-t-il. Je n'ai vraiment pas été à la hauteur.

— Il ne s'agit pas de toi, répondit-elle. Elle va s'en sortir, et c'est le principal. Je l'ai laissée partir avec toi et elle a eu un accident. Je ne peux pas t'en vouloir.

— Tu m'en veux pour d'autres raisons.

Elle poussa un soupir de lassitude.

— David, je ne te déteste pas.

— Je me suis interposé entre Clay et toi.

— Mais non, et Ashley non plus. Vous n'avez pas à vous sentir coupables.

— Qu'a dit le médecin ?

— Je ne l'ai pas encore vu. L'infirmière semble croire qu'elle se remettra vite. On va la surveiller. Elle aura au moins une excuse si elle obtient de mauvaises notes en maths pendant le premier trimestre.

— Écoute, Lacey, j'ai quelque chose à te dire.

— Ashley m'a appris que tu partais.

— Dans quelques heures, je m'envole pour la Papouasie Nouvelle Guinée.

Déjà ? songea-t-elle.

— Vraiment ? Ce n'est… pas une surprise.

— Il y a quelques semaines, j'aurais considéré cette réaction comme un signe que nous avions un avenir ensemble.

— Ce n'est pas le cas. En tout cas, pas l'avenir que tu as décrit en arrivant ici.

— Je te dois des excuses.

— Je les accepte, répondit-elle. Je te promets de ne pas te reprocher ton absence.

— Je ne regrette pas simplement ces quatorze années d'absence. Quand je pense qu'Ashley m'a accepté sans me juger, alors que d'autres m'en auraient voulu… Elle est merveilleuse.

Lacey ressentit une certaine fierté.

— Oui, et je me réjouis que tu en conviennes.

— Ce que je regrette par-dessus tout, c'est ce que je t'ai demandé quand tu m'as annoncé que tu étais enceinte.

Elle ne réagit pas, mais son cœur battait la chamade, car elle avait toujours refusé de lui pardonner d'avoir voulu mettre fin à cette grossesse.

— Je n'ai aucune excuse, avoua-t-il. J'étais jeune, mais toi aussi. Je t'ai laissée tout assumer. Je t'en prie, pardonne-moi.

— C'est du passé, répondit-elle à travers ses larmes.

— Merci, souffla-t-il, soulagé, en serrant sa main dans la sienne.

— Tu seras toujours le bienvenu dans la vie d'Ashley, David.

— Tant mieux, parce que j'ai une idée qui pourrait t'aider.

— Comment cela ?

— J'aimerais investir dans ton complexe, un simple prêt que tu me rembourseras quand les affaires commenceront à marcher.

— Je ne sais quoi te dire. À part merci.

— Je n'arrive pas à savoir qui a acheté ces terrains, et ce n'est pas faute d'avoir essayé. Un jour, il faudra bien que l'identité de l'acheteur soit révélée. Je t'avancerai cet argent.

— Vraiment, David, merci.

Elle accepta son accolade.

— Encore une chose. Si j'ai été un mauvais père, tu es une mère remarquable.

— Ashley t'a parlé de ce qu'elle aurait dit à Clay pour l'inciter à partir ? demanda-t-elle.

— Oui, mais…

— Mais quoi ?

— Je crois qu'il va revenir.

— Pas moi, répondit-elle à regret.

— J'ai vu la façon dont il te regardait. Il n'en est peut-être pas conscient, mais il est amoureux.

Pas d'elle, hélas. Tandis qu'il allait dire au revoir à Ashley, elle vérifia qu'elle n'avait pas d'appel de Clay.

Aucun.

31

— Madame Walker ?

En entendant la voix du neurologue, Clay leva la tête. Le médecin scrutait la salle d'attente, cherchant manifestement une femme plus âgée.

— C'est moi, déclara Jayna en se levant.

— Lequel d'entre vous est Clay ?

Il leva la main, mais resta assis.

— Votre père souhaite vous parler.

— Il est en état de parler ? demanda Jayna.

— Un peu. La deuxième crise était moins virulente que la première. En fait, elle a même stimulé une certaine activité et l'a sorti du coma. Je vous expliquerai tout à l'heure, madame. Votre mari tient à parler à Clay. Je ne vois aucune raison de l'en empêcher.

— J'y vais, déclara Clay d'un air décidé.

— Clay, fit Darcie, qui avait confirmé les soupçons de son frère. Sois gentil.

Ils avaient redoublé d'efforts pour régler le problème pendant que leur père se faisait soigner.

— J'ai l'intention d'écouter ce qu'il a à me dire, c'est tout.

Et d'obtenir sa signature.

Il longea le couloir d'un pas nonchalant. La dernière frasque de son père était assez incroyable. Il voulait donc avouer, demander pardon, lui expliquer qu'il avait agi par amour paternel ? Dès que Clay aurait obtenu sa signature, il s'en irait.

Son père avait les yeux ouverts, malgré un regard un peu vague, et il respirait régulièrement. Clay s'approcha et se pencha vers lui.

— Deux crises, grommela le malade, les dents serrées.

— Une de plus et c'est fini, alors sois prudent.

— Je ne mourrai pas, assura-t-il en rivant ses yeux bleus sur son fils.

— Je crois qu'on ne s'inquiète plus trop pour ça. Mais tu risques d'être méchant en rentrant à la maison.

— Je ne serai plus méchant.

— Alors pourquoi as-tu acheté ces deux terrains à Barefoot Bay ?

— Je ne cherchais pas à te couper l'herbe sous le pied, assura son père. Le bureau a reçu un appel à propos de ce projet, alors j'ai chargé quelqu'un de jeter un coup d'œil. C'est la procédure normale.

Lacey avait appelé le cabinet le jour de leur rencontre.

— Le site semblait intéressant, reprit Clayton. J'ai appris que deux parcelles étaient en vente, alors je les ai achetées. Tu sais bien qu'il faut rester discret dans ces cas-là.

— Tu ignorais que j'étais impliqué ?

— Bien sûr, Clay. Mais j'ai su plus tard que tu voulais ce contrat, et…

Il ferma les yeux et gémit de douleur.

— Et quoi ? insista Clay.

— Et j'ai eu ce maudit AVC.

— J'ignorais que tu avais des accès de culpabilité.

— Je rentrais à la maison pour t'appeler, quand c'est arrivé. Je voulais t'en parler mais j'ai eu peur, avoua-t-il.

— Peur de quoi ?

— Que tu ne me croies pas, que tu penses à un complot, que tu me détestes encore plus.

Clay ne pouvait le contredire. Il se contenta de garder le silence.

— Je dois te dire que Jayna m'a appris à être père.

Clay émit un rire amer.

— Je n'en crois pas mes oreilles.

— C'est pourtant vrai. Je crains de ne jamais pouvoir rattraper le temps perdu avec toi.

— Darcie a établi un contrat qui m'attribue ces terrains. Signe-le et nous serons quittes.

— Je signerai, fit-il en retenant ses larmes. Fils, je ne veux pas mourir en sachant que tu me détestes encore.

— Tu n'es pas mourant, alors ne crains rien.

— Clay, donne-moi la main.

Il obéit. Le vieil homme crispa les doigts sur les siens. Où était passé le père jaloux et autoritaire ?

— Qu'est-ce qui se passe, papa ?

— Je t'aime, Clayton Walker.

Une larme coula sur sa joue. Sur l'écran, Clay vit son rythme cardiaque s'intensifier.

— Va me chercher ce maudit contrat. Je vais te le prouver.

Clay tourna les talons et, au moment de sortir, hésita.

— J'espère que tu guériras vite, papa.

— Ces trois petits mots, Clay, peux-tu me les dire ?

Ils rongeaient Clay de l'intérieur et l'empêchaient de respirer, d'aimer.

— Je t'en prie, souffla son père.

— Je ne peux pas, dit-il en se détournant.

Il entendit Clayton soupirer, pathétique et résigné. Mais s'il libérait son père, il se libérerait lui-même.

En Floride, sur une île, une femme avait besoin qu'il soit libre.

— Papa, je te pardonne, énonça-t-il enfin.

— Oh, merci.

Pour la première fois depuis des années, ils échangèrent un sourire.

Incapable de trouver le sommeil, Lacey se retourna dans son lit. Sauf qu'elle n'était pas dans son lit, elle était à l'hôpital, allongée sur une banquette. Les premières lueurs de l'aube filtraient par la fenêtre. Alors elle se souvint que les médecins avaient tenu à garder Ashley en observation.

Sentant une présence à côté d'elle, elle sursauta.

— Tu es là ?

Jocelyn lui sourit.

— Bien sûr que je suis là. Tessa m'a appelée. J'étais folle d'inquiétude.

— Toujours au rendez-vous en cas de besoin.

— Les deux autres dorment dans la salle d'attente.

— Qu'est-ce que je ferais sans vous ?

— Tu ne le sauras jamais. Dis-moi que c'est moins grave que cela en a l'air.

— Elle a une commotion cérébrale, mais elle s'en remettra. On a de la chance.

— Et toi, comment vas-tu ?

— Je suis crevée.

— Et cette réunion ?

— Elle commence dans…

Elle chercha une pendule dans la pièce, puis saisit le poignet de Jocelyn.

— Moins de trois heures. Et je suis à deux heures de route. C'est foutu.

— C'est ça, ton excuse ?

— Non, j'en ai une bien meilleure. Je ne quitterai pas Ashley. Elle a trop souffert.

— La pauvre. Écoute, on restera à son chevet. Toi, tu as un combat à livrer.

— La réunion commence à dix heures, Jocelyn. Même si je partais maintenant, le temps d'atteindre Mimosa Key, de rentrer prendre une douche et me changer, de préparer mon discours...

— On peut y aller, et tu resteras ici avec ta fille, proposa Zoé, sur le seuil de la chambre.

— On arrivera largement à temps, renchérit Tessa en étouffant un bâillement. Après tout, on investit, non ? On va les avoir, ces coincés.

Ashley se mit à bouger.

— Princesse, comment tu te sens ? demanda Lacey en se précipitant vers elle.

— Ça va.

— J'ai bien entendu ? railla Zoé.

— C'est comme ça qu'elle m'appelle, fit Ashley avec un sourire. Ah, tu es là, Jocelyn.

— Salut, ma belle, dit-elle en l'embrassant.

— Je peux rentrer à la maison, maman ? J'ai envie de rentrer.

— Pas avant quelques heures, chérie.

— On peut regagner Mimosa Key dans la voiture que j'ai louée à l'aéroport, proposa Jocelyn. On se charge de la réunion, du moins au début. Tu n'auras qu'à nous rejoindre. D'ici là, le problème de cadastre sera résolu.

— Vous ne pouvez pas présenter le projet, répondit Lacey en vérifiant son téléphone. Il faut être résident de Mimosa Key.

Pas de message. Pendant combien de temps encore allait-elle guetter des nouvelles de Clay ?

— Dans ce cas, écoutons Zoé, reprit Jocelyn. Nous restons avec Ashley.

— Oui, maman, c'est la meilleure solution.

— Non. Je dois signer les documents de ta sortie. Tu es mineure.

— On n'aura qu'à la faire sortir en douce, comme dans les films, plaisanta Zoé.

— Ce serait génial, commenta Ashley en riant.

— Allez, Lacey, insista Tessa.

— Je vais parler à l'infirmière pour savoir si je peux signer à l'avance, mais si je pars…

— Lacey ! s'exclamèrent-elles en chœur. Arrête de te trouver des excuses.

— D'accord, concéda-t-elle en les embrassant tour à tour. Je vous adore.

— Maman, je t'aime aussi ! lança Ashley tandis qu'elle quittait la pièce.

L'infirmière se montra conciliante. En moins de vingt minutes, Lacey filait sur l'autoroute vers Fort Myers. À 9 h 40, malgré les embouteillages, elle franchit le pont, bien décidée à arriver à temps.

Arrivée chez ses parents, elle se précipita vers l'entrée et se figea. Non, ce n'était pas possible.

— Maman, que fais-tu là ?

— Je te rappelle que j'habite ici, répondit Marie Armstrong en l'embrassant pour la forme.

— David nous a téléphoné. Où est Ashley ?

— Tu es au courant pour Ashley ?

— Naturellement ! Nous sommes venus en avion hier soir, après l'appel de David. Il nous a dit de ne pas te déranger à l'hôpital. Cela m'a fait plaisir de l'entendre, Lacey. Il avait l'air en forme.

La jeune femme parvint à entrer et chercha les documents des yeux, au salon. Ils avaient disparu.

— Qu'avez-vous fait de… ?

— Lacey, nous avons trouvé une bouteille de vin entamée. J'espère que tes amies et toi n'avez pas conduit en état d'ivresse.

— Où sont passés les plans, la maquette, les documents ?

— Ton fouillis ? Ton père a tout rangé dans la chambre d'amis, où régnait d'ailleurs le plus grand désordre, je dois te le dire.

— Maman, j'ai un projet à présenter au conseil municipal dans dix minutes !

Elle se précipita dans le couloir, mais sa mère la saisit par le bras.

— Où est Ashley ?

— Toujours à l'hôpital.

— Et tu l'as laissée là-bas ? Quelle mère laisse son enfant à l'hôpital pour une... réunion ?

— C'est bien ma fille, ça ! s'exclama son père d'un ton enjoué qui contrastait avec la mine renfrognée de sa femme.

— Papa, j'ai besoin de tous ces documents.

— Paul, Ashley est seule à l'hôpital ! s'écria sa mère. Lacey l'a laissée là-bas. Il faut y aller tout de suite.

— Elle n'est pas seule, maugréa Lacey. Elle est avec mes amies, Tessa, Jocelyn et Zoé.

— Zoé ? Cette excentrique ? Je ne crois pas...

— Maman ! s'écria Lacey d'un ton cassant.

— Excuse-moi, mais...

— Non. Je ne t'écouterai pas insulter mes amies ou me dire que je ne suis pas une bonne mère.

— Mais David a dit...

— David est parti, répondit Lacey, ivre de rage. À présent, soit vous m'aidez, soit vous cessez de me retarder. J'ai une mission essentielle à accomplir et je n'ai pas le temps de me disputer avec toi, maman !

— Nous n'allons pas t'aider, rétorqua sa mère. Nous partons à l'hôpital nous occuper d'Ashley.

— On s'occupe d'elle. En fait, elle est sans doute en route, à l'heure qu'il est. Papa, je t'en prie.

— Que se passe-t-il ? demanda-t-il. Tu es sûre qu'Ashley va bien ?

— Certaine. Et la situation est trop complexe pour que je vous l'explique maintenant. J'ai simplement besoin d'aide.

— Bien sûr. Tu sais ce que je dis toujours.

— Ce n'est pas par hasard si l'on a deux parents, répondit-elle en souriant.

— Que les épreuves nous endurcissent. Et ma petite-fille est solide.

— Oui, elle va s'en sortir. Je ne l'aurais pas laissée, sinon.

— Et toi ? demanda-t-il en posant une main bienveillante sur son épaule.

— Ça ira. À condition que je ne me laisse pas déstabiliser par des jugements à l'emporte-pièce.

Sa mère surgit et les foudroya du regard, comme si elle pouvait détruire cette complicité entre eux.

— Ta fille me dit de ne pas m'en mêler, déclara-t-elle.

— Tu devrais peut-être l'écouter, Marie.

— Si je ne peux même plus jouer mon rôle de mère et lui donner des conseils. De toute façon, elle ne m'a jamais écoutée.

Au contraire, Lacey estimait qu'elle l'avait écoutée bien trop longtemps. Mais elle ne voulait plus ronger son frein.

— Papa, pourrais-tu me rendre un grand service ?

— Bien sûr, ma chérie.

— Viens avec moi pour charmer le conseil municipal.

— Il y aura cette mégère de Charity ?

— Charity Grambling est mon amie, lança Marie, ulcérée.

— Sur Facebook, rétorqua son mari en adressant un clin d'œil à Lacey. Moi, ce n'est pas mon amie.

— Tu ne vas pas l'affronter à la mairie ! Surtout dans cette tenue, ajouta Marie à l'adresse de sa fille.

— Je me trouve présentable, rétorqua Lacey en ramassant la maquette.

— Tu n'es même pas coiffée.

— Marie, ça ira, intervint Paul.

— Lacey, tu n'aurais pas grossi, depuis l'ouragan ?

— Prends les plans, papa, s'il te plaît, fit la jeune femme en levant les yeux au ciel.

Ils passèrent devant elle, qui les toisait, les mains sur les hanches.

— Paul, qu'est-ce que tu fais ?

— Je vais aider notre fille.

Tout allait bien se passer, même sans Clay. Elle avait du courage à revendre. Le moment était venu de le prouver.

32

Devant l'entrée de la salle du conseil, Lacey entendit le son du marteau de Sam Lennox annoncer l'ouverture de la séance.

— Allez, ma fille, souffla son père en la poussant vers la porte.

À l'intérieur régnait un brouhaha assourdissant. D'une voix tonitruante, Sam exigea le silence.

Charity et ses partisans, dont Grace et Patience, occupaient naturellement le premier rang du côté droit. Lacey aperçut également Gloria en grande conversation avec le shérif.

— Je crois que notre équipe joue à gauche, murmura-t-elle à son père, qui salua plusieurs personnes d'un signe de tête.

Tous les visages n'étaient pas souriants. Beaucoup redoutaient de voir leur île défigurée.

— Merci d'être là, papa, souffla Lacey en remontant l'allée centrale. Je sais que maman va te tuer.

— Je suis fier de toi. Mes parents auraient approuvé ce projet. Je me réjouis de te voir tenir tête à ta mère. Que s'est-il donc passé, pendant notre absence ?

— Un ouragan ? répondit-elle en souriant

— J'ai l'impression que ce vent a balayé tes indécisions et t'a donné de l'assurance. C'est bien.

Ils prirent place, non sans déranger Will Palmer, qui se leva pour les laisser passer.

— Courage, Lacey, souffla-t-il à son passage.

Elle lui sourit et pensa à Jocelyn. Mais ce serait pour plus tard. Pour l'heure, elle scruta l'assemblée en quête d'alliés : Paula Reddick, Rocco Cardinale et Nora Alvarez, peut-être. George Masterson et Sam Lennox, non. Enfin, peut-être Sam.

— Silence ! s'écria le maire. La séance est ouverte.

Les murmures se turent.

— Nous allons étudier quatre projets de constructions, déclara-t-il en chaussant ses lunettes.

— Je passe la première si c'est par ordre alphabétique. Il faudra aller vite chercher le matériel dans la voiture, murmura Lacey à son père.

— Nous procéderons par ordre géographique, du sud au nord, annonça le maire.

Encore une fantaisie de Charity, sans doute. Si seulement Clay était là, lui qui connaissait les arrêtés sur le bout des doigts.

— Je passe en dernier, commenta Lacey. Tant mieux.

— Tu auras le temps de jauger l'état d'esprit du conseil, répondit son père.

— J'appelle John McSweeny qui cherche à remplacer les panneaux de signalisation du bowling situé 4623 Palm Avenue. Ensuite, Barbara Pennick, pour des fenêtres et une nouvelle entrée pour son salon d'esthétique et, enfin, Lacey Armstrong, propriétaire à Barefoot Bay.

La jeune femme se redressa. Comment pouvait-elle passer la troisième ? Son terrain était le plus au nord. À moins que l'acheteur du terrain des Tomlinson n'ait décidé de se faire connaître. Son cœur s'emballa. Quelqu'un voulait-il construire sur cette parcelle ?

— Mlle Armstrong sollicite une modification du cadastre et de l'équipement. Cela risque d'être plus long, commenta le maire en regardant dans ses dossiers.

Tous les regards se posèrent sur Lacey, qui se demandait encore pourquoi elle passait la troisième.

— Qu'est-ce que tu as ? s'enquit son père.

— Il n'y a personne au nord de chez moi. Qui passe en quatrième ?

— La dernière candidature concerne également Barefoot Bay, avec les mêmes requêtes, par M. Ira Howell, de Wells Fargo.

— C'est un cauchemar, souffla-t-elle.

— Tu sais, fit Will Palmer, ces gens sont peut-être des écolos qui ne veulent rien construire.

Mais elle avait besoin des terrains des Tomlinson et des Everham car son propre terrain était enclavé entre les deux. Sans parler de la maison conçue par Clay. Elle ne pouvait renoncer à ce rêve, d'autant plus que David était prêt à investir.

— Avant de chercher une solution, il faut identifier le problème, déclara son père. Voyons d'abord ce qui se passe.

— Je regrette, déclara Charity en se levant, mais le règlement stipule que seuls les habitants de Mimosa Bay ont le droit de s'exprimer. Or M. Howell n'est pas résident de cette île.

Pour une fois, Lacey se réjouit du règlement.

— J'ai une procuration en bonne et due forme du propriétaire, monsieur le maire, déclara Howell. Je suis habilité à m'exprimer en son nom.

— Cela ne suffit pas, insista Charity.

Cette réflexion lui valut quelques applaudissements ponctués de huées.

— Cette disposition est valable si un individu est dans l'impossibilité de se présenter devant le conseil.

S'il vous plaît, monsieur le maire, j'aimerais m'expliquer en privé devant le conseil municipal.

Malgré les protestations de l'assistance, Sam actionna son marteau.

— La séance est suspendue quelques instants.

— Allons chercher le matériel dans la voiture, dit Lacey à son père.

— Je vais vous aider, proposa Will.

— Ce serait très gentil, Will. La voiture est mal garée et nous risquons une contravention.

Ira Howell se retira en compagnie des cinq membres du conseil, tandis que Lacey, Paul et Will quittaient la salle.

— Bonne chance, Lacey, lança une femme.

— Tu es notre héroïne, s'exclama une autre.

— Voici la voiture, déclara Lacey à Will dès qu'il eut ouvert la porte.

— J'espérais voir tes amies, aujourd'hui, déclara-t-il en ralentissant le pas.

Lacey hésita. Il parlait de Jocelyn, bien sûr.

— Elles ne sont pas là, mais elles reviennent cet après-midi. Jocelyn aussi.

— Elle va rester ?

— Je ne lui ai parlé que quelques minutes ce matin, donc je n'en sais rien.

Lacey ouvrit le coffre et prit la maquette, qui lui rappela Clay. Will l'observa avec intérêt.

— C'est superbe, commenta-t-il. On se croirait en Afrique du Nord.

— L'ensemble est d'inspiration marocaine, expliqua-t-elle.

— Il faudrait être fou pour refuser un tel projet. Où est Clay ?

— Il n'est pas là.

— Ah non ? C'est pourtant lui, l'architecte.

— Pas officiellement. Nous n'avons signé aucun contrat. Il m'a rendu service.

— Dommage, déclara Will. Il m'avait proposé un emploi sur le chantier. Et il est très compétent.

— Eh bien, si j'ai mon permis de construire, tu auras cet emploi. Enfin, si les investisseurs sont tous d'accord, ajouta-t-elle en songeant à Jocelyn.

Elle tendit les plans à son père.

— Emportez tout ça dans la salle. Je vais déplacer la voiture.

Une fois garée, Lacey regagna la mairie, en proie aux pires doutes. Sans Clay, comment allait-elle s'en sortir ? Et elle ne pouvait s'entretenir avec Ira Howell. Sans parler de sa tenue. Elle afficha un sourire et chassa ces pensées négatives. Plus rien ne se dresserait sur son chemin.

— Tu as l'air heureuse.

Elle s'arrêta net et faillit lâcher son dossier.

Clay.

33

En le voyant s'approcher, elle retint son souffle. Il avait aussi mauvaise mine qu'elle, les traits tirés, les yeux rougis.

— Lacey, il faut que je t'explique.

— Lacey Armstrong ! lança Grace Hartgrave en ouvrant la porte. Amène-toi, ils ont modifié l'ordre des présentations.

— Non, protesta Clay en essayant de la retenir. Il faut que je te parle.

— Plus tard, rétorqua Grace. Le conseil veut t'entendre, Lacey. Ensuite, ce sera ce type de la banque. Son client a eu une urgence médicale.

— Il présente vraiment un projet de construction ?

— Il faut que je m'entretienne avec Ira Howell, persista Clay. Tout de suite !

Grace le repoussa.

— Pas maintenant. Dépêche-toi, Lacey. Pour l'heure, ton projet semble être le moindre mal.

— Pourquoi ? fit-elle d'une voix tremblante.

— Ce n'est pas ce que tu... bredouilla Clay.

— On dirait que ton petit copain t'a possédée dans tous les sens du terme, commenta Grace en entraînant Lacey. Ma mère a obtenu l'information : Clay Walker construit un hôtel de luxe avec spa juste à côté de chez toi. Il a joué sur les deux tableaux, en quelque sorte.

— Lacey, tu ne comprends pas ! fit Clay en essayant de la retenir.

— Entre tout de suite ! s'exclama son père. C'est ta dernière chance.

Sans réfléchir davantage, elle se précipita à l'intérieur.

— Lacey ! cria Clay.

— Désolé, mon vieux, dit Grace. C'est réservé aux habitants de l'île. Vous auriez dû demander une dérogation du maire. Ou coucher avec la bonne personne.

Sur ces mots, elle lui claqua la porte au nez.

— On dirait que tu as de la concurrence, ma fille, déclara Paul.

S'agissait-il de Clay ? Ou de son père, le vrai Clayton Walker ?

Elle n'en avait pas la moindre idée. Pouvait-elle encore lui accorder sa confiance ? Elle revit en pensée les dessins qu'il avait laissés dans l'appartement. N'étaient-ils pas parlants ? Peut-être, mais il aurait mieux fait de lui parler, au lieu de dessiner.

— Avance, ordonna son père lorsqu'elle voulut se retourner. Fini les excuses.

— Mais, papa…

— Lacey, insista-t-il en marchant à ses côtés sous les regards de tous. Qu'est-ce que tu ressens ?

— C'est l'enfer.

— C'est bien, de remonter une allée centrale au bras de ma fille.

— Papa, je t'en prie.

— Allez, va assurer ton avenir, ma chérie. Pas besoin d'un homme pour ça.

— Mais papa, Clay…

— Il n'a aucune importance.

Clay aurait pu en avoir. Il l'avait changée, l'avait aimée. Grâce à lui, elle se sentait forte, belle et intelligente. C'était important, non ?

— Seul ton avenir compte, assura Paul. Tu dois réaliser ton rêve.

Elle avait toujours rêvé d'un homme tel que Clay, un ami, un partenaire, un amant, le père de ses enfants.

Sam Lennox ne masquait pas son impatience.

— Nous vous attendons, madame Armstrong.

Elle aussi. Elle attendait que Clay surgisse pour lui expliquer que c'était une erreur, qu'il l'aimait et qu'il voulait l'épou…

— Avez-vous changé d'avis ? insista le maire.

— Tu veux te retirer ? renchérit George Masterson.

— Tu as peur de perdre ? lança Charity.

Il serait si facile d'abandonner la partie.

— Non, dit Lacey en s'avançant. Je suis prête.

Sur l'estrade, elle respira profondément et observa la porte de la salle. Au lieu de voir Clay, elle aperçut une femme qu'elle ne connaissait pas, coiffée d'une casquette de baseball et portant des lunettes noires.

Clay entra à son tour et posa une main sur les épaules de cette femme pour lui parler à l'oreille.

Jayna ?

Ira Howell se leva d'un bond et se précipita vers Clay pour lui serrer la main. Comme s'ils étaient associés. Avait-il pu acheter ces terrains et envisager de construire sans en parler à Lacey ?

Pourquoi ?

Pourquoi pas ? Après tout, que savait-elle vraiment de Clay Walker ?

Mais il y avait ses dessins.

Il ne la regardait toujours pas, serrant l'inconnue contre lui, soulevant la visière de sa casquette pour lui sourire.

Ce sourire... Puis il se pencha pour l'embrasser sur la joue.

— Le micro est ouvert, dit Sam à Lacey.

Nul ne put deviner ses pensées en cet instant. Clay et Ira sortirent par la porte du fond, en grande conversation. La femme qui l'accompagnait s'assit au dernier rang, les bras croisés, les yeux rivés sur Lacey.

— Lacey, tu as la parole ! s'impatienta Sam.

— Mesdames et messieurs, membres du conseil, chers amis, je viens vous présenter un projet susceptible d'améliorer la vie sur Mimosa Key, d'augmenter nos revenus et d'assurer l'avenir de nos administrés : il s'agit de Windswept, à Barefoot Bay.

Clay avait souffert de ne pas soutenir le regard à la fois étonné et dévasté de Lacey. Il aurait tant voulu la rassurer, lui faire comprendre que la situation allait s'arranger. Mais mieux valait en avoir la certitude.

D'abord, il devait s'occuper d'Ira Howell, qui avait promis d'effectuer le transfert de propriété si Clay se présentait à la réunion muni de tous les documents officiels.

Après treize heures de trajet et des litres de café, Clay était épuisé.

— Vous avez tout ? demanda-t-il à Ira, sur le parking.

— Oui, et vous ?

Clay l'entraîna vers la fourgonnette portant l'inscription « Clayton Walker Architecture », dont Darcie avait récupéré les clés en lui recommandant de ne pas rouler trop vite. Par chance, ils étaient arrivés sans encombre.

— Et voilà, dit le banquier en lui tendant des papiers. Je dois vous prévenir que, d'après nos juristes, l'affaire est délicate.

— J'ai ce qu'il faut, croyez-moi, assura Clay en lui tendant à son tour des documents.

— Je suis désolé, pour les problèmes de votre père, déclara le banquier en lisant la lettre. Comment va-t-il ?

— Il est vivant.

Pourquoi mentir ? De toute façon, il ne serait plus apte à diriger une entreprise.

— Il ignorait que vous étiez impliqué quand son entreprise a acheté les terrains, ajouta Ira en s'éventant. Vous le saviez, n'est-ce pas ?

— C'est ce qu'il m'a dit.

Avec l'aide de sa sœur, il avait établi que son père n'avait pas menti.

— J'avoue que je me suis demandé pourquoi Walker Architecture voulait rester anonyme alors qu'une personne portant le même nom était impliquée.

— Vous lui en avez parlé ? demanda Clay.

— J'ai hésité. Pour être honnête, j'ai pensé qu'il s'agissait d'une querelle de famille, alors je suis resté prudent. En apprenant qu'il y avait du grabuge ici, j'ai contacté le cabinet.

— Pourquoi ne pas avoir achevé la transaction ?

— Disons que, ce jour-là, il a eu un pépin de santé.

Son père avait donc dit la vérité sur ce point également.

— Ensuite, il a dû se concentrer sur sa guérison, dit Ira en sortant enfin une liasse impressionnante.

Clay prit son temps pour tout lire, quitte à manquer la prestation de Lacey, car il voulait retourner dans la salle après avoir conclu l'affaire. Après avoir signé la dernière page, il était officiellement propriétaire des parcelles.

Les deux hommes se serrèrent la main.

— Merci pour tout, monsieur Howell.

— Faites donc appel à notre banque pour votre complexe hôtelier.

— Nous n'y manquerons pas, répondit-il machinalement.

Il ne lui restait plus qu'à veiller à ce que ce « nous » devienne réalité.

Dans la salle, Lacey se tenait entre la maquette et le plan de la façade du bâtiment principal.

— Ici, vous voyez comment...

Elle hésita en découvrant la présence de Clay qui venait d'entrer et rougit légèrement.

Elle croyait au pire et avait visiblement passé une mauvaise nuit. Il s'en voulut mais, dans quelques minutes, il pourrait la rassurer.

N'avait-il pas attendu toute sa vie de la rencontrer ?

— Comment s'en sort-elle ? demanda-t-il à Darcie.

— Merveilleusement. Cela s'est bien passé, dehors ?

— Je suis l'heureux propriétaire de plusieurs hectares à Barefoot Bay.

— Et papa a payé.

— À plus d'un titre, admit Clay.

— Elle est en train de décrire les bâtiments.

Avec assurance et fierté, la jeune femme décrivit les villas, le spa, la serre de Tessa.

Tout était possible, désormais, songea Clay. À la perspective de la prendre dans ses bras, il ne put s'empêcher de sourire.

— Tu es amoureux, souffla Darcie à son oreille.

Le sourire de Clay s'élargit. Le public était captivé. Mais où étaient Ashley ? Tessa et Zoé ? Et David ?

Pourquoi n'étaient-ils pas présents pour la soutenir ?

— Voilà pourquoi nous pensons que Mimosa Key a tout à gagner de la construction d'un établissement à la fois moderne et écologique, créateur d'emplois, qui portera le nom de Windswept, à Barefoot Bay.

Quoi ?

Sidéré par ce changement de nom, Clay demeura bouche bée. Lacey posa enfin les yeux sur lui. Je n'ai pas besoin de toi, semblait-elle lui dire.

— Attendez un instant ! s'écria George Masterson. Notre prochain candidat vient de Clayton Walker Architecture. Ses plans annulent et remplacent ceux-ci.

Lacey ferma les yeux comme si elle venait de recevoir un coup de poignard dans le dos. Clay encaissa le coup, elle allait croire qu'il représentait son père. Il fallait qu'il remette les pendules à l'heure, et vite.

Il remonta l'allée centrale, acte de propriété en main. Lacey se retira de l'estrade et lui tourna le dos.

Il s'arrêta derrière elle, un peu trop près. Il posa une main sur son épaule crispée.

— Écoute-moi bien, lui dit-il. Je pense tout ce que je suis sur le point de dire.

Tant qu'elle ne quitterait pas la salle, Lacey Armstrong saurait bientôt ce qu'il ressentait pour elle.

34

Avec un calme dont elle s'ignorait capable, Lacey gagna le fond de la salle. Elle mourait d'envie de partir, de fuir cet endroit maudit, mais elle refusait de lui donner cette satisfaction.

Elle sourit à son père, qui l'applaudissait. Au moment où elle allait s'installer, la porte s'ouvrit.

Zoé et Tessa tenaient Ashley par la main. L'adolescente portait toujours un bandage, mais elle avait le regard vif et un sourire aux lèvres.

— On a tout raté ? demanda-t-elle en embrassant sa mère.

Lacey les entraîna vers le mur du fond.

— J'ai terminé. Préparez-vous, ça sent le roussi.

— Qu'est-ce qu'il fait là, lui ? demandèrent-elles en chœur.

— Je ne sais pas très bien, mais il va sans doute me briser le cœur.

— Il a encore plus mauvaise mine que toi, commenta Zoé. Et ce n'est pas peu dire.

— C'est vrai, admit Tessa. On dirait qu'il n'a pas dormi depuis des jours.

Lacey le trouvait irrésistible, avec ses cheveux en bataille, sa barbe naissante, sans oublier une tache de café sur son T-shirt. Rien de tout cela n'avait d'importance. Il était superbe.

Elle se tourna vers la femme coiffée d'une casquette, qui croisa son regard. Elle ôta ses lunettes pour révéler des yeux aussi injectés de sang que ceux de Clay, et du même bleu. L'inconnue hocha la tête et lui adressa un clin d'œil. Elle ne semblait en rien hostile.

Plus troublée que jamais, Lacey se tourna vers Clay.

— Mesdames et messieurs, je m'appelle Clay Walker et j'aimerais m'adresser à vous en tant que nouveau résident de votre communauté.

Il brandit les documents, tandis que Lacey tentait de se concentrer sur ses propos, et non sur sa voix grave et sensuelle.

— Voici les actes de propriété des terrains anciennement détenus par Andrew Tomlinson et Ross Everham, et dont je suis désormais propriétaire.

Cette trahison frappa Lacey de plein fouet.

— Qu'avez-vous l'intention de construire ? lança Charity.

Excellente question, songea la jeune femme.

— Un projet extraordinaire.

Le silence se fit dans la salle.

— Pouvez-vous être plus précis, monsieur Walker ? intervint le maire, visiblement agacé.

— Quelque chose dont tout le monde rêve mais que personne n'obtient, déclara Clay, les yeux rivés sur Lacey.

Que racontait-il donc ? La jeune femme dut s'appuyer contre le mur de peur que ses jambes ne se dérobent. Un murmure réprobateur parcourut la foule.

— Monsieur Walker, dit le maire, si vous n'êtes pas capable de sérieux, votre requête sera rejetée.

— Je suis très sérieux, répondit-il. Ces terrains feront partie du projet que vient de présenter Lacey Armstrong, à une condition.

Elle retint son souffle.

— Que l'établissement porte le nom de Casa Blanca, dit-il en soutenant le regard de la jeune femme, qui crut défaillir.

— Quelle différence cela fait-il ? s'écria Charity. Dites-nous ce que vous voulez, bon sang !

— Ce que je veux, c'est passer le reste de ma vie avec Lacey Armstrong, à construire…

Elle en eut le souffle coupé. Les larmes lui montèrent aux yeux.

— Une vie ensemble.

— Oh, souffla Zoé. Je l'adore !

— Moi aussi, murmura Lacey, en larmes.

— Et si elle pouvait venir me rejoindre, fit Clay en tendant la main, nous serons heureux de répondre à vos questions. Soyez assurés que nous souhaitons faire de cette île une destination à la fois tournée vers l'avenir et bien ancrée dans son passé.

— Bravo !

— Va l'embrasser, Lacey ! s'écria la femme à la casquette.

— Je crois que ma sœur vient d'avoir une excellente idée, souffla Clay dans le micro.

Sa sœur ? C'était donc Darcie ?

— Il t'aime, maman, dit Ashley, ravie.

— Tu sais bien qu'aucun homme ne nous séparera jamais.

— Maman, arrête. Va l'embrasser. Les gens vont devenir fous si tu n'y vas pas.

Ce fut un tonnerre d'applaudissements dans une cacophonie de cris de joie.

Clay prit Lacey dans ses bras et l'embrassa avec passion.

— Windswept ? murmura-t-il à son oreille. Tu plaisantes ?

— C'était parce que *Casablanca* finit mal.
— À nous de changer cela.

Après la victoire, les derniers membres du conseil se retirèrent. Clay salua de nombreux spectateurs en promettant des emplois sur le chantier. Ashley alla le féliciter et lui raconta sa mésaventure.

Lacey ne quittait pas sa fille d'une semelle tout en acceptant les félicitations.

Clay la vit parler avec Darcie quelques instants, puis il alla à sa rencontre, les bras tendus.

— Tu m'as manqué, dit-il.

Elle se lova contre lui.

— Clay, je regrette de t'avoir mal jugé.

— Comment as-tu pu croire une seconde que j'achèterais ces terrains pour faire construire pour moi ?

— Je ne le pensais pas. Enfin, pour tout dire, j'avais regardé ton téléphone, le soir où nous étions à la plage. J'ai cru alors que tu retournais vers Jayna.

Il poussa un soupir.

— J'aurais dû te dire pourquoi elle m'envoyait ce texto. J'aurais dû te dire que mon père était malade, mais j'avais peur que tu ne cherches à me convaincre de lui pardonner, alors que je n'étais pas prêt.

— Et tu as fini par le faire ?

— Oui.

Il la serra plus fort et huma le parfum de ses cheveux.

— Comment se porte Ashley ?

— Bien, et elle est désolée de ce qu'elle a pu te raconter. Elle croit être responsable de ton départ. Quelle nuit d'enfer.

Elle se blottit dans ses bras puissants et enfouit son visage contre lui :

— J'ai bien cru t'avoir perdu.

— Cela n'arrivera jamais.

— Même après la fin du chantier ?

— Tu n'as donc pas écouté mon discours ?
— Tu ne cherchais pas seulement à convaincre le conseil ?
— Un peu, peut-être, avoua-t-il avec un clin d'œil, avant de retrouver son sérieux. J'ai eu le temps de réfléchir, tu sais.
— Treize heures, m'a dit Darcie.
Il soupira, puis plongea dans son regard.
— Sans doute davantage. Hier, j'ai parlé avec mon père, à l'hôpital. J'ai pris conscience qu'il pouvait être odieux, égoïste et prêt à tout.
— Tu n'es pas comme lui, Clay.
— J'ai surmonté ma colère et ma haine. Je lui ai pardonné, parce que j'ai envie de me concentrer sur toi.
— J'aime entendre ça.
— Et moi, je...
— Hum...
Ils se séparèrent pour se tourner vers une femme qui ressemblait un peu à Lacey, en plus maigre et moins souriant.
— Maman.
— Il paraît que tu as obtenu ce que tu voulais ? Tant mieux.
Son ton ne présageait rien de bon.
— Nous avons obtenu ce que nous voulions, corrigea-t-elle en se redressant. Je te présente Clay.
Marie s'approcha et toisa le jeune homme d'un regard froid.
— J'étais avec Ashley sur le parking, dit-elle. Je ne pense pas qu'elle doive se mettre au soleil, avec sa blessure. Je l'ai laissée partir avec cette Zoé, mais...
— Clay Walker est l'architecte qui va construire l'établissement dont j'ai toujours rêvé. Clay, je te présente ma mère, Marie.
Celle-ci se crispa et tendit une main à contrecœur.

— Dans ce cas, les félicitations sont de rigueur, dit-elle sèchement.

— C'est votre fille qui est à l'origine du concept.

— Je suis sûre qu'il y a un tas de personnes intelligentes derrière elle. Lacey est du genre à suivre, non à mener. C'est son frère Adam le chef de famille.

— Plus maintenant, répondit-il.

Marie l'ignora.

— Puis-je te dire deux mots en particulier, Lacey ?

— Plus tard. Clay et moi devons mettre la maquette dans la voiture.

— Tout de suite.

Lacey se figea. Ses yeux lancèrent des éclairs.

— Que veux-tu, maman ?

— En privé.

Elles se toisèrent comme deux ennemies mortelles.

— Tu peux me parler en présence de Clay, dit Lacey. Il est mon…

— Je suis son compagnon, dit-il.

— Je sais qui il est, rétorqua Marie avec un regard glacial. Lacey, tu es trop âgée pour ça.

— Pour quoi ? Pour avoir un amant ? Créer une entreprise ? Avoir une vie ?

— Pour un jeune homme, répondit-elle en désignant Clay. Et vous, vous devriez avoir honte de profiter ainsi d'une femme plus âgée solitaire.

Clay se mit à rire.

— Très drôle, madame Armstrong.

Mais Lacey ne semblait pas du tout amusée.

— Viens, lui dit-il. Partons.

— Non. Je ne veux pas partir, répondit-elle en se dégageant de son bras.

— Lacey ?

— C'est très intelligent de ta part, chérie, fit Marie avec un soupçon de tendresse dans le regard, et de satisfaction. Je savais bien que tu retrouverais tes esprits.

— En effet, déclara-t-elle doucement.

Clay n'en croyait pas ses oreilles. L'aurait-il mal jugée ? Elle ne pouvait être aussi malléable.

— Tu peux partir, Clay, dit Lacey.

— Partir ?

Quel pouvoir Marie Armstrong détenait-elle vraiment sur sa fille ?

— Partez.

Marie afficha un sourire satisfait et désigna la porte. Il voulut protester, mais se ravisa et s'éloigna, espérant que la jeune femme changerait d'avis. Elle n'en fit rien.

Clay franchit le seuil, mais la voix de Lacey lui parvint.

— Maman, écoute-moi bien.

Il retint la porte.

— Je n'ai pas besoin d'entendre tes excuses, Lacey. Tout le monde peut se tromper. Il était séduisant.

— Je ne me trouve pas d'excuses. J'ai quelque chose à te dire, et je ne le répéterai pas.

Clay dressa l'oreille. Il fallait qu'il sache.

— Dépêche-toi. Je n'ai pas envie qu'Ashley reste trop longtemps avec cette Zoé.

— J'ignore pourquoi tu as tant de colère en toi, maman, pourquoi je te déçois à ce point.

— Tu ne...

— Peu importe, parce que je te pardonne.

Clay ferma les yeux, sachant à quel point c'était libératoire.

— Je n'ai pas besoin de ton pardon. Je n'ai besoin...

— De personne, je sais. Mais moi, si. J'ai besoin d'amour, j'ai besoin de cet homme.

— Tu confonds sexualité et amour.

— Je ne confonds absolument rien. Je l'aime et je veux passer le plus de temps possible avec lui.

— Eh bien, fais donc. Et je viendrai te récupérer quand il t'abandonnera pour une jeunette qui lui donnera ce qu'il veut.

— Cela n'arrivera pas, assura Lacey. Je suis tout ce dont il a besoin.

Clay attendit une repartie cinglante de sa mère, mais elle ne vint pas. Il entendit ensuite des pas. Elle courait vers lui.

— Clay !

Elle poussa la porte de toutes ses forces.

— Ah, tu es là.

— Oui, je suis là.

— Tu as entendu ?

— Chaque mot.

— Et ?

Il tendit les bras vers elle, plein de fierté et d'amour. Pour la première fois de sa vie, il découvrait la plénitude, comme un dernier coup de crayon sur une esquisse.

— Tu as raison, dit-il. Tu es tout ce dont j'ai besoin.

— Tu sais ce que je veux faire, maintenant ? demanda-t-elle en se blottissant contre lui.

— Me remercier comme il faut ? hasarda-t-il d'un air malicieux.

— J'aimerais que tes dessins deviennent réalité. Et je ne parle pas seulement des plans de la maison.

— Si je vois ces images assez clairement pour les dessiner, je peux les faire se réaliser. Faisons-le ensemble.

— Cela me va. Je...

— Laisse-moi le dire en premier. Je t'aime, conclut-il.

Épilogue

Six mois plus tard

— À quoi riment ces messes basses ? demanda Lacey à Zoé et Jocelyn, quelques minutes après la fin de la pose de la première pierre.

Elles se turent aussitôt.

— Encore des secrets ? insista-t-elle. Nous sommes amies, non ?

— Il n'y a rien de secret, affirma Jocelyn. On parlait de la cérémonie.

— Surtout quand Clay et toi avez donné le premier coup de pelle.

— Qui a parlé de romance ? fit Tessa.

Elle avait tenu à apporter un superbe bouquet de mimosa.

— Comment peut-il en être autrement quand Lacey et Clay sont ensemble ? dit Jocelyn. Ils sont le symbole du bonheur.

— À propos de bonheur, cette journée pourrait ressembler à un mariage, commenta Zoé en faisant pivoter Lacey vers la plage.

Les deux autres la mirent en garde d'un regard.

— Tout va bien, les filles, assura Lacey. Ce jour viendra. Pour l'heure, nous avons un complexe hôtelier à construire.

Ses amies échangèrent un regard plein de compréhension et d'inquiétude à la fois.

— Arrêtez, les filles. Clay et moi n'avons pas besoin d'un bout de papier. Même pas pour construire Casa Blanca. Notre accord est scellé par un baiser.

— Tiens, Lacey, dit Tessa en lui tendant son bouquet. Pour te porter chance.

La jeune femme sentit des larmes lui monter aux yeux. Était-elle un peu déçue que Clay ne lui ait pas demandé sa main ? Non. C'était des larmes de joie et d'impatience.

— Regardez-les, ces deux-là, commenta Jocelyn en désignant Clay et le père de Lacey, en grande conversation au bord de l'eau.

— On dirait un père et son fils, déclara Lacey. Ils se sont tout de suite bien entendus.

Pour la première fois depuis sa retraite, son père semblait heureux. Quant à sa mère, elle s'habituait peu à peu. Elle était au moins présente à la cérémonie. De son côté, Ashley avait réussi à se faire de nouveaux amis. Elle racontait avec animation ses prochaines vacances aux Antilles, prévues avec son père.

David avait tenu parole, il avait investi dans le projet. Ashley et lui communiquaient par le biais des réseaux sociaux et il lui avait promis de l'emmener en voyage tous les ans.

— Lacey, ta moitié te demande de la rejoindre, annonça Zoé.

— Comment voulez-vous que je résiste à cet appel ? répondit la jeune femme.

— Enlève tes sandales, lança Clay, qui avait les pieds dans l'eau.

Elle obéit et entra dans l'eau pour se blottir dans ses bras.

— On a réussi, souffla-t-il.

— Et comment, dit-elle, plus heureuse que jamais.

Il l'embrassa dans le cou sous les regards curieux.

— On attire l'attention, Clay.

— Il va falloir t'y habituer, car ce n'est pas fini, prévint-il en lui souriant. Tu sais, ton père vient de me dire que nous avions négligé une étape importante de ce projet.

— Ah bon ? Laquelle ?

— Notre contrat.

— Un contrat de travail ?

Elle se mit à rire tant cette idée était ridicule. Ou peut-être parce qu'elle avait envisagé, l'espace d'un instant, un contrat d'une autre nature.

— Je crois qu'il ne serait pas raisonnable de poursuivre sans contrat, et ton père est d'accord avec moi.

— Naturellement. Il veut me protéger.

Il la prit par les épaules, comme si c'était désormais à lui de la protéger, et la fit tourner vers l'horizon.

— Tu dois admettre qu'un contrat serait plus raisonnable.

— Si c'est important à tes yeux.

Sa voix s'éteignit tandis qu'elle contemplait le coucher du soleil sur les eaux scintillantes.

— Je ne pense pas que nous en ayons besoin, ajouta-t-elle.

— Moi si. C'est un engagement important, des années de travail, des décisions à prendre, des responsabilités, sans oublier les questions légales en cas de conflit.

— Je ne veux pas de conflit, répondit-elle en posant la tête sur son épaule.

— Juste au cas où, il serait plus sensé de faire établir un contrat pour pérenniser ce partenariat.

Elle leva les yeux vers lui et cligna les paupières au soleil.

— Et si nous scellions notre accord d'un baiser ?

— Un baiser ?

Elle se hissa sur la pointe des pieds pour l'embrasser sur les joues, mais il en voulut davantage et s'empara de sa bouche.

— Nous sommes liés maintenant.

— Pas assez, dit-il. Je veux quelque chose d'officiel.

— Très bien, appelle les avocats dès lundi.

— Je ne veux pas attendre lundi. Tout le monde est là pour...

— Pour nous voir signer un contrat ? fit-elle, tandis que l'émotion montait en elle.

— Si c'est le nom que tu lui donnes.

Très lentement, il la fit pivoter vers la plage. Les invités étaient tous réunis sur le sable. Zoé, Tessa et Jocelyn étaient alignées à l'écart.

— Que se passe-t-il, Clay ?

— J'ai prévu une autre cérémonie pour aujourd'hui, expliqua-t-il.

La foule s'ouvrit en deux. Ashley apparut, portant un bouquet de mimosa. Elle sourit à sa mère puis marcha vers l'eau en déposant des fleurs sur le sable.

— C'est...

Les yeux de Lacey s'embuèrent de larmes.

— Oui.

— Maintenant ? demanda-t-elle d'une voix brisée.

— Tu n'as aucune excuse.

— Comme si je pouvais fuir une telle cérémonie.

Il se mit à rire et lui caressa la joue.

— C'est la raison pour laquelle je ne t'ai pas demandé ta main.

— Dépêche-toi de le faire.

Il se mit à genoux sous les acclamations de la foule.

— Lacey Armstrong, sur cette plage où je suis tombé amoureux de toi, je te demande d'être ma femme pour que nous vivions ensemble à jamais. Veux-tu m'épouser ?

— Oui. Je veux t'épouser. Je t'aime.

Zoé poussa un cri de joie.

— Félicitations, maman ! lança Ashley en les rejoignant. Bienvenue dans la famille, Clay.

Elle rejoignit les amies de sa mère, qui étaient en larmes, puis vinrent les parents de Lacey. Même sa mère souriait. Enfin apparut Sam Lennox, le maire, tenant leur contrat, leur avenir.

— Veuillez joindre vos mains, ordonna-t-il.

Lacey observa son bouquet de mimosa en se demandant laquelle de ses amies le rattraperait : Zoé, dont le sourire mutin masquait un chagrin d'amour ? Tessa, qui rêvait de devenir mère ? Ou Jocelyn, qui ne parvenait pas à oublier son passé ?

Elle souhaitait le meilleur à toutes les trois.

— Attends, souffla-t-elle à Clay. Je dois confier ce bouquet à quelqu'un.

Elle se tourna, hésitante.

— Lance-le. Le vent décidera pour toi.

Tessa et Zoé tendirent les bras, mais les fleurs volèrent dans les mains de Jocelyn, qui les rattrapa juste avant qu'elles ne tombent à terre, sous les cris de joie de la foule.

— Tu es la suivante, lui dit Lacey.

Elle respira profondément tandis que le maire entamait son discours. L'air embaumé lui rappelait le lendemain de l'ouragan, un jour plein d'espoir en l'avenir.

Puis l'amour l'avait trouvée.

Les mains jointes, Lacey et Clay se dirent que la vie était précieuse.

AVENTURES & PASSIONS

3 décembre

Jade Lee
Déshonneur et liberté
Inédit

Du jour au lendemain, lady Helaine Talbott se retrouve désho-
norée et ruinée. Décidée à faire face aux caprices du destin, elle
hange de nom et ouvre un atelier de couture. Séduit par la
eune fille, lord Redhill, le frère d'une de ses meilleures clientes,
ui propose de devenir sa maîtresse. Jusqu'au jour où il décou-
re sa véritable identité...

✦

Lisa Kleypas
Nulle autre que vous
Inédit

ndigné par la vie dissolue de son fils, le comte de Rochester l'a
éshérité. Pour amadouer son père mourant, Andrew décide de lui
aire croire qu'il s'est amendé. Comment ? En courtisant une
emme convenable. Sitôt la fortune de son père empochée, il mettra
n à cette mascarade. Le problème, c'est qu'il ne connaît pas de
emme respectable, excepté peut-être Caroline Hargreaves.

✦

Julia Quinn, Eloisa James, Connie Brockway
Trois mariages et cinq prétendants
Inédit

Hugh Dunne, comte de Briarly, a besoin d'une épouse. Alors, sa
œur lui dresse la liste des plus belles célibataires de la saison.
omme Hugh refuse de se déplacer, elle les invite toutes à une
artie de campagne. Laquelle d'entre elles fera chavirer le cœur
e Hugh ? La magnifique Gwendolyne ? La réservée Katherine ?
u bien une toute autre jeune femme?

Johanna Lindsey
Apparence trompeuse

Depuis qu'il a quitté New York pour l'Ouest, Damien va de surpris en surprise. C'est dans un salon que siège le tribunal, et le juge n vaut guère mieux que les brigands. Pour du tapage nocturne Damien écope d'une amende de cent dollars ! Et parce qu'il voyag avec Casey, le juge les forces à se marier, les accusant de vivre dan le péché. En quelques secondes, ils sont mariés !

✦

Eloisa James
Les soeurs Essex - 2 - Embrasse-moi, Annabelle

De son enfance désargentée, Annabelle Essex n'a que des mauvai souvenirs, et elle est prête à épouser n'importe quel aristocrat pourvu qu'il soit riche. Quand elle croise le comte d'Ardmore, ell est conquise. Il est très séduisant cet Highlander et, il embrasse d vinement. Cependant, il n'a pas le sou. Aussi, elle lui refuse sa mair Mais le destin joue parfois des tours pendables.

✦

Kris Kennedy
Le guerrier irlandais

Irlande, 1295. Retenue prisonnière par le terrible lord Rardov Senna de Valery remarque, un jour, la présence d'un mystérieu captif, Finian O'Melaghlin, noble irlandais. Pourquoi ne s'év deraient-ils pas ensemble ? Poursuivis par lord Rardove et s hommes, les deux fugitifs se lancent dans un périple à traver la lande sauvage, bravant le danger et la fièvre de la passion qu les dévore.

BEST FRIEND

3 décembre

Peggy Webb
Un amour de dauphin
Inédit

'aul, ex-chirurgien cardiaque réputé, n'a rien pu faire pour sau-
er son fils. Aujourd'hui, Il nourrit les dauphins dans un centre
le recherches océaniques et noie son chagrin dans l'alcool. Il
'est plus qu'une épave lorsque Susan, une jeune veuve, fait son
pparition au centre, avec son petit garçon muet et paralysé.
:lle est persuadée que les dauphins pourront aider Jeffy à re-
rouver la parole.
'aul n'y croit pas une seconde.
l constate pourtant l'effet bénéfique de ces séances sur Jeffy
;râce à Fergie, un magnifique dauphin qui se prend d'affection
our l'enfant. Il ne peut rester indifférent à cette évidence. Pas
lus qu'il ne peut rester indifférent au charme de la maman…

✦

Shirley Jump
Une histoire de cœur
Inédit

près avoir appris l'animal thérapie avec son adorable bichon
risé, Miss Sadie, Olivia quitte tout sur un coup de tête pour se
endre en Floride. Sa mère, qu'elle ne connaissait pas, lui a
gué sa maison. Pour Olivia qui a collectionné les échecs, quoi
e mieux que de refaire sa vie au bord de l'océan ? Las. Elle
ombe sur une ruine occupée par un seul habitant, un golden
etriever étique et blessé qui s'enfuit à son approche. Elle le suit
ans le jardin mitoyen et se heurte à 1m 90 de muscles : son
oisin Luke. Très désagréable.
)n le serait à moins. Luke à moitié aveugle après un accident,
n veut à la terre entière.

Passion intense

3 décembre

Shannon McKenna

Les frères McCloud - 6 - L'ultime passion

Inédit

Les opérations secrètes, voilà la spécialité du mystérieux, som bre et séduisant Val Janos. Mais alors qu'il est sur le point d quitter le monde du crime, son patron prend par vengeance e otage son père adoptif pour retrouver sa liberté et sauver le viei homme qui a recueilli Val alors qu'il était orphelin dans les rue de Budapest, Val doitalors rendre un dernier service à son boss capturer la belle et insaisissable Tamara…

✦

Bella Andre

Les Sullivan - 4 - Toi, et toi seule

Inédit

Bibliothécaire à San Francisco, Sophie Sullivan n'a jamais p oublier Jake McCann, son amour d'enfance. Seulement voilà malgré les années qui ont passé, lui ne voit en elle que la gentill petite Sophie. Autant dire que la femme qu'elle est devenue s rebelle. Il la prend pour une fillette ? Soit ! Sophie s'apprête lui dévoiler les trésors de volupté qu'il semble ignorer…

CRÉPUSCULE

3 décembre

Thea Harrison
La chronique des Anciens - 5 - La chute du seigneur
Inédit

Dragos, le seigneur des wyrs, a récemment perdu deux de ses sept Sentinelles, qu'il lui faut impérativement remplacer car sa sécurité est mise en danger. Afin de former une nouvelle ligue, et alors que sa compagne Pia s'apprête à rencontrer le peuple des Elfes pour pacifier les relations entre leurs communautés, Dragos lance les Jeux de Sentinelle…

Et toujours la reine du roman sentimental :

Barbara Cartland

« Les romans de Barbara Cartland nous transportent dans un monde passé, mais si proche de nous en ce qui concerne les sentiments.
L'amour y est un protagoniste à part entière : un amour parfois contrarié, qui souvent arrive de façon imprévue.
Grâce à son style, Barbara Cartland nous apprend que les rêves peuvent toujours se réaliser et qu'il ne faut jamais désespérer. »

Angela Fracchiolla, lectrice, Italie

Le 3 décembre
Livrez-moi votre cœur

10935

Composition
FACOMPO

Achevé d'imprimer en Italie
par Grafica Veneta
le 5 octobre 2014.

Dépôt légal : octobre 2014.
EAN 9782290097199
OTP L21EPSN001288N001

ÉDITIONS J'AI LU
87, quai Panhard-et-Levassor, 75013 Paris

Diffusion France et étranger : Flammarion